毛泽东诗词欣赏

周振甫 著

ISBN 978-7-101-16376-6

定价：35.00元

全书分正编、副编和附录三部分。正编收录诗词39首，副编收录诗词24首，时间跨度从1923年到1966年。周振甫先生结合毛泽东同志生动而丰富的革命生活以及所处的时代背景分析阐释其诗词的内涵，真切品味蕴含其中的精神；从艺术的角度欣赏作品运用的各种艺术手法。本书对于读者理解毛主席诗词大有裨益。

边城

沈从文 著

ISBN 978-7-101-16307-0

定价：46.00元

《边城》是沈从文创作的中篇小说，首次出版于1934年。小说以20世纪30年代川湘交界的边城小镇茶峒为背景，以兼具抒情诗和小品文的优美笔触，描绘了湘西地区特有的风土人情。

经典常谈

朱自清 著

ISBN 978-7-101-16371-1

定价：32.00元

《经典常谈》是朱自清先生在1942年为受过中等以上教育的学生写作的一部普及读物，八十年来广为流传，是了解中国古代文化典籍的入门指南。在这本书中，朱自清先生以通俗流畅、深入浅出的文字，提纲挈领地解读了《说文解字》、"四书五经"、《战国策》、《史记》、"诸子百家"、《楚辞》等国学典籍，博采众长，见解精辟，持论客观公允。

中国哲学简史

冯友兰 著　赵复三 译

ISBN 978-7-101-16377-3

定价：48.00元

《中国哲学简史》是由1947年冯友兰先生在美国宾夕法尼亚大学讲授中国哲学史的英文讲稿整理而成。本书讲述了中国哲学的发展历史，充满了人生的睿智与哲人的洞见，是冯友兰先生哲学与思想融铸的结晶，也是了解中国文化、中国哲学的入门书，值得一读。

三国史话

吕思勉 著

ISBN 978-7-101-16372-8

定价：32.00元

本书是历史学家吕思勉先生惟一一部通俗性的史学作品。作者以丰富的历史知识为基础，从文学和史学的角度，对三国史与三国文学中的人物、事件、战争及地理环境作了细致的区分，对许多重大的历史问题进行了深入的辨析，提出了不少有价值的见解。吕先生治史，注重对社会的综合研究，能融会贯通，评论历史往往独具只眼，是读者了解三国历史与文学的重要参考资料。

宋词三百首

国民阅读经典

[清]上彊村民 ◎ 编选

刘乃昌 ◎ 评注

中华书局

图书在版编目 (CIP) 数据

宋词三百首/（清）上彊村民编选；刘乃昌评注．—北京：中华
书局，2023.11
（国民阅读经典：典藏版）
ISBN 978-7-101-13169-7

Ⅰ.宋… Ⅱ.①上…②刘… Ⅲ.宋词–选集 Ⅳ.I222.844

中国国家版本馆 CIP 数据核字（2023）第 087429 号

书　　名	宋词三百首	
编　　选	〔清〕上彊村民	
评　　注	刘乃昌	
丛 书 名	国民阅读经典（典藏版）	
责任编辑	李若彬	
责任印制	陈丽娜	
出版发行	中华书局	
	（北京市丰台区太平桥西里 38 号　100073）	
	http://www.zhbc.com.cn	
	E-mail：zhbc@zhbc.com.cn	
印　　刷	北京中科印刷有限公司	
版　　次	2023 年 11 月第 1 版	
	2023 年 11 月第 1 次印刷	
规　　格	开本/880×1230 毫米　1/32	
	印张 17　插页 2　字数 280 千字	
印　　数	1-8000 册	
国际书号	ISBN 978-7-101-13169-7	
定　　价	66.00 元	

出版说明

在二十一世纪的当代中国，国民的阅读生活中最迫切的事情是什么？我们的回答是：阅读经典！

在倡导素质教育，提高全社会文明程度的今天，我们要阅读经典；当碎片化阅读充斥人们的生活，侵占深度思考的时间时，我们要阅读经典；当要坚定文化自信，建设中华民族现代文明时，我们更要阅读经典。

经典是我们知识体系的根基，是精神世界的家园，是深化文明交流互鉴，创建人类文明新形态的起点。这就是我们编选这套《国民阅读经典》丛书的缘起，也因此决定了这套丛书的几个特点：

首先，入选的经典是指古今中外人文社科领域的名著。世界的眼光、历史的观点和中国的根基，是我们编选这套丛书的三个基本的立足点。

第二，入选的经典，不是指某时某地某一专业领域之内的重要著作，而是指历经岁月的淘洗、汇聚人类最重要的精神创造和知识积累的基础名著，都是人人应读、必读和常读的名著。

第三，入选的经典，我们坚持优中选优的原则，尽量选择最好的版本，选择最好的注本或译本。

我们真诚地希望，这套经典丛书能够进入你的生活，相伴你的左右。

中华书局编辑部

二〇二三年九月

目 录

宋词三百首

前　言

刘乃昌

　　两宋为词史极峰，诸体大备，风姿多彩，流派竞辉，名家蜂起。而词章流播之广远，美感效应之卓异，洵称越前而掩后。然其篇什浩如瀚海，难窥涯涘。以是择精撮要，昭示周行，殆不可忽。前人纂集词选，并不罕见，而唯彊村先生《宋词三百首》，最为广布艺林，脍炙人口。

　　孝臧朱氏，为清季词学巨子。其人学有渊源，家富坟典，于词用力至勤，所校辑《彊村丛书》，搜佚必传其真，刊秘力求其是，网罗宏富，细大不遗，精于丹铅，功垂艺林。以其治词眼界之阔，搜采之富，纂为词选，自有专诣独得，人莫可及。所选固多垂青和婉，注目浑成，而较少介意龙腾虎掷之象、黄钟大吕之音，然于悲慷凄楚之吟、小家偶成之讴，间亦甄录。以是大率可谓多品纷呈，名章荟萃，发微烛隐，略无遗珠。手此一帙，于宋词之精金粹玉，词林之里手名家，词心之幽思曲想，词艺之屠龙三昧，差可览其胜概，探其幽邃，徜徉妙域，而雅趣无穷矣！朱编《宋词三百首》，前经当代词学泰斗圭璋唐老为之笺释，集录评鉴，爬罗珍闻，详审精当，粲然大备，词界学人无不奉为圭臬。唯置于目下庞大读者群体之前，微觉诠释稍简，且艺术评赏尚可增强。

为弘扬前修遗业，普及华夏精品，本人应命为《宋词三百首》编撰注析，诠解辞语，唯望详明切要，言之有据；评赏词艺，但求宣发内美，妙悟文心。本书原由齐鲁书社出版，今逢百年老社中华书局编辑邀约，修订付梓，力求对之前版本作一订正。只是岁月匆迫，学力不逮，疏误谫陋之处在所难免，尚祈方家读者惠予指正。

词的兴起与演变

袁行霈

词的兴起与文人的尝试

词是"曲子词"的简称，就是歌词的意思，是一种配合音乐用以歌唱的诗体。宋翔凤《乐府余论》说："以文写之则为词，以声度之则为曲。"词所配合的音乐是燕乐（又叫讌乐、宴乐），这是供宴会演奏的一种音乐。燕乐的主要成分是北周和隋以来从西域传入的西北各民族的音乐，乐器以琵琶为主。

关于词的起源，目前还不能说得十分准确，这是一个相当长的过程。但是既然可以肯定词是配合燕乐的，而燕乐在隋代已开始流行，那么词的起源也可以上溯到隋代。宋王灼《碧鸡漫志》曰："盖隋以来，今之所谓曲子者渐兴，至唐稍盛。"[1] 宋张炎《词源》也说："粤自隋、唐以来，声诗间为长短句。"[2] 都认为隋代就开始有词了。《河传》《柳枝》等后来常用的词牌据

1.《碧鸡漫志》卷一，唐圭璋编《词话丛编》第一册，中华书局 1986 年版，第 74 页。
2.《词源》卷下，唐圭璋编《词话丛编》第一册，中华书局 1986 年版，第 255 页。

记载就是创自隋代的。最保守的推测，词的起源也不会晚于盛唐，因为在敦煌发现的一百六十多首曲子词，其中有不少盛唐时期的作品[1]，如《菩萨蛮》：

> 枕前发尽千般愿，要休且待青山烂。水面上秤锤浮，直待黄河彻底枯。　　白日参辰现，北斗回南面。休即未能休，且待三更见日头。[2]

这首词表现了一个女子对爱情坚贞不渝的态度，据考证就是盛唐时期的作品。

中唐时期文人学习民间词，为词体的建立做了突出的贡献。张志和、韦应物、王建、白居易、刘禹锡都写了一些成功的作品。韦应物的《调笑令》写边塞风光，十分质朴：

> 胡马，胡马，远放燕支山下。跑沙跑雪独嘶，东望西望路迷。迷路，迷路，边草无穷日暮。[3]

白居易的《忆江南》三首其一：

> 江南好，风景旧曾谙。日出江花红胜火，春来江水绿如蓝，

---

1. 参看任二北《敦煌曲初探》，上海文艺联合出版社1954年版。
2. 见任二北《敦煌曲校录·普通杂曲》，上海文艺联合出版社1955年版。
3.《全唐诗》卷八九〇，中华书局1960年版，第10054页。

能不忆江南！[1]

这首词语言流畅，构思完整，已经是成熟的词作了。

到晚唐五代，文人词得到长足发展。首先要讲到的是以温庭筠为代表的花间词人。"花间"是一部词总集的名称，五代后蜀赵崇祚辑录了温庭筠、韦庄等十八家词五百首，编为《花间集》十卷。温庭筠的词内容多是描写女性的姿色风情，大部分作品的风格秾艳细腻，绵密隐约。他的词艺术上有以下特点：第一，富有装饰性，大量使用诉诸感官的秾丽词藻，着力描写妇女的容貌装饰和妇女居处的摆设，又特别注意构图的精巧。第二，善于运用暗示的手法，造成含蓄的效果。第三，意象常常是跳跃的，意象之间的脉络须由读者自己去想象补充。第四，以静态的描绘代替人物的抒情，尤其着力于细部的渲染，甚至不惜因细部的膨胀而失去整体的均衡感。试看《菩萨蛮》其一：

小山重叠金明灭，鬓云欲度香腮雪。懒起画蛾眉，弄妆梳洗迟。　　照花前后镜，花面交相映。新贴绣罗襦，双双金鹧鸪。[2]

1.《全唐诗》卷八九〇，中华书局 1960 年版，第 10056 页。
2. 李一氓《花间集校》卷一，人民文学出版社 1958 年版，第 1 页。

韦庄与温庭筠齐名，世称"温韦"。如果说温词"隐约"，词人自己隐藏在笔下那些女子后面，通过她们抒写自己的苦闷，韦词则可谓"显直"，他直抒胸臆，把自己的风流韵事和自己的心灵明白地告诉读者。如果说温词是"浓妆"，韦词则是"淡妆"；温词有女性的细腻，韦词有男性的柔情。试看韦庄的《菩萨蛮》：

> 人人尽说江南好，游人只合江南老。春水碧于天，画船听雨眠。　　垆边人似月，皓腕凝双雪。未老莫还乡，还乡须断肠。[1]

五代另一个词的中心是南唐，以冯延巳、李璟、李煜为代表。李煜是南唐后主，降宋三年后被毒死，他在亡国之后写的词表现了深切的哀愁，如《虞美人》：

> 春花秋月何时了？往事知多少！小楼昨夜又东风，故国不堪回首月明中。　　雕栏玉砌应犹在，只是朱颜改。问君能有几多愁？恰似一江春水向东流。[2]

王国维《人间词话》说："词至李后主而眼界始大，感慨

---

1. 李一氓《花间集校》卷二，人民文学出版社 1958 年版，第 31 页。
2. 詹安泰编注《李璟李煜词》，人民文学出版社 1958 年版，第 73 页。

寻寻觅觅,冷冷清清,凄凄惨惨戚戚。乍暖还寒时候,最难将息。三杯两盏淡酒,怎敌他、晚来风急。雁过也,正伤心,却是旧时相识。　　满地黄花堆积。憔悴损,如今有谁堪摘。守着窗儿,独自怎生得黑。梧桐更兼细雨,到黄昏、点点滴滴。这次第,怎一个愁字了得。[1]

在当时影响更大的词人是辛弃疾,他以豪放著称,并因此与苏轼并称"苏辛"。然而他的豪放并不完全同于苏轼,苏轼是以诗为词,辛弃疾是以文为词。举凡议论、说理、经史百家、问答对话,辛弃疾统统拿来入词。他的词既有孟子的雄辩,又有庄子的诡奇;既有韩愈的不平之鸣,又有柳宗元的秀骨俊语。那种散文化的笔调,自由纵肆不可一世的气魄,在词的创作上真可谓一支突起的异军。他的词气盛言宜,以气御言,无往而不利。试看《破阵子·为陈同甫赋壮语以寄之》:

醉里挑灯看剑,梦回吹角连营。八百里分麾下炙,五十弦翻塞外声,沙场秋点兵。　　马作的卢飞快,弓如霹雳弦惊。了却君王天下事,赢得生前身后名,可怜白发生![2]

辛弃疾本是一位爱国义士,早年曾参加耿京领导的抗金队

1. 王仲闻《李清照集校注》,人民文学出版社 1979 年版,第 64 页。
2. 邓广铭《稼轩词编年笺注》卷二,上海古籍出版社 1981 年版,第 204 页。

伍，绍兴三十二年（1162），耿京的部下张安国杀死耿京，率部投降金兵。这时辛弃疾正被派往南宋接洽联合抗金事宜，归来途中闻讯，便带领五十余人闯入金营生擒张安国，率领耿京旧部万余人南归投宋。可是在南宋他一直未能施展抗金救国的抱负，遂在词里不断地抒写自己的壮志，发泄心中的愤懑。如《清平乐·独宿博山王氏庵》：

　　绕床饥鼠，蝙蝠翻灯舞。屋上松风吹急雨。破纸窗间自语。　　平生塞北江南，归来华发苍颜。布被秋宵梦觉，眼前万里江山。[1]

　　辛弃疾有些词写农村生活，为词的创作开拓了新的题材，如《清平乐》：

　　茅檐低小，溪上青青草。醉里吴音相媚好，白发谁家翁媪。　　大儿锄豆溪东，中儿正织鸡笼。最喜小儿无赖，溪头卧剥莲蓬。[2]

　　辛弃疾写词爱用典故，经史百家都可随意用到词里。他那种爱国精神、英雄气概，再加上独特的艺术风格，使他成为宋代词坛上一位卓绝的人物。

---

1. 邓广铭《稼轩词编年笺注》卷二，上海古籍出版社 1981 年版，第 172 页。
2. 同上，第 193 页。

楼。　　暗将亡国伤心事,诉与东流。诉与东流,万里长江一带愁。[1]

到了清代,词的创作出现复兴的局面。词人众多,流派纷呈,词学也很发达。清初满族词人纳兰性德工于小令,语言清新,如《长相思》:

　　山一程。水一程。身向榆关那畔行。夜深千帐灯。风一更。雪一更。聒碎乡心梦不成。故园无此声。[2]

朱彝尊开浙西词派,标举醇雅,其《卖花声·雨花台》是一篇吊古伤今的名作:

　　衰柳白门湾,潮打城还。小长干接大长干。歌板酒旗零落尽,剩有渔竿。　　秋草六朝寒,花雨空坛。更无人处一凭栏。燕子斜阳来又去,如此江山。[3]

陈维崧是阳羡派的词宗,他的词风接近辛弃疾,如《南乡子·邢州道上作》:

1.《夏内史词附词余》,赵尊岳辑《明词汇刊》上册,上海古籍出版社 1992 年影印本,第 432 页。
2. 赵秀亭、冯统一《饮水词笺校》卷二,中华书局 2005 年版,第 189 页。
3. [清]朱彝尊《曝书亭集》卷二四,文渊阁《四库全书》本。

秋色冷并刀，一派酸风卷怒涛。并马三河年少客，粗豪，皂栎林中醉射雕。 残酒忆荆高，燕赵悲歌事未消。忆昨车声寒易水，今朝，慷慨还过豫让桥。[1]

嘉庆以后，以张惠言和周济为代表的常州词派崛起，强调意内言外，有所寄托。张惠言的代表作有《木兰花慢·杨花》：

尽飘零尽了，何人解、当花看。正风避重帘，雨回深幕，云护轻幡。寻他一春伴侣，只断红、相识夕阳间。未忍无声委地，将低重又飞还。 疏狂情性，算凄凉奈得到春阑。便月地和梅，花天伴雪，合称清寒。收将十分春恨，做一天、愁影绕云山。看取青青池畔，泪痕点点凝斑。[2]

这首词明写柳絮，暗寓着一种孤寂清高的品格。周济的代表作有《蝶恋花》：

柳絮年年三月暮，断送莺花，十里湖边路。万转千回无落处，随侬只恁低低去。 满眼颓垣歌病树，纵有余英，不直封姨妒。烟里黄沙遮不住，河流日夜东南注。[3]

1. 夏承焘、张璋编选《金元明清词选》，人民文学出版社 1987 年版，第 409 页。
2. 同上，第 523 页。
3. 同上，第 547 页。

宋词三百首

元明清三代词的收获不可谓不丰，但创新性显得不足，只能说是延续中的收获而已。

(《中国文学概论》，高等教育出版社 2006 年版)

木兰花

城上风光莺语乱，城下烟波春拍岸[1]。绿杨芳草几时休[2]？泪眼愁肠先已断。

情怀渐觉成衰晚，鸾镜朱颜惊暗换[3]。昔年多病厌芳尊，今日芳尊惟恐浅。

【注释】 1."城上"二句：写莺声鸟语，烟笼溪流，一派暮春景象。 2."绿杨"句：谓触动人愁绪的物象无边无际。温庭筠《菩萨蛮》云："绿杨陌上多离别。"冯延巳《南乡子》有"芳草年年与恨长"之句。 3.鸾镜：镜的美称。古代铜镜常饰以鸾鸟图案。

【评析】 上阕写暮春景象触发无边愁绪，下阕直抒寥落情怀。由慎于饮酒到恐芳尊浅，见出昔年尚珍重身体，如今则不顾一切地以酒浇愁，怆楚心绪可以想见。以绮艳之语寓政治情怀，词格颇为委婉。

范仲淹

989
|
1052

字希文，谥文正，苏州吴县（今江苏苏州）人。少年孤贫，力学不倦，真宗大中祥符八年（1015）进士。官至枢密副使、参知政事，主张改革。曾出任陕西四路宣抚使，知邠州，经略疆防，守边有功。《彊村丛书》收有《范文正公诗余》一卷，存词虽仅五首，然极有特色。

苏幕遮

碧云天，黄叶地，秋色连波，波上寒烟翠。山映斜阳天接水，芳草无情，更在斜阳外[1]。

黯乡魂，追旅思[2]，夜夜除非，好梦留人睡。明月楼高休独倚，酒入愁肠，化作相思泪。

【注释】　1.“芳草”二句：意谓萋萋芳草伸展到斜阳以外的遥远天边，触发人们无尽的愁思。　2.“黯乡魂”二句：谓旅思连绵，怀乡心绪沉重，使人意兴黯淡。

【评析】　前片写秋光，后片写乡愁。秋光写得明丽旷远，碧云、黄叶，丽语入妙。乡愁写来浓重深至，既无好梦留人，又怕高楼独倚，借酒难以消忧，三层刻画，反言愈切。煞拍酒化为泪，销愁之物反变为悲戚之情，最称警策。沈际飞云：“‘欲解愁肠还是酒，奈酒至愁还又’，似此注脚。”（《草堂诗余正集》）邹祗谟谓：“范希文〔苏幕遮〕一调，前段多入丽语，后段纯写柔情，遂成绝唱。”（《远志斋词衷》）

御街行

　　纷纷坠叶飘香砌¹，夜寂静，寒声碎²。真珠帘卷玉楼空³，天淡银河垂地⁴。年年今夜，月华如练⁵，长是人千里。

　　愁肠已断无由醉，酒未到，先成泪。残灯明灭枕头敧⁶，谙尽孤眠滋味⁷。都来此事⁸，眉间心上，无计相回避。

【注释】　1.香砌：指飘满落花的石阶。　2.寒声碎：指寒风吹拂落叶的沙沙作响声。　3.真珠帘：即珍珠帘，指华美的珠帘。　4.“天淡”句：写天宇空阔，银河清爽。“垂”字下得好，杜甫有“星垂平野阔”（《旅夜书怀》）句。5.“月华”句：形容月光洁白明净。练，素白色的绸子。　6.“残灯”句：形容灯残夜深，辗转不能入睡。敧（qī），倾斜。　7.谙（ān）：熟悉。　8.都来：算来。罗隐《送顾云下第》诗：“百岁都来多几日，不堪相别又伤春。”

【评析】　开篇写深秋夜景，叶落，花飘，风寒，夜静，天宇疏淡，银河低垂，四周环境给人以寂静、清寒、空漠之感。“人千里”承“玉楼空”，暗示怀人心绪。后阕专就离愁宣发。愁肠已断，未酒先泪，折进一层，言离愁之深，无法化解。“残灯”二句，描摹孤眠实境，辗转反侧，彻夜无寐，倍增酸楚滋味。煞拍言怀人愁思，植于心头，现于眉上，将离情具象化，极富情致。李清照“才下眉头，却上心头”，即由此脱胎。李攀龙云“月光如昼，泪深于酒，情景两到”（《草堂诗余隽》），可谓的评。

踏莎行

小径红稀 [1]，芳郊绿遍，高台树色阴阴见 [2]。春风不解禁杨花，濛濛乱扑行人面 [3]。

翠叶藏莺，朱帘隔燕，炉香静逐游丝转。一场愁梦酒醒时，斜阳却照深深院。

【注释】　1.红稀：指春晚花落。　2."高台"句：写楼台间树木荫浓，绿色深深显现。　3."春风"二句：借杨花飘落暗示春光不留。

【评析】　上片写花稀草盛、绿树荫森、杨花扑面的郊原风光，为主人公布设外景，"春风不解"微露感春情悰。过片承上启下，笔触由室外转向室内。朱帘低垂，炉香袅袅，宛如游丝回环，气氛阒寂幽静。煞拍倒点时序，见出主人独对炉香，闲愁萦绕，正当梦醒酒消之后，而斯时残阳斜照，院落幽深，则主人孤寂无聊、惆怅莫名之意绪，愈加不言而明。全篇不着实字，以景见情，烘托出寥落的心态、淡淡的愁情。《蓼园词选》谓句句悉有寓托，如"花稀叶盛，喻君子少小人多也"云云，未免求之过深，有失穿凿。

晏　殊

蝶恋花

　　六曲阑干偎碧树¹，杨柳风轻，展尽黄金缕²。谁把钿筝移玉柱，穿帘海燕双飞去³。

　　满眼游丝兼落絮，红杏开时，一霎清明雨⁴。浓睡觉来莺乱语，惊残好梦无寻处。

【注释】　1.“六曲”句：写庭院小景，阑干曲折靠近碧绿的树枝。偎，依傍。2.黄金缕：指柳条。　3.“谁把”二句：意谓室内古筝残缺，筝柱移动，如海燕形的拨弦之具久已不见。钿筝，嵌金为装饰物的筝。温庭筠《和友人悼亡》诗：“宝镜尘昏鸾影在，钿筝弦断雁行稀。”　4.一霎：时间短暂。

【评析】　全篇写暮春风光、园林小景，风轻絮落，游丝飘荡，晓莺乱语，红杏开放。上片收拍忽写旧筝残存，俨然有睹物忆旧之感，下片收拍又言好梦难寻，似有往事成空之慨。

踏莎行

　　候馆梅残¹，溪桥柳细，草薰风暖摇征辔²。离愁渐远渐无穷，迢迢不断如春水。

　　寸寸柔肠，盈盈粉泪，楼高莫近危阑倚。平芜尽处是春山³，行人更在春山外。

蝶恋花

　　庭院深深深几许？杨柳堆烟，帘幕无重数。玉勒雕鞍游冶处¹，楼高不见章台路²。

　　雨横风狂三月暮，门掩黄昏，无计留春住。泪眼问花花不语，乱红飞过秋千去。

【注释】　1.玉勒雕鞍：玉质的马衔、雕花的马鞍，代指华美的车骑。2.章台路：汉代长安章台宫近旁有章台街，京兆尹张敞常走马过章台街游乐（《汉书·张敞传》）。《太平广记》引唐尧佐《柳氏传》，记韩翃与歌姬柳氏故事，作有"章台柳"词。后以章台路代指歌妓聚居的花街柳巷。

【评析】　为写佳人，先写佳人居止之处。三叠"深"字，则佳人禁锢高门、内外隔绝、闺房寂落之况，可以想见。树多雾浓，帘幕严密，愈见闺阁之深。"玉勒雕鞍"，为佳人想象中公子乘马游冶、尽情享乐之境况。"章台路"当指伊人"游冶处"，望而不见，正承宅深楼高而来。可知物质环境之华贵，终难弥补感情世界之空虚。望所欢而不见，感青春之难留，佳人眼中物象不免变得暗淡萧索。感花摇落而流泪，含泪以问花，花乱落而不语。乱红狼藉，令人感伤。伤花实则自伤，佳人与落花同一命运，是花是人，物我合一，情景交融，含蕴最为深沉。《古今词论》引毛先舒云："'泪眼问花花不语，乱红飞过秋千去'，此可谓层深而浑成。"

蝶恋花

　　谁道闲情抛弃久？每到春来，惆怅还依旧。日日花前常病酒，不辞镜里朱颜瘦。

　　河畔青芜堤上柳[1]，为问新愁，何事年年有？独立小桥风满袖，平林新月人归后。

【注释】　　1.青芜：青草。

【评析】　　发端以反问入题，承以闲情为春事触发，惆怅之怀，年年依旧。花前病酒、朱颜消瘦，正是闲愁的表现。青草满野、堤柳摇曳，均属触动愁情之物。"新愁"承"闲情"，"年年有"应"还依旧"。收拍有人有景，场面如画，正点出产生"新愁"的其时其地。

蝶恋花

几日行云何处去？忘了归来，不道春将暮¹。百草千花寒食路，香车系在谁家树？

泪眼倚楼频独语，双燕来时，陌上相逢否？撩乱春愁如柳絮，依依梦里无寻处²。

【注释】　　1.不道：不觉，不想。　　2.依依：隐约貌。

【评析】　　上片揣想行者游踪。以借喻发端，犹天空行云飘荡，无心归岫，不觉已到暮春，花草繁盛，"香车"句点明系在思念不归的行人。下片着力刻画念远心神。"泪眼"句极凝缩，含心情凄苦、凭高怅望、时时自言自语的多层意蕴。归来双燕能否陌上相逢，见出冥想入迷，心事沉重。收句更推进一步，由愁思凝重，乃至痴想成梦。"无寻处"回应"何处去"，首尾连环，层层深化。

木兰花

　　别后不知君远近，触目凄凉多少闷！渐行渐远渐无书，水阔鱼沉何处问¹？

　　夜深风竹敲秋韵²，万叶千声皆是恨。故敧单枕梦中寻，梦又不成灯又烬。

【注释】　　1.水阔鱼沉：形容音书断绝。古有鱼雁传书之说。　　2.秋韵：秋声。

【评析】　　上片直书其事，由于情人别后杳无音讯而触目凄凉，无限愁闷。叠用三"渐"字，将思妇愁闷逐步深化。"水阔"见其路远，"鱼沉"说明书断。下片借写夜眠之景，烘染思妇的离思别恨。先以两句描述室外秋声，"万叶千声"，见触处皆愁，字字凝重。再以两句描述室内孤眠，好梦难成，灯油耗尽，足见幽恨深浓，彻夜苦思，凄凉况味，可以想见。

浪淘沙

　　把酒祝东风，且共从容¹。垂杨紫陌洛城东²，总是当时携手处，游遍芳丛。

　　聚散苦匆匆，此恨无穷。今年花胜去年红，可惜明年花更好，知与谁同？

【注释】　　1.“把酒”二句：司空徒《酒泉子》有“黄昏把酒祝东风，且从容”之句。此化用其句，意谓举酒向东风祝祷，希望春光、游人从容相处，以尽雅兴。　　2.紫陌：繁花盛开的市郊路衢。李白《南都行》有“高楼对紫陌”。

【评析】　　词从春游野宴祝酒发端，“垂杨”句点名其地，且显示出繁花似锦。“当时”追忆去年，“游遍”承“从容”，“芳丛”承“紫陌”。上片表示尽兴游春的希望，下片感慨人生聚散无常。“去年”呼应“当时”，立足今年，追忆去年，展望明年，感流光易逝，而以花可重开反衬人难重聚，显示出爱惜时光、珍重友情的心绪。笔力疏畅，含意深婉，正如俞陛云所评：“深情如水，行气如虹。”（《宋词选释》）

青玉案

　　一年春事都来几¹？早过了、三之二。绿暗红嫣浑可事²，绿杨庭院，暖风帘幕，有个人憔悴。

　　买花载酒长安市，又争似家山见桃李³？不枉东风吹客泪⁴，相思难表，梦魂无据，惟有归来是。

【注释】　1.都来：算来。　2."绿暗"句：谓绿叶深碧，红花美好，都令人可喜。可事，犹言开心。　3.争似：怎似，何如。　4.不枉：难怪。

【评析】　上片写时序环境，由春光迅速消逝发端，"绿暗红嫣"句，将春光烂漫一语道尽。"庭院""帘幕"到"个人"，由远而近，由大环境收缩到小环境，收结到主人公，点出其人"憔悴"。下片释憔悴之因，集中描述旅怀。谓虽游乐京邑，终不如观赏故乡桃李，思乡情表述不尽，梦归虚幻无凭，最后逼出"归来是"，斩钉截铁，体现出旅愁重、归心切。意脉贯串，层层推进，步步深入。

柳　永

字耆卿，初名三变，行七，人称柳七，崇安（今属福建）人。仁宗景
祐元年（1034）进士，授睦州团练使推官，官至屯田员外郎。柳永流浪各
地，潦倒终生，善为歌辞，精通音律，尤擅长慢词。所作有雅俚二类。他
惯于以明畅的语言、铺叙委婉的章法、细密妥溜的笔锋，写歌儿舞女的情
事、个人羁旅行役的襟怀和城市升平气象。北宋词至柳永而一变。有《乐
章集》，收词二百零六首，集外传词六首。

曲玉管

陇首云飞[1]，江边日晚，烟波满目凭阑久。一望关河萧索，千里清秋，忍凝眸[2]。

杳杳神京[3]，盈盈仙子[4]，别来锦字终难偶[5]。断雁无凭，冉冉飞下汀洲，思悠悠。

暗想当初，有多少、幽欢佳会；岂知聚散难期，翻成雨恨云愁[6]。阻追游。每登山临水，惹起平生心事，一场消黯[7]，永日无言，却下层楼。

【注释】　1.陇首：指原野高丘之处。梁柳恽《捣衣诗》："亭皋木叶下，陇首秋云飞。"　2.忍凝眸：谓不堪注目久望。　3.杳杳神京：谓伊所居京邑遥远而无音讯。　4.盈盈仙子：指所怀思的女郎。盈盈，美好貌。　5."别来"句：谓别后当有情书传恨，但终难相遇。锦字，代指女方书信。《晋书·窦滔妻苏氏传》载，窦滔为苻坚时秦州刺史，被流放流沙。其妻苏氏思念深切，"织锦为回文旋图诗以赠滔，宛转循环以读之，词甚凄惋"。　6.雨恨云愁：指情场的悲愁。　7.消黯：黯淡消魂。

【评析】　词凡三叠。一叠写登高遥望。"云飞""日晚""烟波"是望中所见之景，"凭阑久"点出痴情凝望情状。"关河""清秋"是所望景的延伸，景象无不含暗淡、寂寥、杳远氛围。"忍凝眸"呼应"凭阑久"。二叠写怀思远人。"杳杳"见其远，"盈盈"见其美，"终难偶"见无能遇合，"断雁"二句即景寄情，含象征之意，"思悠悠"回应"忍凝眸"。三叠由"思悠悠"展延而来，先追忆当初，继折转到如今，由"幽欢佳会"陡落入"雨恨云愁"，悲欢反差极大。"阻追游"收拢一句，与"终难偶"意脉相承。以下又起一波，"每登山"以下铺叙离愁之重，"消黯""无言"，包含多少伤情愁绪！"下层楼"回应"凭阑"，首尾密合无间。全词意脉贯通，细针密线，明白晓畅，情致委婉。

雨霖铃

寒蝉凄切，对长亭晚，骤雨初歇。都门帐饮无绪¹，留恋处、兰舟催发²。执手相看泪眼，竟无语凝噎³。念去去、千里烟波，暮霭沉沉楚天阔⁴。

多情自古伤离别⁵，更那堪、冷落清秋节⁶！今宵酒醒何处？杨柳岸、晓风残月。此去经年，应是良辰好景虚设⁷。便纵有千种风情，更与何人说？

【注释】　1.“都门”句：在京都门外设帐举酒饯别，心怀惆怅，无情无绪。江淹《别赋》有“帐饮东都，送客金谷”语。　2.兰舟：对旅船的美称。3.无语凝噎：心情酸楚，喉头梗塞得说不出话来。　4.楚天：泛指南方的天空。鄂、湘、江、浙一带，战国时属楚国，故云。　5.“多情”句：谓古人重感情，自古感离伤别，多有动人之作。如屈原《九歌·少司命》云“悲莫悲兮生别离”，江淹《别赋》云“黯然销魂者，唯别而已矣”，李白《忆旧游寄谯郡元参军》云“问余别恨知多少，落花春暮争纷纷”等。　6.清秋节：清冷萧瑟的深秋节气。　7.良辰好景：《梁书·刘遵传》有“良辰美景，清风月夜”句。

【评析】　全词由“离别”发挥，依时序尽力铺叙。首从眼前别时之景入题，寒蝉、晚照、秋雨，为别情铺垫。继写离筵匆促，"催"字使人无奈。再写握别情态，泪眼相向，凄然无语，何等酸楚！又念旅途遥远，前路苍茫，心绪更为沉郁。过片点明伤别题旨，然后以意中景染之，设想舟靠堤岸，风冷月残，秋光寥落，更何以堪！末以痴情语挽结，谓别后年光漫长，情人不在，良辰美景，无限风情，有何意义，岂非枉然？情意何等深切执着！全篇情景交织，有点有染，有眼中景，有意中景，组合缜密，笔触传神。"杨柳岸、晓风残月"句，尤为脍炙人口。词格清和朗畅，意致绵密。东坡幕下歌手举"晓风残月"句代表柳词风调，可谓妙识解颐。

蝶恋花

　　伫倚危楼风细细，望极春愁，黯黯生天际[1]。草色烟光残照里，无言谁会凭阑意？

　　拟把疏狂图一醉[2]，对酒当歌[3]，强乐还无味。衣带渐宽终不悔[4]，为伊消得人憔悴[5]。

【注释】　1."望极"二句：极目远望，恼人的春愁从阴暗的天边袭来。2."拟把"句：打算把不拘小节、不合时宜的狂放心态用醉酒来打发。3."对酒"句：曹操《短歌行》："对酒当歌，人生几何？" 4."衣带"句：《古诗十九首》："相去日已远，衣带日已缓。" 5.消得：值得，甘愿。

【评析】　前片写远望所见所感。久立高楼，骋目远望，无边春愁，困扰人直到黄昏，无人理解。为何"望"，缘何"愁"，凭栏有何深"意"？含而不吐。后片由"意"字生发，倾吐内心思绪。欲一醉消却春愁，而愁不可解，强乐无味。为思念伊人，衣宽人瘦，绝不后悔。盖因浓情蜜意专注于意中人，为了她，骨瘦形销，在所不惜。收拍一语道破，情钟意挚，一往而深。欧阳修词有"肌肤拚为伊销瘦"（《蝶恋花》）之句，立意相同，而柳词更为委婉。贺裳《皱水轩词筌》评这两句为"作决绝语而妙者"，诚然！这种执着追求的精神，对忠于爱情者自然需要，对"成大事业、大学问者"，也同样不可缺少，王国维《人间词话》引此作为治学进取之第二种境界，是饶有意趣的。

柳　永

采莲令

　　月华收，云淡霜天曙。西征客、此时情苦。翠娥执手[1]，送临歧、轧轧开朱户[2]。千娇面、盈盈伫立[3]，无言有泪，断肠争忍回顾[4]？

　　一叶兰舟，便恁急桨凌波去[5]。贪行色、岂知离绪[6]。万般方寸[7]，但饮恨、脉脉同谁语？更回首、重城不见[8]，寒江天外，隐隐两三烟树。

【注释】　1.翠娥：指美女。白居易《李夫人诗》："翠娥仿佛平生貌，不似昭阳寝疾时。"　2."送临歧"句：谓打开华贵的门户送人临到歧路握别。轧轧（yà），开门声。　3."千娇面"句：写美人久立怅望，注目行人。千娇面，百般娇媚的面孔。盈盈，美好貌。　4.争忍：怎忍。　5."便恁"句：就这样急切地摇桨破浪而去。　6."贪行色"句：谓船家急于赶路，不体会分离者的心情。行色，出行的迹象。《庄子·盗跖》："车马有行色。"　7.万般方寸：复杂的心态。　8."更回首"句：欧阳詹《初发太原途中寄太原所思》诗："高城已不见，况复城中人。"此处所写情景相似。

【评析】　　上片写握别场景。由天象开篇，月收云淡，霜天初晓，一派清冷氛围。"西征"点明远行，"情苦"概括词旨，引发下文。"执手""临歧""开户""伫立""无言有泪",握别神态精细逼真,以"争忍回顾"收结,承上启下,过渡到写行者。下片集中写行者"离绪"。"恁急桨""贪行色",语气略含抱怨。离恨唯有自我吞咽,无人倾诉,其苦可知。收拍以景结情,离别伊人渐远,离恨增重,且以"寒江""烟树"回应起首环境。铺叙细密妥溜,首尾绾合无间。

浪淘沙慢

梦觉透窗风一线，寒灯吹息。那堪酒醒，又闻空阶夜雨频滴。嗟因循、久作天涯客[1]。负佳人、几许盟言，便忍把、从前欢会，陡顿翻成忧戚[2]。

愁极，再三追思，洞房深处，几度饮散歌阑[3]，香暖鸳鸯被。岂暂时疏散，费伊心力[4]。殢云尤雨[5]，有万般千种，相怜相惜。

恰到如今[6]，天长漏永[7]，无端自家疏隔[8]。知何时、却拥秦云态[9]？愿低帏昵枕[10]，轻轻细说与，江乡夜夜，数寒更思忆。

【注释】　1.因循：蹉跎岁月。　2."陡顿"句：谓突然转换成忧戚。　3.饮散歌阑：喝过酒，听罢歌。阑，尽。　4."岂暂时"二句：何曾短时疏隔分散，劳她惦念呢！　5.殢（tì）云尤雨：形容男女亲密昵爱。殢，缠绕，滞留。　6.恰：却，可是。　7.漏永：时间长。漏，古代计时器。　8."无端"句：平白无故地疏远隔离。　9."知何时"句：知道何时能再拥抱你这美人？却，再。秦云态，美人体态。春秋秦穆公女弄玉嫁情人萧史，双双成仙，传为佳话。云态，暗用巫山神女行云行雨故事。　10."愿低帏"句：放下帏帐就枕亲昵。

【评析】　词分三叠。首叠寒夜怀人，自怨自伤。深夜酒醒梦回，冷风透窗，残灯吹息，一片黑暗，又听空阶夜雨淋漓，一派凄凉，不禁自伤天涯沦落，有负情人，往日欢情变成浓重忧伤。由环境写到愁绪。次叠紧承"忧戚"，追怀往日欢情，亲密无间，如胶似漆。由"追思"领起，"再三"见出追念之频之切。当年每每酒散歌阑，同进鸳被，从不分离，亲昵钟情，缠绵无尽。"殢云尤雨"，房中欢情，意存言外；"万般千种"，缱绻体贴，难以形容。三叠折返到当今，进一步表示对未来的祈盼。"恰"字表转折，"天长漏永"，表隔离之久，度日如年。"无端"含自责愧悔之意。"知何时"以下表祈盼和设想。待来日同床共枕，当细说今日相忆之深。"轻"字、"细"字、"夜夜数"等，表情真诚坦率，体贴入微。全词铺叙细密，情思委婉，语言直白而真切，不讳言男女情爱细节，体现出城市市民文化的某些开放性萌蘖。

定风波

　　自春来、惨绿愁红，芳心是事可可¹。日上花梢，莺穿柳带，犹压香衾卧。暖酥消²，腻云亸³，终日厌厌倦梳裹⁴。无那⁵。恨薄情一去，音书无个。

　　早知恁么⁶，悔当初、不把雕鞍锁。向鸡窗，只与蛮笺象管，拘束教吟课⁷。镇相随⁸，莫抛躲，针线闲拈伴伊坐。和我，免使年少光阴虚过。

【注释】　1.“芳心”句：谓小姐心灵空漠，事事平淡乏味。　2.暖酥消：温暖滑腻的皮肤消瘦了。　3.腻云亸（duǒ）：蓬松细柔的发髻散开了。亸，“堕”的俗体字。　4.“终日”句：终日无精打采，懒得打扮梳妆。厌厌，心绪不佳。　5.无那：无奈。　6.恁么：如此。　7.“向鸡窗”三句：让心上人在书斋窗前展纸握笔，安安稳稳地长吟低咏做学问。蛮笺，唐宋时文人称南方或外域产的纸张。象管，以象牙为饰的笔杆。罗隐《清溪江令公宅》诗有“蛮笺象管夜深时”之句。　8.镇：常。

【评析】　上片叙女郎的起居神态。自新春以来，事事乏味，懒得起床，倦于梳妆。绿树红花，着“惨”与“愁”字，色调暗淡；“花梢”“柳带”，春光旖旎，也不感兴趣。“无那”一声长叹，点出所以然之故。下片写女郎的内心活动。她追悔当初不把心上人留住，如能锁住雕鞍，让他安心在书房治学，自己整日陪伴，形影相随，方不至虚度青春。全以家常口语，铺展闺房生活细节，体现了市民女性炽烈的爱情追求。词格泼辣、发露，代表了柳永俚俗词的风神。据说柳永曾拜谒贵官晏殊，晏殊问他："贤俊作曲子么？"柳永答："只如相公亦作曲子。"晏殊说："殊虽作曲子，不曾道'彩线慵拈伴伊坐'。"柳永只好告退。可见上层社会是看不惯这种市民气息浓重的俚词的。然而，这类词却受到风尘儿女的喜爱，并对后来的曲子发生影响。关汉卿在杂剧《谢天香》中，就曾让柳永拿这首词赠别歌妓谢天香。

柳 永

少年游

长安古道马迟迟¹，高柳乱蝉嘶。夕阳岛外，秋风原上，目断四天垂。

归云一去无踪迹，何处是前期²？狎兴生疏³，酒徒萧索，不似去年时。

【注释】 1.长安古道：柳永漫游各地，游踪曾西至古都长安。 2.前期：未来的期约和归宿。 3.狎兴：狎玩游冶的兴致。

【评析】 前片写征途中景象。长安古道上柳树萧疏孤高，秋蝉嘶叫，夕阳下沉远丘之外，四野空阔，寒风萧瑟，给人以荒漠寂落之感。词人于其中匹马迟迟，心绪之低沉冷清，可见一斑。后片写旅中心绪。回首往昔情事，如归云一去无踪；揣想未来期约和前程，满目苍茫，无从预料。酒朋狎侣久已星散，游冶兴致也自觉索然，收尾逼出一句大不如前的苍老之叹。词虽短小，写景视角空阔，抒怀涵盖力强。风调苍茫寥落，迥异于其纤艳之什，在柳词中别具一格。

戚 氏

晚秋天，一霎微雨洒庭轩。槛菊萧疏，井梧零乱，惹残烟。凄然，望江关，飞云黯淡夕阳闲。当时宋玉悲感，向此临水与登山[1]。远道迢递，行人凄楚，倦听陇水潺湲[2]。正蝉吟败叶，蛩响衰草，相应喧喧[3]。

孤馆度日如年，风露渐变，悄悄至更阑。长天净，绛河清浅，皓月婵娟[4]。思绵绵，夜永对景，那堪屈指暗想从前。未名未禄，绮陌红楼，往往经岁迁延[5]。

帝里风光好[6]，当年少日，暮宴朝欢。况有狂朋怪侣，遇当歌对酒竞留连。别来迅景如梭[7]，旧游似梦，烟水程何限？念利名、憔悴长萦绊，追往事、空惨愁颜。漏箭移[8]，稍觉轻寒，渐呜咽、画角数声残。对闲窗畔，停灯向晓，抱影无眠[9]。

【注释】 1."当时"二句：想到当时宋玉为悲秋作赋，登临山水，感慨万端。宋玉，屈原的弟子，曾作《九辩》，有云："悲哉，秋之为气也！萧瑟兮，草木摇落而变衰；憭栗兮，若在远行；登山临水兮，送将归。" 2."远道"三句：行人在迢遥的征途中心情悲凉，听厌了潺湲不断的陇头流水声。汉乐府鼓吹曲有《陇头水》曲。陇，丘垄，田埂。 3."正蝉吟"三句：知了在衰败的树叶中叫，蟋蟀在荒草中鸣，互相应和，喧闹人耳。蛩（qióng），蟋蟀。　　4."绛河"二句：天河清浅，明月光辉。绛河，指银河。杜审言《七夕》诗："白露含明月，青霞断绛河。"　5."未名未禄"三句：意谓功名利禄，两无成就，而在歌楼酒馆，却流连忘返，迁延岁月。　　6.帝里：指北宋都城汴京。　7.迅景如梭：疾驰的光景如同织布梭。　　8.漏箭移：指夜深。漏箭，古计时器漏壶的部件，上有刻度以计时。　　9.抱影：形容孤独。

【评析】　　全词三叠，二百一十二字。首叠写深秋旅馆景象。起笔点明"晚秋"雨后，词人身居驿馆。槛菊、井梧写近景，"萧疏""零乱"，"残烟"着一"惹"字，见出庭阶间秋景萧瑟，一派凄迷。"凄然"以下写远景，乃词人前此的旅途感受。乡关迢遥，夕阳黯淡，与当年宋玉远行悲秋情景仿佛。一路陇头流水凄切，秋蝉寒蝉交互悲鸣，令人无限凄楚。次叠写驿馆夜思。孤栖旅邸，时光难熬，及至夜深，长天明净，皎月生辉，撩人愁思。"屈指暗想"转入撷发思绪，功名利禄，一无所成，绮陌红楼，蹉跎岁月，补足"思绵绵"的内容，恰是词人对往日生活里程的回顾。三叠紧承上文，将"绮陌红楼"的少年生活具体化，写出当日的纵情潇洒。"别来迅景如梭"三句，喝断旧日的游乐梦，折转到当今现实，充满追昔抚今之喟叹。"念"字领起人生的总结反思。为名利所羁，孜孜以求，所为何事？"空惨愁颜"一语点破。"漏箭移"以下，回笔再写旅邸之夜，呼应开端，收结到"抱影无眠"，写尽天涯沦落的失意客的孤独酸楚况味。全词由近到远，由远到近，抚今追昔，由昔到今，铺叙细密，脉络分明，可视为词人落魄生活的写照和对人生道路的痛苦反思。李攀龙云："首叙悲秋情绪，次叙永夜幽思，末勘破名利关头更透。"（《草堂诗余隽》）所评得其要义。《碧鸡漫志》载当时曾有"离骚寂寞千载后，戚氏凄凉一曲终"之句，足见此词在当时是颇有影响的。

夜半乐

　　冻云黯淡天气[1]，扁舟一叶，乘兴离江渚。度万壑千岩，越溪深处[2]。怒涛渐息，樵风乍起[3]，更闻商旅相呼[4]。片帆高举，泛画鹢、翩翩过南浦[5]。

　　望中酒旆闪闪[6]，一簇烟村，数行霜树。残日下、渔人鸣榔归去[7]。败荷零落，衰杨掩映，岸边两两三三，浣纱游女，避行客、含羞笑相语。

　　到此因念，绣阁轻抛，浪萍难驻[8]。叹后约丁宁竟何据[9]？惨离怀、空恨岁晚归期阻。凝泪眼、杳杳神京路[10]，断鸿声远长天暮。

【注释】　1."冻云"句：形容天气阴沉，寒云凝结不开。　2.越溪：指今浙江绍兴的若耶溪，春秋时越国美女西施曾在此浣纱。　3.樵风：山林中采樵者希望之风。《后汉书·郑弘传》注引《会稽记》载，郑弘上山砍柴遇神人，问何所欲，弘曰："常患若耶溪载薪为难，愿旦南风，暮北风。"后果如愿。4.商旅相呼：商人旅客互相招呼寒暄。　5."泛画鹢"句：谓开动旅船飘飘然驶过南浦。画鹢，古代常画鹢鸟于船头，故以画鹢代指航船。南浦，泛指水边。　6.酒旆：酒店挂在门前招引顾客的旗子。　7.鸣榔：用木条敲击船舷。《西征赋》："鸣榔厉响。"　8.浪萍：流浪如浮萍，指游踪无定。　9."叹后约"句：感叹今后相聚的期约，虽反复叮咛，有无定准呢? 丁宁，同"叮咛"。　10.神京：京都，指汴京。

【评析】　本篇为三叠长调。一叠写泛舟离江浦之景。扁舟离岸，历千岩万壑，进越溪深处，怒涛息，樵风起，商旅寒暄，颇现舟行中热闹气象，可见作者"乘兴"而来。二叠写途中所见的傍晚渔村景观。"望中"领起，酒旆、烟村、霜树为远景，"残日下"转入近景。渔人鸣榔而归，浣纱女含羞笑语，人物情态活灵活现，既平添了渔村活泼的生气，又撩拨起行人悠长的离愁。三叠写离乡怀人之情。由"因念"转入，"绣阁"点居者难舍，"浪萍"指行者未留，叹后约，恨岁晚，见归期无定，神京路远，长天断鸿，景中融情，景中有比，将乡思推向高潮，韵致悠长，余味不尽。全篇局段井然，工笔白描，景象真切，人物灵动，洵称咏唱羁旅行役之名作。

玉胡蝶

　　望处雨收云断，凭阑悄悄，目送秋光。晚景萧疏，堪动宋玉悲凉[1]。水风轻、蘋花渐老[2]，月露冷、梧叶飘黄。遣情伤，故人何在？烟水茫茫。

　　难忘，文期酒会[3]，几孤风月，屡变星霜。海阔山遥，未知何处是潇湘[4]？念双燕、难凭音信，指暮天、空识归航。黯相望，断鸿声里，立尽斜阳。

【注释】　　1."堪动"句：宋玉曾作《九辩》抒悲秋之思。这里借以比况自己的心境。　2."水风轻"句：谓水面风轻，蘋花衰落。宋玉《风赋》："夫风生于地，起于青蘋之末。"蘋，一种水草。　3.文期酒会：谓与诗朋酒友欢晤聚会。　4.潇湘：潇水、湘水，在今湖南南部，代指湖南。

【评析】　　上片写凭栏怅望。"望"字领起所见秋光，继以宋玉悲秋比况自我感受。蘋花、月露、梧叶，分别着以"老""冷""黄"字，见出秋气萧瑟，诱发怀人思绪。"遣情伤"总束上文，统摄下片。"烟水茫茫"，给人以苍茫无尽、往事悠悠之感。换头以"难忘"承上启下。"文期酒会"，插忆往事种种。"几孤""屡变"言分隔之久，"海阔山遥"状相距之远，"未知何处"应"故人何在"。"念双燕"，盼信情挚；"指暮天"，望归心切。收拍绘出了词人久立凝望的场景，与开篇呼应，且把念旧之情推向高峰。着一"相"字，一笔兼写对方，耐人品味。

柳　永

八声甘州

　　对潇潇暮雨洒江天，一番洗清秋。渐霜风凄紧，关河冷落¹，残照当楼。是处红衰翠减²，苒苒物华休³。惟有长江水，无语东流。

　　不忍登高临远，望故乡渺邈，归思难收。叹年来踪迹，何事苦淹留⁴？想佳人、妆楼颙望⁵，误几回、天际识归舟⁶？争知我、倚阑干处，正恁凝愁⁷？

【注释】　1.关河：指关口和津渡。　2.是处：到处。红衰翠减：花落叶少。　3.苒苒（rǎn）：渐渐地。刘禹锡《酬窦员外旬休早凉见示》诗有"四时苒苒催容鬓"句。物华休：景物凋残。　4.淹留：久留。　5.凝望：一作"颙（yóng）望"。　6.天际识归舟：借用谢朓《之宣城郡出新林浦向板桥》诗，其中有句云："天际识归舟，云中辨江树。"　7.争：怎。恁：这般。

【评析】　上片写景，"对"字领起，将描述对象置于抒情主人公眼下。暮雨、清秋、霜风、关河、残照，一派凄清景象，视角宏阔，笔力辽远。"是处"总束一句，"惟有"作一跌宕，在有限同无限的对照下，含蕴无形的人生感喟。"霜风凄紧"三句，东坡赞为"不减唐人高处"（《侯鲭录》卷七）。下片抒情，换头承上即景抒感，思故乡，叹羁旅，进而想佳人，一贯而下，步步递进。怀人笔墨，由"想"字转到写对方，又由"争知"折转到己方，因自己怀思佳人，想象佳人正在痴情地思念自己，进而揣想佳人能否想象到词人自身正为想念她而倚栏凝愁。用对面写法，感情执着，体贴入微。"天际识归舟"句，冠以"误几回"三字，情思宛转深折。"识归舟"一层，写翘望不已；"天际"一层，见出骋目凝视；"误几回"一层，说明天天盼望，天天失望。表现盼归的急切之情，精深绝妙，令人叹为观止。

迷神引

　　一叶扁舟轻帆卷，暂泊楚江南岸[1]。孤城暮角，引胡笳怨[2]。水茫茫，平沙雁，旋惊散。烟敛寒林簇[3]，画屏展，天际遥山小，黛眉浅[4]。

　　旧赏轻抛，到此成游宦。觉客程劳，年光晚。异乡风物，忍萧索，当愁眼。帝城赊[5]，秦楼阻[6]，旅魂乱。芳草连空阔，残照满，佳人无消息，断云远。

【注释】　1.楚江：泛指楚地江流。　2.“孤城”二句：谓孤城傍晚吹起的号角，引动了幽怨的胡笳声。胡笳，一种管乐器，汉代在北方边庭流行，习称胡笳。　3.“烟敛”句：谓夕烟萦绕，寒林簇拥。敛，指烟雾聚拢。簇，指树林集聚。　4.黛眉浅：比喻远山如美人弯弯浅淡的黛眉。　5.帝城赊：京城遥远。　6.秦楼：旧指城市中游乐之地。

【评析】　上片写乘船经楚江之景。起笔叙事，“暮角”“胡笳”耳所闻，“水茫茫”以下眼所见。“水茫茫”三句为近景、动景，“寒林”“画屏”“遥山”为远景、静景，由近及远，描绘了一幅富有画意的江南水乡泊舟图。“黛眉浅”，隐喻新巧，且触动怀人情思。下片写途中繁乱的旅思。由“旧赏”转换为“游宦”，感受种种：一则有旅途劳顿、岁月迟暮之感，次则身临异乡，有风物萧索之愁，再则有帝城遥远、旧游隔阻之思，从而深觉旅魂繁乱，心境不适。收拍以景结情，景中含情，"断云远"，以景为喻，以见往日的酒朋情侣可望而不可即。全词反映了词人离开旧日的生活方式而步入官场之初所产生的复杂矛盾心态。

竹马子

登孤垒荒凉，危亭旷望，静临烟渚。对雌霓挂雨[1]，雄风拂槛[2]，微收残暑。渐觉一叶惊秋，残蝉噪晚，素商时序[3]。览景想前欢，指神京、非雾非烟深处。

向此成追感，新愁易积，故人难聚。凭高尽日凝伫，赢得消魂无语。极目霁霭霏微[4]，暝鸦零乱，萧索江城暮。南楼画角[5]，又送残阳去。

【注释】　1.雌霓：虹的一种。邢昺《尔雅疏》引郭璞《音义》："虹双出，色鲜盛者为雄，雄曰虹；暗者为雌，雌曰霓。"　2.雄风：宋玉《风赋》："故其清凉雄风，则飘举升降，乘凌高城，入于深宫。"　3.素商：古代五行中以秋配金，色尚白；五音中以秋属商，故称秋为素商。　4.霁霭霏微：雨过天晴后烟雾朦胧。　5.南楼：古南楼在今湖北鄂州市南。李白《陪宋中丞武昌夜饮怀古》诗有"清景南楼夜，风流在武昌"之句。晋时武昌为武昌郡治，即今鄂州市。

【评析】　前阕先写景，尔后即景生情。写景先是从空间角度着墨，因有"孤垒""危亭""烟渚"等意象；再从时间角度下笔，突出其"惊秋"特点，无不渲染荒凉、萧瑟氛围。"览景"句总上启下，转入抒情。后阕先抒感，尔后以景会情。换头紧承"想前欢"意脉，以前五句写情，"尽日凝伫""消魂无语"，写忆旧情态，真切感人，宛然在目。"极目"以下转笔写景，"极目"呼应"旷望"，"南楼"拍合"危亭"，"又送"见"览景""凝伫"，默默追思，已非一日，靡有休止。

王安石

1021
|
1086

　　字介甫，江西临川（今江西抚州）人。仁宗庆历二年（1042）进士。熙宁二年（1069）辅神宗推行新法，后擢同中书门下平章事，封荆国公。罢相后退居金陵，自号半山老人。为北宋变法派首领、诗文大家，有《临川集》，附歌曲十八首，《彊村丛书》本《临川先生歌曲》增入补遗，《全宋词》续有增补，共存二十九首。多用以怀古、言志、写怀，出语雍容奇特，人称其词格"瘦削雅素，一洗五代旧习"（《艺概》）。

桂枝香

登临送目，正故国晚秋，天气初肃。千里澄江似练¹，翠峰如簇²。归帆去棹残阳里，背西风酒旗斜矗。彩舟云淡，星河鹭起³，画图难足。

念往昔、繁华竞逐，叹门外楼头，悲恨相续⁴。千古凭高，对此漫嗟荣辱⁵。六朝旧事如流水，但寒烟、衰草凝绿。至今商女，时时犹唱，《后庭》遗曲⁶。

【注释】 1.“千里”句：谢朓《晚登三山还望京邑》诗：“余霞散成绮，澄江静如练。”此化用其句。练，白绸。 2.翠峰如簇：形容翠碧的山峦重叠。簇，聚积。 3.“星河”句：写洲渚夜景，明星倒映入水，故曰星河。 4.“叹门外”二句：意谓六朝亡国遗恨绵绵不绝。“门外楼头”用陈后主故事。陈叔宝荒淫享乐，不理朝政，兴建临春、结绮、望山等华丽楼阁，与宠妃张丽华等饮宴取乐。589年，隋将韩擒虎由安徽和县渡江，攻入建康，陈朝灭亡，陈后主被俘。杜牧《台城曲》诗“门外韩擒虎，楼头张丽华”，即咏其事。这里化用杜牧诗。 5.“千古”二句：意谓自来登高凭吊六朝遗迹，徒然慨叹历代的盛衰荣辱，无法阻止统治者重蹈历史覆辙。 6.“至今”三句：至今茶楼酒馆的歌女，还时常歌唱当年南朝的艳曲呢！陈后主曾作艳曲《玉树后庭花》，“词甚哀怨，令后宫美人习而歌之。其辞曰‘玉树后庭花，花开不复久'"(《隋书·五行志》)。杜牧《泊秦淮》诗"商女不知亡国恨,隔江犹唱后庭花",即咏其事。此处化用杜牧诗意。

【评析】 上片"登临送目",以直叙领起,"画图难足",以赞美收煞。中间写金陵胜概,天宇初秋,澄江翠峰,残阳归帆,西风酒旗,彩舟夜泊,两句一景,笔力精到,色彩明丽,说尽故都江山之胜。下片"念往昔",绾结故国,转入抒感。"门外楼头"二句,紧缩唐诗,以陈之逸豫亡国,概括历代兴亡教训,一以当十。"凭高"回应"登临","漫嗟"句,从历史长河角度,发出无限感喟。"旧事"与"衰草",进一步以自然之永恒反衬人事之匆促。末融化小杜诗意,宣出吊古情思,袅袅无尽,大有举世尚醉我独醒之概。全篇意蕴高胜,视野开阔,笔力清遒,融化浑脱,悠远的历史感喟寓托于宛转精健的咏唱之中,非大手笔何能臻此境!据《古今词话》,当时"诸公寄调《桂枝香》者三十余家,惟王介甫为绝唱",东坡称其为"野狐精",虽含调侃之意,亦足见其钦服之情。

千秋岁引

别馆寒砧¹，孤城画角，一派秋声入寥廓。东归燕从海上去，南来雁向沙头落。楚台风²，庾楼月³，宛如昨。

无奈被些名利缚！无奈被它情担阁⁴！可惜风流总闲却！当初漫留华表语⁵，而今误我秦楼约⁶。梦阑时，酒醒后，思量著。

【注释】 1.别馆：旅馆。寒砧：捣衣石。 2.楚台风：宋玉《风赋》："楚襄王游于兰台之宫，宋玉、景差侍。有风飒然而至，王乃披襟而当之，曰：'快哉此风！'" 3.庾楼月：《世说新语·容止》中说：庾亮在武昌与诸佐吏殷浩等登南楼赏月，据胡床咏谑。 4.被它情担阁：被庸俗无聊的世俗人情所耽搁。 5."当初"句：当初徒然留下尽早归来之语。《搜神后记》载，辽东人丁令威学仙得道，化鹤归来，落在城门华表上，唱道："有鸟有鸟丁令威，去家千岁今来归。城郭如故人民非，何不学仙冢累累。" 6."而今"句：谓耽误了与佳人早日欢聚的盟约。秦楼，指佳人的住处，汉乐府《陌上桑》诗有"日出东南隅，照我秦氏楼"之句，秦氏楼是美女罗敷的住处。

【评析】 上片写秋景。先写所闻，寒砧阵阵，画角幽咽，一派秋声布满天宇。次写所见，燕儿东归，大雁南来。"别馆""孤城""海上""沙头"，境界空阔，气象萧瑟。再写所感，往昔风月景观恍如昨日，暗寓江山如故而人事已非之思，由所感展衍出下片纷繁的忧念。下片两声"无奈"，道出对名利的勘破，对尘缘的冷漠。"可惜"句，懊悔潇洒自在的生活空间为名利世事挤占。"误秦楼约"，更进一步点明辜负了属于自己的青春和爱情。收拍写梦后沉思，归结下片，以见此词正是对前半生人生道路的恍悟和反思。杨慎云："荆公此词，大有感慨，大有见道语，既勘破乃尔，何执拗新法，铲除正人哉！"（《词品》）谓为"铲除正人"，是杨慎的偏见，指出"见道""勘破"，则不无道理。

王安国

1030
|
1076

　　字平甫，安石之弟。熙宁初，赐进士出身，历官大理寺丞、集贤校理。天旱饥馑，郑侠绘流民图进奏朝廷，被窜放岭南，安石罢相，吕惠卿因郑侠狱倾陷王安国，王安国被夺官，放归乡里。有《王校理集》，今不传。《全宋词》录存其词三首。

清平乐

　　留春不住，费尽莺儿语。满地残红宫锦污¹，昨夜南园风雨。

　　小怜初上琵琶，晓来思绕天涯²。不肯画堂朱户，春风自在杨花。

【注释】　1."满地"句：满地落花好似宫中锦缎被泥水污染。　2."小怜"二句：歌女刚弹起琵琶，引动了闺中佳人伤春的思绪，使其梦魂不禁追随远人萦绕天涯海角。小怜，北齐后主高纬有宠妃称冯淑妃，名小怜，此处泛指歌女。李贺《冯小怜》诗有"湾头见小怜，请上琵琶弦"之句，此化用其意。又顾敻《虞美人》有"玉郎还是不还家，教人魂梦逐杨花，绕天涯"之句，"思绕天涯"由此化出。

【评析】　开篇叹春光不留，借莺声宣出，黄莺啼唱，仿佛苦心挽留，立意何等新巧别致。由于风急雨骤，致使残红满地，这正是"春不住"的具象化。歌女为惜春而奏琵琶，琵琶的幽怨又撩拨起天涯梦思，此时放眼户外，如雪似絮的杨花自由飘舞，不肯依傍豪家朱门。惜春情怀由外景到内心，步步深入。两片着墨，均先听觉而后转为视觉。羡"自在杨花"，赞"不肯"朱户，言外当有所寓托。谭献云："'满地'二句，倒装见笔力，末二句见其品格之高。"(《谭评词辨》)

晏几道

　　字叔原，号小山，晏殊的幼子，曾监颍昌许田镇，做过开封府推官。他生于贵家，沉沦下位，家道中落，退闲京邑，不践贵人之门。性情坦诚天真，疏于顾忌，潜心翰墨，尤喜小词。其词从《珠玉词》出，而体貌各异。所作多记离合悲欢，咏昨梦前尘，伤华屋山丘，寓微痛纤悲，淡语皆有味，浅语皆有致。有《小山词》一卷，存词二百六十余首，黄庭坚为之序。

临江仙

梦后楼台高锁，酒醒帘幕低垂。去年春恨却来时[1]。落花人独立，微雨燕双飞[2]。

记得小蘋初见[3]，两重心字罗衣[4]。琵琶弦上说相思[5]。当时明月在，曾照彩云归[6]。

【注释】　1.却来：又来。　2."落花"二句：五代翁宏《春残》诗："又是春残也，如何出翠帏。落花人独立，微雨燕双飞。"此借用其句。　3.小蘋：歌女名。晏几道《玉楼春》词也提到此人，词云："小蘋微笑尽妖娆。"　4.心字罗衣：绣有"心"字图案的罗衣。　5."琵琶"句：写小蘋手弹琵琶，脉脉传情。　6.彩云：李白《宫中行乐词》："只愁歌舞散，化作彩云飞。"此化用其诗。

【评析】　因怀人而梦，为解愁而酒，梦后酒醒，愈感孤寂，"高锁""低垂"，环境之孤寂冷清可以想见，自然兜出一"恨"字。"春恨"又来，说明伤春怀人，年复一年，如今更为深沉。末嵌入古人诗句，活画出一幅暮春独立怀人图。"微雨""落花"，春意阑珊；"人独""燕双"，倍增怀思。浑化无迹，意象妙绝，"名句千古，不能有二"（《谭评词辨》）。"记得"转入所怀内容，即初见小蘋的第一印象。美妙之打扮，含情之弹奏，月光下之飘然离去，尤以此三种细节深印脑海，铭记终生，时移事变，仍历历在目。全篇由怀人之境之形，进而写所怀之人之事，情真、意婉、人美、语工，诸美荟萃，实罕其匹。

蝶恋花

梦入江南烟水路，行尽江南，不与离人遇。睡里消魂无说处，觉来惆怅消魂误。

欲尽此情书尺素¹，浮雁沉鱼²，终了无凭据³。却倚缓弦歌别绪，断肠移破秦筝柱⁴。

【注释】　1."欲尽"句：想将相思之情倾洒在信札上。尺素，代指书简，古以长绢为书写材料，因有尺素之称。　2.浮雁沉鱼：大雁远飞，鱼沉海底，代指邮件不通。　3.终了：到底。　4."却倚"二句：想借舒缓低沉的弦音抒发伤别情怀，无奈移破秦筝无非是断肠之声。古秦筝有十三弦，每弦有柱支撑，柱左右移动可调节音高。移破，夸张移动弦柱次数之多。

【评析】　思念之初，神魂入梦，梦中行遍江南烟水迷濛之路，不见伊人，消魂之苦无以倾诉，醒来的消魂情状尤难忍受。梦寻无望，欲寄书传情，邮使不通。音讯杳然，只好借筝弦宣发苦衷，可奈弦音声声使人肠断。由梦寻到寄书到弹筝，无论幻境和现实，均无法缓解消魂断肠之苦，伤离的情悰何其沉挚深切！

晏几道

蝶恋花

　　醉别西楼醒不记，春梦秋云，聚散真容易¹。斜月半窗还少睡，画屏闲展吴山翠²。

　　衣上酒痕诗里字，点点行行，总是凄凉意。红烛自怜无好计，夜寒空替人垂泪³。

【注释】　　1."春梦"二句：春梦秋云，比喻时间短暂，去后无迹。这二句脱胎自白居易《花非花》诗，诗云："来如春梦不多时，去似秋云无觅处。" 2."画屏"句：写深夜不眠，眼前闪现出画屏中青翠的吴山。　3."红烛"二句：杜牧《赠别》诗有"蜡烛有心还惜别，替人垂泪到天明"之句，此化用其意。

【评析】　　开篇破空而起，直陈与伊人醉中分别情事，"醒不记"，欢聚时必当宴饮酣畅。紧接着化用唐诗，形容相聚之短、分别之易。以下专就月夜忆人着笔生发。"画屏闲展"，见出卧不合眼，环境空寂；酒痕诗字，睹物怀人，倍增凄楚；"点点行行"，语浅意深；红烛垂泪，侧笔旁衬，借物写怀，烛亦伤情，人何以堪！愈显意挚愁浓，一往情深。

鹧鸪天

　　彩袖殷勤捧玉钟，当年拚却醉颜红 [1]。舞低杨柳楼心月，歌尽桃花扇底风。

　　从别后，忆相逢，几回魂梦与君同 [2]。今宵剩把银釭照，犹恐相逢是梦中 [3]。

【注释】　1.拚却：甘愿、任凭之意。　2."几回"句：谓多次在梦中相遇。3."今宵"二句：由杜诗化出。杜甫《羌村》诗："夜阑更秉烛，相对如梦寐。"剩，只管，尽情。银釭（gāng），银灯。

【评析】　上阕写往日欢聚之乐事。"彩袖"，代指佳人；"当年"，点明往事；"殷勤"，对方劝酒之诚笃；"拚却"，自己欢饮之酣畅；月被舞低，风被歌尽，情绪之高，兴致之浓，可想而知。意象至美，辞采极丽。下阕写当今重逢之心情。别后即忆，久忆成梦，几回以梦为真，而今重逢，又不免疑真为梦，往昔只盼梦中相逢，今宵唯恐相逢是梦。曲折深婉，乍惊乍喜。往日欢情之浓，衬跌出相忆之深，愈显出重逢之难，愈要通宵秉灯相对。情浓词艳，气韵精美。古人有"穷苦之言易好，欢娱之辞难工"之说，小晏此篇写欢情，可谓工矣！陈廷焯云："自有艳词，更不得不让伊独步。"（《白雨斋词话》）此篇足以当之。

生查子

关山魂梦长 ¹，塞雁音书少。两鬓可怜青 ²，只为相思老。
归傍碧纱窗，说与人人道 ³："真个别离难，不似相逢好。"

【注释】　　1.关山：关口。　　2.可怜青：可爱的黑发。青，黑色。　　3.人
人：亲昵之人。欧阳修《蝶恋花》词："翠被双盘金缕凤，忆得前春，有个人
人共。"

【评析】　　上四句描述别离对人的折磨，下四句向亲昵者倾诉衷肠，或许是作
者对行将分别或久别重聚的亲爱者诉分离之苦而发。语言平易，明白家常。

木兰花

东风又作无情计，艳粉娇红吹满地[1]。碧楼帘影不遮愁，还似去年今日意。

谁知错管春残事，到处登临曾费泪。此时金盏直须深，看尽落花能几醉[2]。

【注释】　1.艳粉娇红：形容春花美好。　2."此时"二句：崔敏童《宴城东庄》诗有"能向花前几回醉，十千沽酒莫辞频"之句，此处立意与崔诗相近。

【评析】　起句直怨东风，"吹满地"见其"无情"，因而引动春思，虽居处幽深华美，难却愁情，一如往昔。"遮"字下得妙，将无形物有形化，说明愁绪无边，华美的物质环境亦难隔阻。换头以转作承，出以反语，由怨东风而怨自己。"登临"乃"错管"的展衍，"费泪"足见春愁之深。末以盏深解"费泪"，看似旷达，实极感伤。以狂饮对落花，人生能得几回醉？含无限人事匆迫之遐思。

木兰花

秋千院落重帘暮，彩笔闲来题绣户。墙头丹杏雨余花，门外绿杨风后絮。

朝云信断知何处？应作襄王春梦去[1]。紫骝认得旧游踪[2]，嘶过画桥东畔路。

【注释】　1.“朝云”二句：伊人音讯杳无，不知下落，犹如楚襄王春梦幻灭。宋玉《高唐赋》并序，写楚襄王游高唐，梦神女荐枕，临去说自己“旦为朝云，暮为行雨”云云。这里借用这则故事，谓往日的游乐生活恍如梦寐。2.紫骝：骏马。

【评析】　上片写故地之景，起两句院内，次两句院外。院内重帘幽深，仿佛那人在窗下题诗，有实景，有幻景。院外墙头红杏，门外绿杨，光景宛然如旧。然而，“雨余花”“风后絮”，差可为佳人沦落风尘、公子身世浮萍写照。景中有比，耐人寻味。换头借巫山神女事抒伊人无讯、往事如烟之感，是经故地所想。收拍写故地重经，骑马过街，紫骝认路，嘶鸣不已，可见经常过往。“嘶过”托物寄情，实中带虚。黄蓼园云：“首二句别后，想其院宇深沉，门阑紧闭。接言墙内之人，如雨余之花，门外行踪，如风后之絮。后段起二句言此后杳无音信，末二句言重经其地，马尚有情，况于人乎？”（《蓼园词选》）所评精当入微。

清平乐

留人不住，醉解兰舟去 [1]。一棹碧涛春水路，过尽晓莺啼处。

渡头杨柳青青，枝枝叶叶离情。此后锦书休寄，画楼云雨无凭 [2]。

【注释】　1.兰舟：对旅船的美称。　2.云雨：借用《高唐赋》巫山云雨之语，喻指男女爱情关系。

【评析】　起句直叙无力挽留，情人饮罢别酒，乘舟而去。中间四句写景，"碧涛""晓莺"为设想中旅途之景，"杨柳"为送行人眼中之景，杨柳作为送行之物，枝枝叶叶饱含离情，语极酸楚。收句陡然兜出临别之言，让对方休寄锦书，从此结束情缘，一刀两断。以决绝口吻发出负气之语，正是"留人不住"，又不忍割舍的痛苦心情的变相反映。周济云"结语殊怨，然不忍割弃"（《宋四家词选》），甚是。

晏几道

阮郎归

　　旧香残粉似当初，人情恨不如。一春犹有数行书，秋来书更疏。

　　衾凤冷[1]，枕鸳孤[2]，愁肠待酒舒。梦魂纵有也成虚，那堪和梦无。

【注释】　　1.衾凤冷：被上绣的凤凰显得冷清。　　2.枕鸳孤：枕头上绣的鸳鸯也感到孤单。

【评析】　　起句以故物对比人情。晨起梳妆，睹物兴感，薰香脂粉犹似当初，而人情却今不如昔。次二句承前延伸，以"书更疏"表明人情随时间的推移而日益淡薄。以下写夜来的感受。"衾凤""枕鸳"，无情之物，尚觉冷清孤单，何况多情之人？"愁肠"唯有借酒消解，而酒入愁肠，往往加重离思。为开解情结而不得不求之虚幻的梦寐，可奈如今梦也不成。收句欲擒故纵，宕开一笔，翻进一层，最为有力，与赵佶《宴山亭》收拍同一机杼。

阮郎归

　　天边金掌露成霜¹，云随雁字长。绿杯红袖趁重阳，人情似故乡。

　　兰佩紫，菊簪黄²，殷勤理旧狂³。欲将沉醉换悲凉，清歌莫断肠。

【注释】　1．"天边"句：谓汴京已进深秋季节。汉武帝在长安建章宫前铸铜人，手托承露盘，露变成霜，说明秋深。此处代指汴京。　2．"兰佩"二句：写九月九日重阳节，佩兰簪菊，兴致颇浓。秋兰多绿叶紫茎，秋菊多呈黄色。　3．"殷勤"句：谓尽心地料理旧日那种疏狂神态。

【评析】　首二句写深秋物象，"天边"暗点时在京都。三、四句写节日活动和气氛，有美酒供饮、红袖相劝，人情温馨，如在故乡。以上布设重阳节外围环境。以下写个人应景寻欢，身佩紫兰，头簪黄菊，认真唤起往年的清兴，重现故我狂态，然而毕竟心境有异，想以酣醉排除悲凉的困扰，而清歌恐更引发浓愁。结句深沉，含不尽之意。

六幺令

绿阴春尽，飞絮绕香阁。晚来翠眉宫样，巧把远山学[1]。一寸狂心未说，已向横波觉[2]。画帘遮匝[3]，新翻曲妙，暗许闲人带偷掐[4]。

前度书多隐语，意浅愁难答。昨夜诗有回文[5]，韵险还慵押[6]。都待笙歌散了，记取来时霎[7]。不消红蜡，闲云归后，月在庭花旧阑角。

【注释】　1."晚来"二句：傍晚上妆，秀眉画成宫女的样式，学一种美妙的远山眉。　2."一寸"二句：热切的心情不用开口，已从如水波斜横的眼神中流露出来。　3.画帘遮匝：写演出场地为画帘绣幕围绕。　4."暗许"句：形容新曲美妙，容或有人暗中偷记。偷掐，指插谱记录。元稹《连昌宫词》："李谟擫笛傍宫墙，偷得新翻数般曲。"自注：李谟闻宫中度曲，遂于桥柱上插谱记之。　5.回文：一种回环可读的诗体，指情诗。　6."韵险"句：谓对方寄诗，韵字太窄无暇应和。　7.来时霎：来一会儿。

【评析】　上片写歌娃演出。起笔描绘春景，兼点时、地。"晚来"四句，叙歌女化妆，借描眉细节，展示其兴奋心情。"画帘"三句，言在珠围翠绕中演出美妙新曲，极力表现其高才妙艺。下片写会后密约。前四句言对方频频寄书寄诗，因"多隐语""有回文"，领会未深，用韵过险，难以回答。补述此意，说明双方交往亲密。后五句约会之语，叮嘱伊人，笙歌散后，暂留片刻。"不消""月在"云云，见出两情亲昵，环境幽美，花好月圆人亦圆，着一"旧"字，可知原为两人惯常幽会之地，十分亲切熟悉。有场景，有人物，有表情，有话语，细致地写出了少女与情郎月夜幽会的甜美的生活片段。

御街行

　　街南绿树春饶絮，雪满游春路¹。树头花艳杂娇云，树底人家朱户。北楼闲上，疏帘高卷，直见街南树。

　　阑干倚尽犹慵去²，几度黄昏雨。晚春盘马踏青苔³，曾傍绿阴深驻。落花犹在，香屏空掩，人面知何处⁴？

【注释】　　1.“雪满”句：形容柳絮满地。雪，喻指柳絮。　　2.慵去：懒得离开，不愿离开。　　3.盘马：勒马停留。韩愈《雉带箭》：“盘马弯弓惜不发。”　　4.“人面”句：化用唐诗。唐崔护《题都城南庄》云：“去年今日此门中，人面桃花相映红。人面不知何处去，桃花依旧笑春风。”

【评析】　　全词采用倒叙手法，“街南绿树”四句为一层，写登楼怅望所见之景，绿树浓阴，杨花铺路，柔云缭绕处有一所朱门宅院，为当年伊人所居，环境如此幽美，主人自不同凡俗。“北楼闲上”到“几度黄昏雨”，五句为一层，写自身登楼遥望的情绪心态，“北楼”恰对“街南”，“倚尽”“几度黄昏”，见经常怅望，依依难舍。“晚春盘马”以下为一层，由追忆往日朱门欢会，折转到今夕物是人非，融化崔护诗，点明题旨。“曾傍”“犹在”“空掩”，充满抚今追昔之感。全词场景如画，思路宛曲，怀旧情惊怅然难尽。

虞美人

曲阑干外天如水，昨夜还曾倚。初将明月比佳期，长向月圆时候、望人归。

罗衣着破前香在，旧意谁教改[1]？一春离恨懒调弦，犹有两行闲泪、宝筝前。

【注释】　1.“旧意”句：谁叫他改变了旧日的情意呢？

【评析】　前段写倚栏望月忆人。今夕倚栏，从“昨夜”曾倚现出，“望人”前着“长向”，足见望远人回归，由来已久。月轮盈亏有定，以月明比佳期，说明心地单纯，凝想如痴。后段写盼望落空后的酸楚。“罗衣着破”，与远人热恋时的衣物不忍搁置，可见念旧情深。“前香”仍在，“旧意”已改，既叹人情犹不如物，又叹他人迥不似己。由此逼出收尾两句，借对筝洒泪的情态，写出女主人公离恨之长之深，心情凄楚之甚。

留春令

　　画屏天畔，梦回依约，十洲云水 [1]。手捻红笺寄人书 [2]，写无限、伤春事。

　　别浦高楼曾漫倚，对江南千里。楼下分流水声中，有当日、凭高泪 [3]。

【注释】　1. 十洲：指神仙所居。东方朔《十洲记》载，在八方大海中有祖洲、瀛洲、玄洲、炎洲、长洲、元洲、流洲、生洲、凤麟洲、聚窟洲，人迹罕至，仙人所居。　2."手捻"句：手持。作者《鹧鸪天》词亦有"手捻香笺忆小莲"之句。　3."楼下"二句：冯延巳《三台令》有"流水，流水，中有伤心双泪"之句，意境相近。

【评析】　此词倒叙，上片写梦醒忆人，欲裁笺寄恨。下片追叙当日分手后，曾倚楼远眺，泪洒江流。梦回后，眼前画屏仿佛远在天边，仙境云水迷离苍茫，伊人所居难以追寻。当日分手于别浦，曾凭高怅望，眼泪滴入分流的江水中。全词给人以迷离依稀、仙凡异路之感，反映出作者同意中人分隔杳遥、会合难期，感情较为凄惋。

思远人

　　红叶黄花秋意晚，千里念行客。飞云过尽，归鸿无信，何处寄书得[1]？

　　泪弹不尽临窗滴，就砚旋研墨。渐写到别来，此情深处，红笺为无色。

【注释】　　1."何处"句：谓何处寄书方能寄达呢？

【评析】　　词由感秋起笔，"念行客"直点其事，以下专就"寄书"宣发，层层递进，愈转愈深。归鸿无信，转入无处通邮，触发"泪弹不尽"，无尽泪水滴入砚池，纵无计递笺，仍要忍痛挥笔摅怀。一派痴情，无以自控。此时墨泪交莹，滴洒不止，写到伤情处，红笺湿透，彩色褪尽。墨耶？泪耶？情耶？浑化难分，凄楚欲绝。"红笺为无色"，钟情妙语，力透纸背，感人肺腑，动人精魂。

苏 轼

1037
|
1101

　　字子瞻，号东坡居士，眉山（今属四川）人。嘉祐二年（1057）进士。熙宁时期先后任杭州、密州、徐州知州。因诗文中对新法含有讽喻，元丰间论罪贬居黄州。元祐时期累迁中书舍人、翰林学士、知制诰等职，后出知杭、颍、扬、定等州。绍圣期间，重论讪谤罪状，远贬惠州、儋州。徽宗即位，奉命内迁，病逝于常州。苏轼为文学大家，诗文词赋兼善，所作词堂庑开阔，风调多样，豪纵清壮、超逸洒脱而外，兼有韶秀婉丽，敢于突破词坛的传统创作风尚，别立一宗，使词风为之一变。存词三百余首，词集以元延祐本《东坡乐府》为最早，今人注释本有《苏轼词编年校注》。

水调歌头

丙辰中秋，欢饮达旦，大醉，作此篇，兼怀子由。

明月几时有，把酒问青天[1]。不知天上宫阙，今夕是何年[2]。我欲乘风归去，惟恐琼楼玉宇[3]，高处不胜寒。起舞弄清影，何似在人间[4]。

转朱阁，低绮户，照无眠[5]。不应有恨，何事长向别时圆[6]？人有悲欢离合，月有阴晴圆缺，此事古难全。但愿人长久，千里共婵娟[7]。

【注释】　1."明月"二句：李白《把酒问月》诗有"青天有月来几时，我今停杯一问之"句，此化用其意。　2."不知"二句：《周秦行纪》中有诗云："香风引到大罗天，月地云阶拜洞仙。共道人间惆怅事，不知今夕是何年。"或为东坡所本。　3.琼楼玉宇：《大业拾遗记》载："翟乾祐于江岸玩月，或问此中何有，翟笑曰：'可随吾指观之。'俄见月规半天，琼楼玉宇烂然。"　4."起舞"二句：谓月下起舞，清影摇曳，"仿佛神魂归去，几不知身在人间也"（《蓼园词选》）。　5."转朱阁"三句：夜深月移，月光转过朱红的楼阁，洒进雕花的门窗，照见不眠之人。　6."不应"二句：谓明月不会对人间有恨，为何偏在人们离别时它却圆呢？司马光《温公诗话》："李长吉'天若有情天亦老'，人以为奇绝无对。曼卿对'月如无恨月常圆'，人以为勍敌。" 7."但愿"二句：但愿人都能常葆健康，虽相隔千里，可以共沐明月清辉。谢庄《月赋》："隔千里兮共明月。"孟郊《古怨别》："别后唯所思，天涯共明月。"许浑《怀江南同志》："唯应洞庭月，万里共婵娟。"苏词融会点化，超越前人。婵娟，美好貌，此代指月。

【评析】 词由探询月球肇始、天阙年代摇曳入题，遐想联翩，笔锋奇逸，仿佛对超拔尘寰、羽化登仙饶有兴致。继而"我欲"转化为"惟恐"，"玉宇"虽高却寒，承以月下"起舞"，虚幻憧憬，终为现实眷恋所战胜，而归结为人间无异仙境，识度何等明达超迈！然而人间毕竟不无缺憾，月移夜深，怀人无寐，月圆人缺，倍增离索。其实人不长聚，月不长圆，天象人事，同此一理，自古而然。唯愿顺其定则，因任自然，各保康泰，共沐明月清辉，襟怀何等爽旷！前后两阕，由问月、设想登月，到月下起舞，由望月、怨月、因月悟理，到祝愿与月共在，享有实在人生。妙在句句不离月字，又句句借月写怀。思路由虚而实，由实而虚，由天上折转人间，由星体妙悟人生。"人有悲欢"三句，以宇宙意识观照人生，涵盖自然与人类共同律动，意象愈空灵，意境愈澄澈，意蕴愈玄奥，意念愈明达，所谓"清空中有意趣"（《词源》）。慧性灵气充盈行间，千古不可有二。正如胡仔《苕溪渔隐丛话后集》卷三十九所云："中秋词自东坡《水调歌头》一出，余词尽废。"

水龙吟

次韵章质夫杨花词

似花还似非花[1]，也无人惜从教坠[2]。抛家傍路，思量却是，无情有思[3]。萦损柔肠，困酣娇眼，欲开还闭[4]。梦随风万里，寻郎去处，又还被、莺呼起[5]。

不恨此花飞尽，恨西园、落红难缀[6]。晓来雨过，遗踪何在？一池萍碎[7]。春色三分，二分尘土，一分流水[8]。细看来，不是杨花，点点是、离人泪。

【注释】 1.非花：谓柳絮不是花。梁元帝《咏阳云楼檐柳》诗有"杨柳非花树"句。白居易作有《花非花》词。 2.从教坠：任凭它飘落。 3.无情有思：看似无情，实是有意。杜甫《白丝行》："落絮游丝亦有情。" 4."萦损"三句：谓离思使缠绕的柔肠变细，春情使困倦的娇眼睁开又闭合。柔肠，形容杨枝。娇眼，形容柳叶。 5."梦随风"三句：形容柳花随风飘荡，乍起乍落，宛似闺中人梦寻情郎的幻境。此从金昌绪《春怨》诗化出，诗云："打起黄莺儿，莫教枝上啼。啼时惊妾梦，不得到辽西。" 6.落红难缀：落花难以连缀到枝条上。 7."遗踪"二句：谓杨花落池，变成零乱的浮萍。苏轼旧注："杨花落水为浮萍。"苏轼《再次韵曾仲锡荔支》诗亦有"柳花着水万浮萍"句，自注云：“飞絮落水中，经宿即为浮萍。"此说不合实际，只能说，杨花落水犹如浮萍。   8."春色"三句：叶清臣《贺圣朝》：“三分春色二分愁，更一分风雨。"把春分成三份。此处春色代指杨花，杨花二分落地化为轻尘，一分落水顺流而去。

【评析】   上片刻画杨花飘落，摇曳入题。似花非花，无情有思，熔化前人诗意，于杨花若即若离，形神兼摄。“萦损"以下，从“有思"生发，“柔肠"喻柳条，“娇眼"喻柳叶。“梦随"化用唐诗，既象征杨花飘零之状，又映现其“有思"之魂。以物为人，以人写物，杨花、美人契合为一。下片由上文"惜"字、“坠"字引申出“恨"“飞"“落"，借以抒发伤春惜花之愁。由不恨到恨，欲进先退；由杨花到落红，宕开一笔，而后折回杨花。“遗踪何在"一问，承以或化轻尘，或随流水，见春光消逝，渺无遗踪，何胜感怆！末以点点杨花与离人泪珠浑融为一，融情于物，以物体情，神来之笔，令人叫绝，正应起句“似花非花"旨趣。全篇赋物言情，虚实相生，笔墨入化，有神无迹。其风韵之妩媚，晁叔用比为“如毛嫱、西施，净洗脚面，与天下妇人斗好"（《诗人玉屑》），可谓传神妙喻！

永遇乐

彭城夜宿燕子楼，梦盼盼，因作此词。

明月如霜，好风如水，清景无限。曲港跳鱼，圆荷泻露，寂寞无人见。纨如三鼓¹，铿然一叶²，黯黯梦云惊断³。夜茫茫、重寻无处，觉来小园行遍。

天涯倦客，山中归路，望断故园心眼⁴。燕子楼空，佳人何在？空锁楼中燕⁵。古今如梦，何曾梦觉，但有旧欢新怨。异时对、黄楼夜景，为余浩叹⁶。

【注释】　1.纨（dǎn）如：击鼓声。《晋书·邓攸传》："纨如打五鼓，鸡鸣天欲曙。"　2.铿然：金石声，形容静夜中树叶落地有声。　3.黯黯：暗淡貌，形容梦境迷茫。　4."天涯"三句：写自己客居乡思。"望断故园心眼"，是说故乡遥远，归路难觅，用眼望不到，用心盼不到。　5."燕子"三句：写人去楼空之感。晁补之称赞说："只三句，便说尽张建封事。"（《高斋诗话》）6."异时对"二句：设想后人凭吊自己的陈迹时，亦如今日凭吊燕子楼一样，会发出深长的感叹。黄楼，苏轼任徐州知州时所建，在彭城东门。苏轼《送郑户曹》诗有"登楼一长啸，使君安在哉"之句，与此词收尾用意正同。

【评析】 先写燕子楼小园夜景。明月、好风、跳鱼、泻露，景物有静有动。静景以泼墨烘染，动景以工笔刻画，物象巨细有别，而同为深夜所见，故以"清景""寂寞"先后挽结。次写梦觉，"纨如""铿然"以声响衬夜之深静，且抖擞出一"惊"字，形容梦醒恍惚之状。"夜茫茫"三句，反接开端夜景，倒点以上乃觉来后寻梦所见。下阕径写梦后所感，融入一己身世情悰。一发乡国之思，二发今昔之感，再发人生之叹，末又折回自身。由空间阻隔和时间局限扩大到人生虚幻，由登燕子楼之梦，写到历史长河的古今之梦，进一步由燕子楼联想到黄楼，由今日凭吊昔人，设想后人凭吊自我，感悟人生，喟叹古今，有棒喝醒世之力。全章词法细密，意境清绝，融理入情，哲思幽邃，空灵中含玄远韵致。

宋词三百首

洞仙歌

　　余七岁时，见眉州老尼，姓朱，忘其名，年九十岁。自言尝随其师入蜀主孟昶宫中，一日大热，蜀主与花蕊夫人夜纳凉摩诃池上，作一词，朱俱能记之。今四十年，朱已死久矣，人无知此词者，但记其首两句，暇日寻味，岂〔洞仙歌〕令乎？乃为足之云。

　　冰肌玉骨，自清凉无汗。水殿风来暗香满[1]。绣帘开、一点明月窥人，人未寝，欹枕钗横鬓乱[2]。

　　起来携素手[3]，庭户无声，时见疏星度河汉[4]。试问夜如何？夜已三更，金波淡、玉绳低转[5]。但屈指、西风几时来，又不道流年、暗中偷换[6]。

【注释】　1.水殿：滨水或环以水的殿堂。　2.欹枕：即倚枕。　3.素手：《古诗十九首》："纤纤出素手。"　4.河汉：指天河。　5."金波"句：谓月光浅淡，玉绳星下沉。金波，指月光。玉绳，星名，玉衡北两星为玉绳星。6.不道：不觉。

苏　轼

【评析】　　前段写花蕊夫人高贵娇美。人与居处环境交叉描写，由"冰""玉"可想见其人之娇美，"水殿""绣帘"，环境亦复清雅。明月多情斜窥，衬出玉人之丽。"钗横鬓乱"见尚未安寝。后段写孟昶与花蕊携手步月。换头直叙，以下通过人物视觉，写夏夜光景，给人以玉宇澄清、万象凉爽之感。收拍写时光如流、好景不驻，暗示人生中美好的享受匆匆即逝。东坡写男女情爱，清丽而雅，且无形中融入某种哲理。

卜算子

黄州定惠院寓居作

缺月挂疏桐，漏断人初静[1]。谁见幽人独往来[2]，飘渺孤鸿影[3]。

惊起却回头，有恨无人省。拣尽寒枝不肯栖，寂寞沙洲冷。

【注释】　1.漏断：指夜深。　2.幽人：幽隐之人、孤独之人，此苏轼自指。《易·履·九二》有"幽人贞吉"语。　3."飘渺"句：隐约依稀，犹如飘忽的孤鸿。

【评析】　上段写东坡个人在定惠院的行止起居。自出狱编管黄州后，他深居简出，独往独来，形影犹如飘逸的孤鸿。起二句绘出一清虚寂静、杳无人烟的环境，继写幽人出没，隐约宛似孤鸿。下段专写孤鸿惊魂不定、无人理解的神态。不肯攀援令人心寒的高枝，只愿归宿于荒冷的沙洲。黄蓼园云："此东坡自写在黄州之寂寞耳。初从人说起，言如孤鸿之冷落；下专就鸿说。语语双关，格奇而语隽，斯为超诣神品。"（《蓼园词选》）可谓的评。

青玉案

送伯固归吴中

三年枕上吴中路[1]，遣黄犬、随君去[2]。若到松江呼小渡[3]，莫惊鸳鹭，四桥尽是、老子经行处[4]。

《辋川图》上看春暮，常记高人右丞句[5]。作个归期天定许，春衫犹是，小蛮针线[6]，曾湿西湖雨。

【注释】　1.“三年”句：谓三年来在梦中经常走上回杭州之路。吴中，古吴国之地，泛指今江浙一带。　2.“遣黄犬”句：意谓让黄犬带回故地的消息。《晋书·陆机传》载：“初机有骏犬，名曰黄耳，甚爱之。既而羁寓京师，久无家问，笑语犬曰：‘我家绝无书信，汝能赍书取消息不？’犬摇尾作声。机乃为书，以竹筒盛书而系其颈，犬寻路南走，遂至其家，得报还洛，其后因以为常。”此用其事。　3.“若到”句：如若到松江呼唤渡船。松江，即吴淞江，在上海市西。　4.“四桥”句：谓四桥一带过去都游赏过。四桥，苏州的景点。　5.“辋川图”二句：意谓观赏王维的名画，记起隐者的诗句，常常引发对潇洒的泉林生活的向往。唐王维官至尚书右丞，人称王右丞，有别墅在辋川（今西安市东南蓝田县内）。王维又是画家，曾在蓝田清凉寺绘有《辋川图》壁画，是有名的艺术品。　6.小蛮针线：小蛮，白居易的姬妾。

孟棨《本事诗》载：“白尚书姬人樊素，善歌，妓人小蛮，善舞。尝为诗曰：‘樱桃樊素口，杨柳小蛮腰。’”这句指苏伯固姬妾缝制的衣服。

【评析】　　上片起二句，写伯固忆念杭州。次三句，写其对归途风物感情很深，十分熟悉。下片起二句，借观赏王维诗画，宣发向往林泉隐居生涯。后四句言上天倘许归隐，则定居杭州最为理想。身着佳人纤手缝制的春衫，徜徉于西湖，何其潇洒！“犹是”，见其念旧情深；“曾湿”，谓此乃再度体验依傍西湖的高雅生活。“西湖雨”与“吴中路”首尾呼应，“辋川图”紧承“经行处”，亦暗喻吴中风光如画。况周颐云：“‘曾湿西湖雨’是清语，非艳语。与上三句相连属，遂成奇艳、绝艳、令人爱不忍释。”(《蕙风词话》卷二)

临江仙

　　夜饮东坡醒复醉¹，归来仿佛三更。家童鼻息已雷鸣，敲门都不应，倚杖听江声。

　　长恨此身非我有，何时忘却营营²？夜阑风静縠纹平³，小舟从此逝，江海寄余生。

【注释】　　1. 东坡：在黄冈城东南隅，苏轼躬耕之地。白居易为忠州刺史，写有《步东坡》《东坡种花》等诗。苏轼"谪居黄州，始号东坡，其源必起乐天忠州之作也"（周必大《二老堂诗话》）。　2. "长恨"二句：意谓无法掌握自身命运，终年奔波劳碌。《庄子·知北游》："舜问乎丞曰：'道可得而有乎？'曰：'汝身非汝有也，汝何得有夫道？'舜曰：'吾身非吾有也，孰有之哉？'曰：'是天地之委形也。'"营营，奔走劳碌貌。　3. 縠纹：形容水波细微。縠，绉纱。

【评析】　　上片记事，下片抒怀。上片写所为，下片写所感。夜饮醒而复醉，归去不计早晚，家童熟睡，夜深人静，归舍不得，正可谛听江涛，融一己于大自然怀抱之中。江涛引发对自我存在的反思，遗憾于不能生命自主，而陷入尘缘劳碌，风露奔走。面对大江，顿生超拔羁縻而遁身江海之遐想。其所为，优游洒脱，委天任运，无适不可；其所感，厌倦争逐，神往恬退，皈依自然。形神互补，熔铸出一个风韵萧散的抒情主人公，体现了他昂首尘外、恬然自适的生命哲学。

定风波

三月三日，沙湖道中遇雨¹，雨具先去²，同行皆狼狈，余不觉。已而遂晴，故作此。

莫听穿林打叶声，何妨吟啸且徐行³。竹杖芒鞋轻胜马⁴，谁怕？一蓑烟雨任平生⁵。

料峭春风吹酒醒⁶，微冷，山头斜照却相迎。回首向来萧瑟处，归去，也无风雨也无晴⁷。

【注释】　1.沙湖：在湖北黄冈东南三十里，又名螺丝店。　2.雨具先去：带雨具的人先走了。　3.吟啸：放声吟咏。　4.芒鞋：草鞋。　5."一蓑"句：意谓身着蓑衣，一生出没于烟雨之中，也任凭它去了。蓑，草编织的雨衣。　6.料峭：形容春风略带寒意。《五灯会元》卷十九法泰禅师："春风料峭，冻杀年少。"　7."回首"三句：意谓归去时回头再看遇雨的地方，风雨已过，落照也收起了斜晖。苏轼《独觉》诗云："翛然独觉午窗明，欲觉犹闻醉鼾声。回首向来萧瑟处，也无风雨也无晴。"收尾二句与此词煞拍相同。

【评析】　上片写旅途中突遇急风骤雨而若无其事的态度，下片写雨过天晴回望来路所得的感受。"穿林打叶"，见出雨急风骤，"吟啸""徐行"，见出态度从容。"竹杖"句，条件穷窘而心理轻快。"莫听""何妨""谁怕""任平生"，坦荡豁达的性格跃然纸上。换头转入雨后，酒醒、雨霁、天晴、日出，回眸向时风雨交加之处，一切无不消逝一空，幻化为乌有。自然界有急雨扑面的遭遇，人生旅程中也不乏风雷盖顶的险境，只要沉着履险，从容应变，岂有闯不过的人间风浪？这是词人承受风雨洗礼后的真切感受，也是他经历阴霾压顶的政治风云后所萌生的人生反思。正如郑文焯所评："此足征是翁坦荡之怀，任天而动。"（《手批东坡乐府》）以曲笔写胸臆，深邃的人生哲理，即寓于最平常的生活小景之中，有耐人品味、发人深省之效。

江城子

乙卯正月二十日夜记梦

十年生死两茫茫，不思量，自难忘。千里孤坟¹，无处话凄凉。纵使相逢应不识，尘满面，鬓如霜。

夜来幽梦忽还乡，小轩窗，正梳妆²。相顾无言，惟有泪千行。料得年年肠断处，明月夜，短松冈³。

【注释】　1.千里孤坟：苏轼妻王氏死后先葬于汴京西郊，治平三年（1066）迁葬于眉州彭山县安镇乡，距苏轼当时所在的密州十分遥远，故曰"千里孤坟"。　2."小轩窗"二句：写梦中见到妻子与往常一样在小阁窗前梳妆打扮。　3."料得"三句：设想亡妻年年为怀念自己而悲伤。孟棨《本事诗》载，幽州衙将张某妻孔氏亡故后，忽于坟中出，题诗赠张，有"欲知肠断处，明月照孤坟"之句。

【评析】　起句一笔彼我两写，"两茫茫"状夫妻幽明永隔，惘然无尽，用逆接法反跌出"自难忘"，愈见自然真挚。"无处话"既承"难忘"，又点阻隔之遥。"纵使"由假设转出"相逢"，打入自我身世之感，言衰老憔悴，迥非往昔。换头进入记梦，"小轩窗"四句，白描梦中乍逢细节，意幻情真，虚中带实。"料得"写梦后设想对方念己，由己念彼体会出来，翻进一层，愈见两情挚厚。"年年肠断"，离恨绵绵无尽，令人酸鼻。以词悼亡，坡公首创。全篇以实带虚，由梦前到梦中到梦后，以平实语言写夫妻至情，凄惋执着，感人至深。

贺新郎

　　乳燕飞华屋[1]，悄无人、槐阴转午[2]，晚凉新浴。手弄生绡白团扇[3]，扇手一时似玉。渐困倚、孤眠清熟，帘外谁来推绣户？枉教人、梦断瑶台曲[4]，又却是、风敲竹[5]。

　　石榴半吐红巾蹙[6]。待浮花浪蕊都尽[7]，伴君幽独。秾艳一枝细看取，芳意千重似束[8]。又恐被西风惊绿[9]，若待得君来向此，花前对酒不忍触。共粉泪、两簌簌[10]。

【注释】　1.乳燕：幼燕。飞华屋：一作"栖华屋"。　2.槐阴转午：槐树阴影转移，天已到午后。　3."手弄"句：谓美人手持生丝制作的白团扇。　4."枉教人"句：谓仿佛有人推门，平白地把美人的好梦惊醒。梦断，梦醒。瑶台曲，瑶台幽深处，代指仙境。《离骚》："望瑶台之偃蹇兮，见有娀之佚女。"　5."又却是"句：原来是风吹竹声。李益《竹窗闻风寄苗发司空曙》："开门复动竹，疑是故人来。"　6."石榴"句：形容石榴花开得像有褶皱的红巾一样。白居易《题孤山寺山石榴花示诸僧众》："山榴花似结红巾。"　7.浮花浪蕊：轻浮斗艳的花卉。韩愈《杏花》诗有"浮花浪蕊镇长有，才开还落瘴雾中"之句。　8."秾艳"二句：谓细看秾艳的榴花，层层花蕊簇束一起，仿佛心事重重。李白《清平乐》有"一枝秾艳露凝香"之句。　9.西风惊绿：谓西风吹起，榴叶变黄。　10."共粉泪"句：谓美人粉泪与榴花瓣一同纷纷下落。簌簌，下落貌。

【评析】　上阕写怀有高远追求的幽居美人。她高雅、纯洁、贞静，形神俱美，然而寂寞无依，好梦难成。写美人先环境，次体貌，再心态。下阕写榴花秾艳超群，不与浮花浪蕊为伍，她幽独、秀洁，芳心千重，忧畏西风。写榴花，先花形，次花品，再花魂。而后引美人对榴花，美人、榴花相映生辉，同命相怜，面对西风的萧飒、时光的迟暮，粉泪与花瓣不禁一同簌簌下落。以榴花衬映美人，美人艳如榴花，花着人之愁情，人具花之品格，是花是人，融合为一，共宣迟暮之感，同发身世之喟，婉曲缠绵，寄托遥深，意蕴广远，耐人领略。

秦 观

1049
|
1100

　　字少游，别号淮海居士，扬州高邮（今属江苏）人。元丰八年
（1085）进士。元祐初，经苏轼荐举，除授秘书省正字兼国史院编修官。
绍圣初，苏轼等人获罪，秦观先后被贬到郴州、雷州等地，徽宗立，放
还，行至藤州（今广西藤县）病逝。秦观师事苏轼，为苏门四学士之一，
但词风迥异。秦观词婉美含蓄，情词兼胜，艳情中兼融身世之感，写景凄
惋动人，素称婉约派高手。词集《淮海居士长短句》，存词七十余首，徐
培均校注本增补三十余首。

望海潮

　　梅英疏淡，冰澌溶泄[1]，东风暗换年华[2]。金谷俊游，铜驼巷陌[3]，新晴细履平沙。长记误随车[4]，正絮翻蝶舞，芳思交加。柳下桃蹊，乱分春色到人家[5]。

　　西园夜饮鸣笳[6]。有华灯碍月，飞盖妨花[7]。兰苑未空[8]，行人渐老，重来是事堪嗟[9]。烟暝酒旗斜。但倚楼极目，时见栖鸦。无奈归心，暗随流水到天涯[10]。

【注释】　1. 冰澌溶泄：河中冰块融化，水流畅通。　2.“东风”句：谓东风送走严冬，迎来春光。　3.“金谷”二句：代指汴京繁华之地。金谷，西晋石崇的花园，在洛阳西北。铜驼，街巷名。《太平御览》卷一百五十八引陆机《洛阳记》：“洛阳有铜驼街，汉铸铜驼二枚，在宫南四会道相对。”骆宾王《艳情代郭氏答卢照邻》诗：“铜驼路上柳千条，金谷园中花几色。”　4.“长记”句：韩愈《嘲少年》诗：“只知闲信马，不觉误随车。”　5.“柳下”二句：谓柳荫巷、桃花径，住户荡漾着一派春光。　6. 西园：王诜（字晋卿）在汴京有花园名西园，他曾延请苏轼和苏门文士雅集游宴，时人李公麟绘有《西园雅集图》。此处不必实指，亦可代指著名园林。曹植《公宴》诗有“清夜游西园，飞盖相追随”之句。　7.“有华灯”二句：此间灯火辉煌，使月光减色，游车飞驰，车篷损伤、遮盖了花木。　8. 兰苑：对园林的美称。

9.是事：犹事事。　　10.“无奈”二句：谓无奈一片归心如流水奔涌。

【评析】　　词写怀旧。起三句由梅疏、冰融表明春光又临，“东风”略点，“换年华”见春光依旧，年华更新。“金谷”“铜驼”直到“华灯”“飞盖”，追忆当年春日京华俊游盛况。“长记”点明为追忆中情事。京华街衢之豪，市井春光之美，夜宴冠盖之盛，“误随车”之少年浪漫，历历在目，令人神往。“兰苑”三句，说明物华如旧，自身已老，与“暗换”呼应，并发出愁深情浓的感喟。以下转入眼前实景，暮色苍冥，天宇无尽，栖鸦掠过，面对远谪前程，亦如栖鸦无奈，何枝可依？忆昔伤今，以俊游反衬暮栖，“春色到人家”转换为“流水到天涯”，“暗换”意脉贯通全章，愁思满楮。

八六子

　　倚危亭。恨如芳草，萋萋刬尽还生[1]。念柳外青骢别后[2]，水边红袂分时[3]，怆然暗惊。

　　无端天与娉婷[4]。夜月一帘幽梦，春风十里柔情。怎奈向、欢娱渐随流水[5]，素弦声断，翠绡香减，那堪片片飞花弄晚，濛濛残雨笼晴[6]。正销凝，黄鹂又啼数声[7]。

【注释】　1."萋萋"句：李煜《清平乐》："离恨恰如春草，更行更远还生。"萋萋，草盛貌。刬尽，铲除干净。　2.青骢：青白色的马。　3.红袂：红色衣袖。　4.娉婷：指柔美的佳人。　5.怎奈向：怎奈何。　6."濛濛"句：形容细雨方停，半露晴空的景象。　7."正销凝"二句：杜牧《八六子》"正销魂，梧桐又移翠阴"，句格与此相近，此处或从杜牧句化出。销凝，销魂凝思出神之意。

【评析】　起句含凝神望远之意，继以芳草丛生喻离思绵绵。"念"字以下转入追忆，直贯下片。"青骢"，自己所乘，"红袂"，伊人丽装，"柳外""水边"，青红交映，当年离别场景刻骨难忘，思之怆然，心悸魂惊。"无端"以下，进一步缅想当初与伊人相遇、相恋及暌离情景。"天与娉婷"、帘内缱绻、柔情绵密，缘分之巧，伊人之美，两情之纯之深，可以想见。"怎奈向"一声慨叹，又折回别后，欢情忽逝，琴断香销，伊人杳无声息。面对花残、日暮、细雨、晚烟，一派凄迷现境，使人黯然魂销。几声黄鹂，惊断怀旧思绪，深化无限离愁。全词意象优美，情景交织，于艳情离歌中，堪称千古绝唱。

满庭芳

　　山抹微云[1]，天粘衰草[2]，画角声断谯门[3]。暂停征棹，聊共引离尊[4]。多少蓬莱旧事[5]，空回首、烟霭纷纷。斜阳外，寒鸦万点，流水绕孤村[6]。

　　销魂[7]，当此际，香囊暗解，罗带轻分[8]。漫赢得、青楼薄幸名存[9]。此去何时见也，襟袖上、空惹啼痕。伤情处，高城望断，灯火已黄昏[10]。

【注释】　　1."山抹"句：群山间淡云停蓄，仿佛抹上一笔浮云。　　2．"天粘"句：远天与荒草相接。　　3."画角"句：城楼上的画角声断续响起。画角，西羌乐器，外施彩绘，故名画角。谯门，古代筑在城门上的警楼。4.引：持。杜甫《夜宴左氏庄》："看剑引杯长。""引杯"为"持杯"意。5.蓬莱旧事：指恋情往事。　　6."寒鸦"二句：叶梦得《避暑录话》卷二引隋炀帝诗："寒鸦千万点，流水绕孤村。"此处化用其句。　　7.销魂：形容感伤神情。　　8."香囊"二句：谓与情人分别。香囊、罗带，古时男女青年佩带物，多用以与所爱交换定情。繁钦《定情诗》："何以致叩叩，香囊系肘后。"韦庄《清平乐》词："惆怅香闺渐老，罗带悔结同心。"　　9."漫赢得"句：徒然赚了个薄幸之名。杜牧《遣怀》："十年一觉扬州梦，赢得青楼薄幸名。"　　10."高城"二句：写行者于旅船上回首顾望，只有城内灯火昏黄，情人已不可见。

【评析】　　词写行者与所恋女子分别时依依难舍的情景与感受。由描绘告别场景入题，山间淡云浮动，远天与衰草连接，角声断续呜咽，一派暮色苍茫景象，浓化离别氛围。"征棹""离尊"，点明行色匆匆，离别在即。"蓬莱旧事"追怀旧情，如许缱绻，无限温柔，难以陈诉，"纷纷"二字或可囊括。"斜阳""寒鸦""孤村"，插写外景；烘染出无限凄凉况味。"销魂"倾诉胸臆，一往情深。"香囊""罗带"而缀以"暗解""轻分"，则情人间的柔情蜜意、难割难舍之状，耐人体味。"漫赢得""何时见"，思前念后，自怨自艾，无可如何，不禁泪染襟袖，离情达到高潮。末以船驶人去、夜深灯昏而仍回首凝望收煞，眷顾深情，绵绵不尽。全词情深意密，布景如画，下字精美，运笔宛曲，堪称"诗情画景，情词双绝"（《词则大雅集》卷二）。《苕溪渔隐丛话后集》卷三十三引《艺苑雌黄》谓："其词颇为东坡所称道。取其首句，呼之为'山抹微云君'。"岂偶然哉！

满庭芳

　　晓色云开，春随人意，骤雨才过还晴。古台芳榭，飞燕蹴红英。舞困榆钱自落，秋千外、绿水桥平。东风里，朱门映柳，低按小秦筝[1]。

　　多情，行乐处，珠钿翠盖[2]，玉辔红缨[3]。渐酒空金榼[4]，花困蓬瀛[5]。豆蔻梢头旧恨，十年梦、屈指堪惊[6]。凭阑久，疏烟淡日，寂寞下芜城[7]。

【注释】　1.“低按”句：低眉弹奏秦筝。秦筝，一种弦乐器。　2.珠钿翠盖：珠宝装饰的车身，翠羽点缀的车盖。　3.玉辔红缨：马匹配备华美的笼头和彩带。　4.“渐酒空”句：言尽兴饮酒。金榼（kē），酒器。　5.花困蓬瀛：喻同游少女困倦于歌楼酒馆。蓬瀛，蓬莱、瀛洲，传说中的海上仙山，见《史记·封禅书》，此指游冶场所。　6.“豆蔻”二句：回忆昔年艳遇恋情，忽已多年，恍如一梦。杜牧诗“娉娉袅袅十三余，豆蔻梢头二月初”（《赠别》），“十年一觉扬州梦，赢得青楼薄幸名”（《遣怀》），均写扬州游冶生活，此处化用杜牧诗。豆蔻，形容少女之美，如枝头将开之豆蔻花。　7.芜城：指扬州。南北朝时，扬州迭遭兵乱，鲍照作《芜城赋》，因有此名。

【评析】　“晓色”三句，叙天晴、春暖、气清；“古台”四句，写燕飞、花红、榆舞及秋千、绿水、小桥;"东风"三句,画笔收缩到人家,绿柳朱门,琴曲婉转,美不胜收。笔触自远而近,由天气、景物到人事,环境幽美如画,春意盎然,铺垫之功,细腻完足。"多情,行乐处"提点一笔,始正面进入艳遇幽欢。"翠盖"指女,"玉辔"指男,"酒空""花困",两情欢洽甜蜜臻于极致,不可言传。"豆蔻"二句作一总束,点破乃记忆中旧梦前尘。"堪惊"忽跌入现境,以反衬作收,愈觉人事全非,旧情难忘。通篇倒叙,章法绵密,景美、人美、事美、情美,浑融一体。前人有"时女步春"之评,正可代表少游的艳词神韵。

减字木兰花

　　天涯旧恨，独自凄凉人不问。欲见回肠[1]，断尽金炉小篆香[2]。

　　黛蛾长敛[3]，任是春风吹不展。困倚危楼，过尽飞鸿字字愁[4]。

【注释】　　1.回肠：形容内心痛苦。司马迁《报任安书》："肠一日而九回。"杜甫《秋日夔府咏怀寄郑监》："吊影夔州僻，回肠杜曲煎。"　2."断尽"句：形容愁肠寸断，犹如金炉中烧断的篆香。篆香，盘香。　3.黛蛾：少女之眉，古以黛画眉。黛，青色颜料。　4.飞鸿字字愁：鸿雁飞行，常排成"人"字，看到"人"字，想象征人，引发愁思。

【评析】　　起句直抒离恨，写出所怀遥远，自身孤独。以下以"回肠""黛蛾""飞鸿"极意形容旧恨的分量。回肠寸断，黛眉难展，飞鸿阵阵触人愁，词人善于将内心情感具象化、外在化，语言平易，笔力厚重，感情极为浓挚。

浣溪沙

漠漠轻寒上小楼¹。晓阴无赖似穷秋²。淡烟流水画屏幽。
自在飞花轻似梦，无边丝雨细如愁。宝帘闲挂小银钩。

【注释】　1.漠漠：清虚弥漫貌。李白《菩萨蛮》："平林漠漠烟如织。"
2.穷秋：九月。鲍照《白纻歌》："穷秋九月荷叶黄。"

【评析】　小词只首句写人的行动，以下只写天气、光景、居处环境。天气阴寒，环境清寂，气氛无聊。主观情绪投射到四周环境，种种物象无不着上主人的色彩，主人的心境全借助外在光景来映现。"花轻似梦""雨细如愁"，下语婉美而韵味悠长。

阮郎归

　　湘天风雨破寒初[1]，深沉庭院虚。丽谯吹罢小单于[2]，迢迢清夜徂[3]。

　　乡梦断，旅魂孤，峥嵘岁又除[4]。衡阳犹有雁传书，郴阳和雁无[5]。

【注释】　1.湘天：湖南有湘水，故称湘天。　2."丽谯"句：谓城楼上吹罢号角。丽谯，高楼。《庄子·徐无鬼》："君亦必无盛鹤列于丽谯之间。"小单于，唐乐曲名。李益《听晓角》诗："秋风卷入小单于。"　3.清夜徂：清夜消逝。杜甫《倦夜》诗："万事干戈里，空悲清夜徂。"　4."峥嵘"句：谓寒气凛冽，又到了年终。峥嵘，形容寒气。罗隐《雪霁》诗："南山雪乍晴，寒气转峥嵘。"　5."衡阳"二句：《汉书·苏武传》有鸿雁传书的记载。湖南衡阳有回雁峰。《埤雅》云："鸿雁南翔，不过衡山，盖南地极燠，雁望衡山而止，恶热故也。"郴阳，在衡阳之南。

【评析】　湘天风雨，庭院深虚，笛曲幽咽，长夜迢遥，为乡思旅愁烘染了足够的氛围。之后集中倾泻愁怀：家乡远，梦魂单，又到岁除时节，乡音渺无，谪居的凄苦况味可以想见。煞拍极写音问隔阻，与"人人尽道断肠初，那堪肠已无"（秦观《阮郎归》）用同样翻进一层的手法，无限酸楚。

晁元礼

1046
|
1113

　　字次膺，一名端礼，其先澶州清丰（今属河南）人，家于彭门（今江苏徐州）。熙宁六年（1073）进士，两为县令，因忤上官，坐废。政和三年（1113），大晟乐组成，蔡京荐之于徽宗，应召赴阙，除大晟府协律郎，不克受职而卒。晁补之常与唱和，称为次膺十二叔。今传《闲斋琴趣外篇》题为晁元礼撰。

绿头鸭

晚云收，淡天一片琉璃。烂银盘、来从海底，皓色千里澄辉。莹无尘、素娥淡伫¹，静可数、丹桂参差²。玉露初零，金风未凛，一年无似此佳时。露坐久、疏萤时度，乌鹊正南飞³。瑶台冷，阑干凭暖，欲下迟迟。

念佳人、音尘别后⁴，对此应解相思。最关情、漏声正永，暗断肠、花阴偷移。料得来宵，清光未减，阴晴天气又争知⁵？共凝恋、如今别后，还是隔年期⁶。人强健，清尊素影，长愿相随⁷。

【注释】　1."莹无尘"句：谓净莹无尘，嫦娥淡装伫立。嫦娥，传说月中女神，《淮南子·览冥训》谓后羿之妻窃不死之药以奔月。　2."静可数"句：谓月中桂树参差，清晰可数。古代传说月中有桂树。李白《赠崔司户文昆季》："欲折月中桂，特为寒者薪。"　3."乌鹊"句：化用曹操《短歌行》："月明星稀，乌鹊南飞。"　4.音尘别后：别后音尘。音尘，信息形迹。蔡琰《胡笳十八拍》之十："故乡隔兮音尘绝。"　5.争知：怎知。　6."共凝恋"二句：谓共同凝神眷恋今年的中秋之夜，因为再一次共赏中秋当是下一个年度了。　7."人强健"三句：但愿人常葆健康，与清酒明月常相伴随。

【评析】　上片由起句到"此佳时"，写中秋夜景。云收天淡，一片澄澈，比以"琉璃"，布设起透明的天宇背景。"烂银盘"二句，写月出之状。"素娥""丹桂"，融入古代美丽传说，设想月中之景。"玉露""金风"，言中秋气候宜人。"一年"句总束一笔，暗点中秋佳节。"露坐"以下，进入人物动作行为描写。"久""冷""暖""迟"，动作与感受中暗含情思。下片专写怀人之情。"念佳人"，承上启下，直贯"花阴偷移"。本为怀思对方，却从对方怀思己方着笔，自己最关情年华流逝，偏写对方为此"断肠"，深进一层。"料得"三句，揣想来宵阴晴，关注中秋明月。"共凝恋"，言双方想到一处，只盼来年中秋团圆。末以美好祝愿收结，余音袅袅，和婉雍容。写中秋，笔触细腻，境界澄明清丽，写怀人，处处关联明月，以"银盘"始，以"素影"终，首尾绾合，意脉融通，不愧为咏月佳篇。

晁元礼

赵令畤

1051
|
1134

字德麟，号聊复翁。苏轼好友。元祐六年（1091），苏轼知颍州，德麟任签书颍州公事，苏轼远贬，赵被牵连罚金。后官朝请大夫、洪州观察使等。因系赵宋宗室，袭封郡王。有笔记《侯鲭录》传世，存词三十余首，赵万里辑为《聊复词》。词格婉丽，其《蝶恋花》鼓子词十二阕，咏元稹《会真记》故事，流传颇广。

蝶恋花

　　欲减罗衣寒未去，不卷珠帘，人在深深处。红杏枝头花几许？啼痕止恨清明雨[1]。

　　尽日沉烟香一缕[2]，宿酒醒迟[3]，恼破春情绪。飞燕又将归信误，小屏风上西江路。

【注释】　1."红杏"二句：佳人关心室外的红杏花，谓经清明冷雨摧残，杏花正满面啼痕地怨恨风雨呢。　2.沉烟：点燃的沉香。　3.宿酒：昨夜醉酒。

【评析】　佳人畏怯春寒，埋头深闺，宿酒醒后，整日在沉香缭绕中恹恹地默坐。她惋惜院外娇艳的杏花遭受摧残，遗憾帘外飞燕带不回远人信息，唯能面对屏风画面上通向西江的驿路呆呆地出神，其苦闷情怀可想而知。"恼破春情绪"，"破"字笔力沉重，此句可说是醒题之笔。"红杏""啼痕"，伤花何尝不是自伤，托花写情，耐人品味。

赵令畤　　　　　　　　　　　　　　　　　　　　　　123

蝶恋花

卷絮风头寒欲尽，坠粉飘香，日日红成阵。新酒又添残酒困，今春不减前春恨。

蝶去莺飞无处问，隔水高楼，望断双鱼信[1]。恼乱横波秋一寸[2]，斜阳只与黄昏近。

【注释】　1.双鱼信：代指信笺。《古诗十九首》："客从远方来，遗我双鲤鱼。呼儿烹鲤鱼，中有尺素书。"　2."恼乱"句：谓搅乱了佳人的秀目。横波，流动的眼神。傅毅《舞赋》："目流睇而横波。"秋一寸，喻眼波。

【评析】　起以风劲、絮卷、香飘、花落，渲染晚春景象，触发伤春情怀。"新酒""残酒""今春""前春"，见春恨刻刻不已，年年有加。"蝶去莺飞"，象征所思分袂远行；"望断"，点出盼信无望。"恼乱横波"，可知愁情满目，泪水纵横，日暮愈甚。情景交错，句句递进，辞婉情浓，怨流言外。

清平乐

春风依旧，着意隋堤柳 [1]。搓得鹅儿黄欲就 [2]，天气清明时候。

去年紫陌青门 [3]，今宵雨魄云魂 [4]。断送一生憔悴，只消几个黄昏。

【注释】　1.“着意”句：谓春风有意搓磨隋堤之柳。隋炀帝开通济渠，沿渠筑堤，称隋堤，沿堤植柳。　2.鹅儿黄：指柳条色近鹅黄。　3.紫陌青门：京邑繁华游冶之处。紫陌，指街衢多有花卉。青门，汉长安城东南门，俗称青门。　4.雨魄云魂：言萍踪不定，神魂飘忽。

【评析】　前四句写春景，就春风杨柳着笔，“清明时候”点明时令。后四句抒愁怀，去年的热闹环境，反衬今宵神魂不定的萍踪，跌宕出结拍的痛切之语。“断送一生”“只消几个”，可见当下“黄昏”何其难熬！语甚浅易，情极悲切。

晁补之

1053
—
1110

字无咎，晚号归来子，山东巨野人，二十七岁中进士。元祐间任秘书省正字，迁校书郎。绍圣、崇宁间连续遭贬外放，晚年退居故里。著有《鸡肋集》，词集有《晁氏琴趣外篇》，词学东坡，前人谓韵致得其七八。存词一百七十余首。

水龙吟

次韵林圣予《惜春》

问春何苦匆匆，带风伴雨如马骤[1]。幽葩细萼，小园低槛，壅培未就[2]。吹尽繁红，占春长久，不如垂柳。算春长不老，人愁春老，愁只是、人间有。

春恨十常八九，忍轻辜、芳醪经口[3]。那知自是、桃花结子，不因春瘦[4]。世上功名，老来风味，春归时候[5]。最多情犹有，尊前青眼，相逢依旧[6]。

【注释】 1."问春"二句：语意与李煜《乌夜啼》"林花谢了春红，太匆匆，常恨朝来寒雨晚来风"意境近似。 2."幽葩"三句：谓园林围栏中，柔花细蕊，培植未久，即面临晚春凋落季节。 3."忍轻辜"句：岂忍轻易辜负了美酒而不饮？芳醪，美酒。 4."那知"二句：谓桃花因结子而凋落，不能单怨春光匆促。王建《宫词》："自是桃花贪结子，错教人恨五更风。" 5."世上"三句：意谓人生在世，功名不成，老境已至，风味与春归相似。 6."最多情"三句：意谓人间尚有多情温暖之处，那就是喜酌美酒，故旧相逢，开怀谈心。青眼，高兴地正目而视。《晋书·阮籍传》载，阮籍能为青白眼，喜悦时作青眼。

【评析】　以问发端，开口擒题，突现春光匆促。继以芳花易凋渲染"匆匆"，又以垂柳旁衬一笔。"算春"笔锋陡转，言春愁不在春光自身。过片顺承"人愁"，谓"春恨"常有。"那知"三句，再为春光开脱，由青春到老成如"桃花结子"，出于自然。以下暗承愁出自人间意脉，与人生世事扭结，将"惜春"归拢到叹老，从而倾吐出功业难就、人生易老、岁月迟暮之感。结拍再用把酒叙旧予以开解。全章在惜春中注入身世愁绪，融入人生哲思，与一般惜春词不同。先惜春老，又谓春不老，转而说人愁春老，人老不关春光，最后归结到人老犹如春归，唯有借酒慰解。委转曲折，笔如游龙。

忆少年

别历下

无穷官柳，无情画舸，无根行客。南山尚相送 [1]，只高城人隔 [2]。

罨画园林溪绀碧 [3]，算重来、尽成陈迹。刘郎鬓如此，况桃花颜色 [4]。

【注释】　1.南山：指历山，在历城县南，一名千佛山。　2."只高城"句：化用欧阳詹"高城已不见，况复城中人"句，参柳永《采莲令》注。3."罨画"句：谓园林如多色彩画，溪水呈青碧色。罨画，杂色彩画。绀，深青色。　4."刘郎"二句：谓年华悄逝，人事变迁。据刘禹锡《再游玄都观》诗序，他因写看花诗讽刺权贵再度被贬，十四年后回京，再游玄都观，当年道士手植桃花已荡然无存，因有"种桃道士归何处？前度刘郎今又来"之句。此化用其诗。

【评析】　起笔叠用三"无"字，写尽行踪飘零、宦途辗转，十分警绝。继写南山送，故人隔，无限依恋。"罨画"句，赞历下林泉景胜。"算重来"以下，设想今后，鬓影花色，点化自然，预想主客变迁，不胜感慨。

晁补之

洞仙歌

泗州中秋作

青烟幂处¹，碧海飞金镜²。永夜闲阶卧桂影³。露凉时，零乱多少寒螀⁴，神京远，惟有蓝桥路近⁵。

水晶帘不下⁶，云母屏开⁷，冷浸佳人淡脂粉。待都将许多明，付与金尊，投晓共流霞倾尽⁸。更携取胡床上南楼⁹，看玉做人间，素秋千顷。

【注释】　1. 幂（mì）：覆盖，笼罩。　2. "碧海"句：写蓝天升起明月。李商隐《嫦娥》诗："碧海青天夜夜心。"李贺《七夕》诗："天上飞金镜，人间望玉钩。"　3. 桂影：指月光，古代传说月中有桂树。　4. "零乱"句：形容螀声杂乱。寒螀（jiāng），寒蝉。　5. "神京"二句：谓汴京遥远，明月可近，仙境可通。陕西蓝田县有蓝桥。裴铏《传奇·裴航》载，秀才裴航遇同船樊夫人，慕其人，赠诗致意，有"倘若玉京朝会去，愿随鸾驾入青云"之句，夫人答诗云："蓝桥便是神仙窟，何必崎岖上玉京。"后裴航过蓝桥驿遇仙女云英，遂一同仙去。　6. "水晶帘"句：化用李白《玉阶怨》诗："却下水晶帘，玲珑望秋月。"水晶帘，用水晶编的帘子。　7. "云母"句：化用李商隐《嫦娥》诗"云母屏风烛影深"句。云母，透明矿石。　8. 流霞：仙酒。

《论衡·道虚》载，项曼都离家求仙，被仙人带到月边，口饥欲食，仙人辄饮以"流霞一杯"，"数月不饥"。　9."更携取"句：《世说新语·容止》载，晋庾亮在武昌，尝与诸佐吏殷浩辈登南楼赏月。佐吏先来，俄庾亮至，众人欲起避之，庾亮云："诸君少住，老子于此处兴复不浅。"因便据胡床，与诸人咏谑，竟坐甚得任乐。

【评析】　起笔状月轮升空，继写月光洒阶，复以凉露、寒蝉描摹月夜秋气、秋声，一派清凉幽寂，触动身世感，而发神京远、仙境近之叹。换头写帘、屏、佳人，由室外望月转换为楼内赏月。物象、侍女无不浸染洁素冷幽的气韵。"待都"三句写举酒邀月，放情豪饮。收尾又宕开笔势，将视线投向月下广宇。从月出到月上、月满，从户外转向楼内、楼上，复放眼千顷素秋，句句不离赏月，化用传说、故事、典实悉与明月有关，层次井然，首尾呼应。"玉做人间"，语极奇警。诸多素洁意象，组成无比清凉的世界，冰魂玉魄，足以涤荡凡心。

晁冲之

字叔用，晁补之从弟，宋代著名藏书家晁公武之父。绍圣时卜居新郑，隐于具茨山下，徽宗时流寓汴京。有《具茨集》，赵万里辑存《晁叔用词》，得十六首。

临江仙

忆昔西池池上饮[1]，年年多少欢娱。别来不寄一行书[2]，寻常相见了，犹道不如初。

安稳锦衾今夜梦，月明好渡江湖[3]。相思休问定何如。情知春去后，管得落花无。

【注释】　1.西池：泛指汴京游冶胜地。韩翃《送万巨》诗："好逢南苑看人归，也向西池留客醉。"　2."别来"句：借用杜甫诗句。杜甫《寄高三十五詹事》诗："相看过半百，不寄一行书。"　3."安稳"二句：写睡稳后求得梦中月下渡江相见。

【评析】　开端直叙往昔在京邑文酒诗会，欢情良多，"别来"转入当今，亲旧星散，音容茫然。"寻常"二句，以往常反衬现实，言外充满人事变迁之慨。换头言旧知无信，唯有求之梦寐。而梦中相遇，休问何如，紧承"不如初"意脉。收拍以"春去""花无"回答，言外美景已逝，好事成空，前路黯然。许昂霄《词综偶评》谓"情知春去后"二句"淡语有深致，咀之无穷"。

晁冲之

舒　亶

1041
|
1103

字信道，号懒堂，明州慈溪（今浙江慈溪）人。治平二年（1065）进士。元丰时权监察御史、知谏院，曾与李定劾苏轼作诗讥讪。崇宁初进龙图阁待制。《乐府雅词》录其词四十八首，赵万里辑为《舒学士词》一卷。

虞美人

芙蓉落尽天涵水，日暮沧波起¹。背飞双燕贴云寒，独向小楼东畔倚阑看。

浮生只合尊前老，雪满长安道。故人早晚上高台，寄我江南春色一枝梅²。

【注释】　1."芙蓉"二句：写荷花落尽，远望水天相接，沧波浩渺。2."寄我"句：化用陆凯诗。据《荆州记》，陆凯与范晔交善，自江南寄梅花一枝，诣长安范晔，并赠诗曰："折梅逢驿使，寄与陇头人。江南无所有，聊赠一枝春。"

【评析】　上片前三句写景，由近而远，末句补叙遥望，所状物象，均与怀友念远紧密相关。下片写怀友，前二句从己方落笔，突出悠闲无事，故旧遥远。后二句从对方落笔，想象对方念己，希望从对方处获得慰藉。

舒　亶

朱 服

1048
|
?

　　字行中，湖州乌程（今浙江吴兴）人。熙宁六年（1073）进士。累官
国子司业、起居舍人，历中书舍人、礼部侍郎，加集贤殿修撰，知广州、
袁州等。有词一首。

渔家傲

　　小雨纤纤风细细，万家杨柳青烟里。恋树湿花飞不起。愁无际，和春付与东流水。

　　九十光阴能有几¹？金龟解尽留无计²。寄语东阳沽酒市³，拚一醉，而今乐事他年泪。

【注释】　1.九十光阴：谓春光不过九十天。　2.金龟：唐代三品以上官员佩带物。李白《对酒忆贺监诗序》："太子宾客贺公于长安紫极宫一见余，呼余为谪仙人，因解金龟换酒为乐。"诗有"金龟换酒处，却忆泪沾巾"句。3.东阳：在今浙江金华。

【评析】　起三句写暮春景象，"恋树湿花"，极有情致，花尚依恋，人情可知。四、五句，让春愁春光与流水一同逝去，语甚通脱，且诱发下片，以沽酒行乐排解春愁。春光有限，醉酒难留，开怀酗醉，反而触发乐极生悲，意念曲折跌宕。"而今乐事他年泪"，语极警策。况周颐云："白石词'少年情事老来悲'，宋朱服句'而今乐事他年泪'，二语合参，可悟一意化两之法。宋周端臣《木兰花慢》云：'料今朝别后，他时有梦，应梦今朝。'与'而今'句同意。"

毛 滂

?
|
1120

　　字泽民，衢州江山（今浙江江山）人。受知于苏轼。曾任杭州法曹、武康知县，后除删定官，守嘉禾。词集名《东堂词》，有六十家词本、《彊村丛书》本。

惜分飞

富阳僧舍作别语赠妓琼芳

泪湿阑干花着露[1]，愁到眉峰碧聚[2]。此恨平分取，更无言语空相觑[3]。

断雨残云无意绪，寂寞朝朝暮暮[4]。今夜山深处，断魂分付潮回去[5]。

【注释】　1."泪湿"句：谓少女眼泪纵横，如同洒满露珠的花朵。阑干，形容眼泪纵横。白居易《长恨歌》："玉容寂寞泪阑干。"　2."愁到"句：愁思使紧皱的双眉如碧山集聚。张泌《思越人》有"黛眉愁聚春碧"之句。3."此恨"二句：谓二人分担离愁，木然对视。觑，相看。　4."断雨"二句：化用宋玉《高唐赋》"旦为朝云，暮为行雨，朝朝暮暮，阳台之下"语，形容往日情缘只留下片段回忆。　5."断魂"句：谓难以维系的离魂，如潮水回环往复，激荡不已。

【评析】　前片写面别情态。起二句，状对方洒泪、蹙眉，以露花、远山为比，离情之重，容仪之美，不言而喻。末二句，言两人相对无言，离恨同样沉重。"相别情态，一笔描来，不可思议。"（沈际飞《草堂诗余正集》）后片写别后思绪。起二句，浓缩高唐云雨故事，写恋情的破灭，看似写景，景中寓事融情。收二句述夜深离魂起落如潮，"语尽而意不尽，意尽而情不尽"（周辉《清波杂志》）。

毛　滂

陈　克

1081
|
1137

　　字子高，号赤城居士，临海（今属浙江）人，侨居金陵，绍兴中，为
敕令所删定官。词集名《赤城集》，有《彊村丛书》本、赵万里辑本，共
存词五十余首。

菩萨蛮

赤阑桥尽香街直，笼街细柳娇无力。金碧上青空[1]，花晴帘影红[2]。

黄衫飞白马[3]，日日青楼下。醉眼不逢人，午香吹暗尘。

【注释】 1．"金碧"句：谓金碧辉煌的高楼直插蔚蓝的天空。 2．"花晴"句：谓芳花明艳，绣帘多彩。 3．黄衫：唐代贵族少年时兴的华贵服装。杜甫《少年行二首》有"黄衫年少来宜数，不见堂前东逝波"之句。

【评析】 前段写繁华城市、豪丽楼阁，为人物铺设场景。桥美而长，街香且直，细柳婀娜，绿荫笼罩，长街之上，高楼华贵，花影斑驳，珠帘灿烂。后段写贵家公子冶游与享乐。"黄衫""白马"，装扮不凡，着一"飞"字，奔驰之状跃然纸上。"日日"句，见其沉迷于花柳；"醉眼"句，旁若无人之态，刻画入骨。末言身影掠过，香风吹尘，不可一世的娇气、傲气宛然在目。全词色彩明丽，动感强烈，俨然一幅公子哥儿夸富逞强的行乐图。

菩萨蛮

绿芜墙绕青苔院，中庭日淡芭蕉卷。蝴蝶上阶飞，烘帘自在垂[1]。

玉钩双语燕[2]，宝甃杨花转[3]。几处簸钱声[4]，绿窗春睡轻。

【注释】　　1."烘帘"句：室内薰香缭绕，帘幕低垂。　　2."玉钩"句：谓帘钩上停立着呢喃对语的双燕。　　3."宝甃"句：井壁间杨花飘落。甃，瓦砌的井洞。　　4.簸钱：古代掷钱以赌输赢的游戏。王建《宫词》："暂向玉花阶上坐，簸钱赢得两三筹。"

【评析】　　先写春睡的环境。墙长绿芜，院生青苔，见清雅而幽静；日色轻浅，芭蕉未展，见天色已渐明，时已近午；室外蝴蝶飞舞，见庭阶寂静无人；帘垂，暗示主人尚未起床。下片双燕、杨花、簸钱，以动反衬静，末句醒题。"春睡轻"，与晏几道《更漏子》"绿窗春睡浓"不同，写出了主人公似睡未睡、欲起未起的状态，描绘出萧散自适的生活情趣。

李元膺

山东东平人，约与蔡京同时，做过南京教官。《乐府雅词》录其词八首，赵万里辑为《李元膺词》一卷，存词九首。

洞仙歌

　　一年春物，惟梅柳间意味最深，至莺花烂漫时，则春已衰迟，使人无复新意。余作《洞仙歌》，使探春者歌之，无后时之悔。

　　雪云散尽，放晓晴庭院。杨柳于人便青眼[1]。更风流多处，一点梅心，相映远，约略颦轻笑浅[2]。

　　一年春好处，不在浓芳[3]，小艳疏香最娇软。到清明时候，百紫千红花正乱，已失春风一半。早占取、韶光共追游，但莫管春寒，醉红自暖[4]。

【注释】　1.“杨柳”句：谓杨柳向人们展放出青青的新芽。青眼，借阮籍对喜欢的人作“青眼”故事，喻柳有情意。　2.“一点梅心”三句：谓梅蕊与柳叶遥相辉映，仿佛在一边微颦轻笑。　3.“一年”二句：韩愈《早春呈水部张十八员外》：“最是一年春好处，绝胜烟柳满皇都。”或从此意化出。4.醉红自暖：饮上几杯酒，面色红晕，自感温暖。

【评析】　上片描绘初春景色，以梅柳代表。起句点早春季候，继写柳、梅。柳曰“眼”，梅曰“心”；柳对人垂青，梅又颦又笑。物象含情，十分亲切，一字一珠，富有意趣。过片总束一句，直陈初春好处所在，以为"娇软"胜过"浓芳"，极盛面临凋落。收拍劝人"莫管春寒"，及早"占取韶光"，唯感知敏锐，方可行动超前。故沈际飞云："不在浓芳，在疏香小艳，独识春光之微。"（《草堂诗余正集》）令人猛醒。

时 彦

?
|
1107

字邦彦，开封（今属河南）人。元丰二年（1079）进士，历官兵部员
外郎、集贤校理、河东转运使、吏部尚书等。《花草粹编》录其词一首。

宋词三百首

青门饮

　　胡马嘶风，汉旗翻雪，彤云又吐，一竿残照[1]。古木连空，乱山无数，行尽暮沙衰草。星斗横幽馆，夜无眠、灯花空老。雾浓香鸭[2]，冰凝泪烛，霜天难晓。

　　长记小妆才了[3]，一杯未尽，离怀多少。醉里秋波[4]，梦中朝雨[5]，都是醒时烦恼。料有牵情处，忍思量、耳边曾道：甚时跃马归来，认得迎门轻笑[6]。

【注释】　　1."彤云"二句：谓红霞中吐露出西沉的斜阳。　　2."雾浓"句：谓鸭形的香炉缭绕着浓烟。　　3.小妆：略略打扮。　　4.秋波：形容少女明媚的眼神。　　5."梦中"句：暗用宋玉《高唐赋》中楚襄王梦巫山神女故事。神女自谓"旦为朝云，暮为行雨"，这里借指梦中会见所爱。　　6."料有"四句：言想我最牵情之处，是临别时你曾就我耳边低语：何时跃马归来，目睹我到门前微笑着迎接你呢？

【评析】　　前片写边塞旅途中情景。首四句边疆天气，"胡马"，点明进入北塞；"翻雪"，见当地奇寒；彤云吐残照，言由朝到夕，气候变化无常。次三句塞外景象，"古木""乱山""暮沙""衰草"，广漠荒凉。末五句驿馆夜宿，"星斗横"、灯花老、炉香浓，无不衬映出长夜难熬，"冰凝泪烛"二句，益见凄冷不寐。后片写旅邸深夜离思。"长记"以下折入回忆。"小妆""一杯"，为匆匆别宴之短；"秋波""朝雨"，为别后相思之苦；"忍思量"以下，系脑际所闪现临别时最难忘怀的一幕。全篇写行役境界阔大，物象雄浑；写离思笔触细腻，情致缠绵。收尾处，从耳语叮咛映现出一幅归来团聚的欢愉场景，构思最为新颖别致。

李之仪

字端叔，沧州无棣（今属山东）人，熙宁三年（1070）进士。苏轼知定州，曾聘他为幕僚，后官枢密院编修。徽宗朝，提举河东常平，坐罪编管太平州，遂居姑溪，终朝请大夫，年八十而卒。有《姑溪居士文集》《姑溪词》，存词九十余首。

谢池春

残寒消尽，疏雨过、清明后。花径敛余红[1]，风沼萦新皱[2]。乳燕穿庭户，飞絮沾襟袖。正佳时，仍晚昼。着人滋味[3]，真个浓如酒。

频移带眼[4]，空只恁、厌厌瘦[5]。不见又思量，见了还依旧。为问频相见，何似长相守？天不老，人未偶。且将此恨，分付庭前柳。

【注释】　1.敛余红：集聚多样红花。　2.萦新皱：荡漾着别种波纹。3.着人：中人，触动人。　4.频移带眼：《南史·沈约传》载其与徐勉书："言己老病，'百日数旬，革带常应移孔'。"　5.厌厌：形容精神不振。

【评析】　上片春景。起笔点季候，继以"花径""风沼""乳燕""飞絮"正面绘出春景，再以"佳时"总束一笔，引出人对良辰佳时的感受，以浓酒为喻，滋味容人咀含不尽。春意浓反衬形影单，下片自然转入离情。由体瘦、神疲，反映离思之深，负担之重。何以如此？以下具体描述重重精神矛盾：不见要想，见了还想，会聚面临着分离，频离频合，难耐折磨，进而跌宕出"长相守"的强烈追求，然"人未偶"，此一心愿终成恨憾，莫可奈何，唯可托付终日相对的"庭前柳"，共同分担。构思新奇，愈转愈深，语言通俗，情思浓挚。

卜算子

我住长江头[1]，君住长江尾[2]；日日思君不见君，共饮长江水。

此水几时休？此恨何时已？只愿君心似我心，定不负、相思意。

【注释】　1.长江头：指长江上游，在今四川一带。　2.长江尾：指长江下游，在今江苏一带。

【评析】　通篇凭借长江，写出双方空间阻隔之遥远，情思联系之紧密，又用江水之悠悠不断，喻相思之绵绵不已。末以一己之钟情不渝，期望对方，肺腑之言，脱口而出。构思新巧，形式复沓，语言平易，情感炽热，很有乐府民歌风味。

周邦彦

1056
|
1121

　　字美成，杭州人。元丰中，游汴京献《汴都赋》，召为太学正。历任庐州教授、溧水知县。哲宗朝除秘书省正字，历校书郎、河中知府。徽宗朝入为秘书监，进徽猷阁待制，提举大晟府。其人性好音乐，能自度曲，寄情长短句，缜密典丽，富艳精工，工于铺叙，以赋法入词，熔裁唐诗如己出，风调浑厚和雅，笔力穷极工巧，被称为词家巨擘。自号清真居士，有《清真先生文集》，已佚，今人辑存其诗文五十余题。词名《清真集》，又名《片玉词》，今存二百余首。

瑞龙吟

　　章台路[1]。还见褪粉梅梢，试花桃树。愔愔坊陌人家[2]，定巢燕子[3]，归来旧处。

　　黯凝伫。因念个人痴小[4]，乍窥门户。侵晨浅约宫黄[5]，障风映袖，盈盈笑语。

　　前度刘郎重到[6]，访邻寻里，同时歌舞。惟有旧家秋娘[7]，声价如故。吟笺赋笔，犹记燕台句[8]。知谁伴，名园露饮[9]，东城闲步？事与孤鸿去[10]。探春尽是，伤离意绪。官柳低金缕。归骑晚、纤纤池塘飞雨[11]。断肠院落，一帘风絮。

【注释】　1.章台路：汉长安街名，代指京邑妓女聚居之处。参欧阳修《蝶恋花》注。　2.愔愔（yīn）：寂静貌。　3.定巢：安巢，固定的居巢。杜甫《堂成》诗有"频来语燕定新巢"句。　4.个人：那人，伊人。　5."侵晨"句：谓早晨略施淡妆。宫黄，宫女所用涂眉化妆的黄粉。　6.刘郎：梁吴均《续齐谐记》载，汉刘晨、阮肇入天台山采药，遇二位仙女，结为两对夫妇，后刘、阮思乡辞归，探家后复寻天台仙女，不复得路。刘禹锡《再游玄都观》诗有"前度刘郎今又来"之句。此处兼融事典和语典，以刘郎自指。　7.秋娘：唐代名妓，屡见于唐人歌咏，杜牧有《杜秋娘诗》。此代指歌妓。　8.燕台句：暗用李商隐诗中的爱情故事。据李诗《柳枝五首》，洛阳一少女柳枝，听人吟诵李商隐《燕台》诗，对李产生爱慕之情，一日相遇于巷，柳枝风障一袖，约期欢会，但两人最终未得结合。　9.露饮：夜晚露天饮酒。　10."事与"句：形容往事成空。杜牧《题安州浮云寺楼寄湖州张郎中》诗："恨如春草多，事与孤鸿去。"　11.纤纤：形容细雨纷纷。

【评析】　全章三叠。首叠寻访旧居，章台、梅、桃，见居处华美，由巷到宅，"坊陌"承"章台"，燕子归来，作一反衬，暗示燕虽依旧而人去楼空。次叠忆念伊人，全写初遇第一印象。娇小、天真、雅淡、羞涩、嫣媚，风姿喜人，宛然在目。三叠抚今追昔，收结到当今。由重到而寻访，与首叠挽结，"旧家秋娘"，代指伊人，"惟有""如故"，见其品艺超群，声誉不减，当为寻访"同时歌舞"者所得讯息。然而时过景迁，踪迹难觅。"吟笺"二句，借义山故事，追思往日两情欢洽，情趣骚雅。"知谁伴"三句，猜想对方近况，"露饮""闲步"，原为两人旧事，如今谁与相伴？含无限怆感。"事与孤鸿去"，一笔将往事扫空，转回现实。"探春""伤离"，点明题旨，总束上文。以下描绘现境，以景结情，"飞雨""风絮"，物象寂落，令人神伤。前两叠为双拽头，侧重忆旧；末叠相当于下片，侧重伤今。今昔对照，意脉步步递进，而又回环往复，首尾挽合。意象生动优美，章法清晰缜密，风韵含蓄凝重，洵为长调楷模。

风流子

新绿小池塘。风帘动、碎影舞斜阳。羡金屋去来[1]，旧时巢燕；土花缭绕[2]，前度莓墙[3]。绣阁里、凤帏深几许？听得理丝簧[4]。欲说又休，虑乖芳信；未歌先噎，愁近清觞[5]。

遥知新妆了，开朱户、应自待月西厢[6]。最苦梦魂，今宵不到伊行[7]。问甚时说与，佳音密耗，寄将秦镜，偷换韩香[8]？天便教人，霎时厮见何妨！

【注释】　1.金屋：指佳人所居。　2.土花：苔藓。　3.莓墙：生长野草的墙垣。　4.理丝簧：弹奏起管弦乐器。　5.清觞：酒杯。　6."开朱户"句：化用《会真记》中崔莺莺与张生诗，诗中有"待月西厢下，迎风户半开"之句。　7.伊行：伊人身边。　8."问甚时"四句：意谓何时方能倾吐思慕，赠物定情，互通情笺呢？秦镜，东汉秦嘉离家宦游，其妻徐淑因病不能随行，秦嘉寄明镜、宝钗并赠诗安慰，有"宝钗好耀首，明镜可鉴形"之句。韩香，晋贾充之女爱慕韩寿，私以家藏御香相赠，贾充得知，即以女许配韩寿。此处秦镜、韩香，代指恋人信物。

【评析】　起二句写黄昏外境，点明时地。"羡金屋"四句写伫望所见，"旧时""前度"，暗示与伊人曾在此幽会，而今却欲见不能，故以"羡"字贯穿，以燕来、花绕反衬。"绣阁"二句写久立所闻。"欲说""虑乖""先噎""愁近"云云，是由所闻深帏中琴声而引起的对伊人的揣想。"遥知"二句，紧承上片意脉，想象对方念己情形，"待月"亦即盼人。"最苦"二句，转笔写自己梦魂难到，可见会见之难。"问甚时"以下，盼尽早通佳音、寄信物，实现团聚心愿，意急情切。煞拍冲口而出，道出痴情相望衷肠。全词由景而情，由隐渐显，步步递进，驯至高潮，戛然而止。

　　　　　　　　　　　　　　　　　　　　　宋词三百首

兰陵王

柳阴直，烟里丝丝弄碧¹。隋堤上、曾见几番，拂水飘绵送行色。登临望故国，谁识、京华倦客？长亭路、年去岁来，应折柔条过千尺。

闲寻旧踪迹。又酒趁哀弦，灯照离席，梨花榆火催寒食²。愁一箭风快，半篙波暖，回头迢递便数驿，望人在天北。

凄恻，恨堆积。渐别浦萦回³，津堠岑寂⁴，斜阳冉冉春无极⁵。念月榭携手，露桥闻笛。沉思前事，似梦里，泪暗滴。

【注释】　1."柳阴"二句：形容堤上柳树成排，在轻烟笼罩下碧色娇柔。2."梨花"句：谓梨花盛开，人家改火，寒食节迫近。榆火，古代一年之中钻火用不同的木材，春取榆、柳，夏取枣、杏，故有改火之称。寒食，旧俗冬至后一百零五日为寒食节，后二日为清明，民间禁火三天。　3.别浦：送别的口岸。　4.津堠（hòu）：码头上供瞭望休息之处。　5.冉冉：缓进之意。春无极：春色无边。

【评析】　词别本有题曰"柳"，实则借柳起兴以写送别。古代折柳送别，古乐府有《折杨柳》曲，专写送别。首叠由柳阴、柳丝、柳絮引出折柳送别之人。"谁识京华倦客"，一句道出"斯人独憔悴"之慨。折柳之多，见出送客

周邦彦

之频、宦游之倦、离愁之浓，为下文做了足够的铺垫、渲染。次叠进入此番送别铺叙。"踪迹""哀弦""离席"，着"旧""又"字，表明旅居京华，别离殊多。又兼寒食节近，倍增乡思。接一"愁"字，水到渠成，所愁当为船快、路遥、人远。"回头"犹转眼，行船已远，"望人在天北"，写居者伫立码头，凝神痴望，形神在目。三叠为别后感怀。"渐别浦"三句，就分手时、地烘染，"携手""闻笛"追怀往日相聚情事，恍然如梦，以"泪暗滴"收煞，何许伤怀！全章由别前、别中、别后依次写来，要眇细腻，情挚景真，而京华倦客之行动、心绪一贯到底。离愁分量沉厚，笔笔刻写入骨。"词境至此，谓之不神，不可也。"（陈洵《海绡说词》）

琐窗寒

暗柳啼鸦，单衣伫立，小帘朱户。桐花半亩，静锁一庭愁雨。洒空阶、夜阑未休，故人剪烛西窗语¹。似楚江暝宿，风灯零乱，少年羁旅²。

迟暮，嬉游处。正店舍无烟，禁城百五³。旗亭唤酒，付与高阳俦侣⁴。想东园、桃李自春，小唇秀靥今在否⁵？到归时、定有残英，待客携尊俎。

【注释】　1."故人"句：李商隐《夜雨寄北》诗有"何当共剪西窗烛，却话巴山夜雨时"之句。这里浓缩其句，表示期望能归乡与故人话旧谈心。2."似楚江"三句：联想起少年羁游江南时的情形。杜甫《船下夔州郭宿雨湿不得上岸别王十二判官》诗："风起春灯乱，江鸣夜雨悬。" 3."正店舍"二句：写寒食京城禁烟。《荆楚岁时记》："去冬节一百五日，即有疾风甚雨，谓之寒食，禁火三日。"禁城，京城。　4."旗亭"二句：谓酒楼买酒痛饮之快只能由高阳酒徒们享受了。旗亭，酒楼。高阳俦侣，指酒友。《史记·郦生陆贾列传》载，高阳（今河南杞县）人郦食其求见沛公刘邦，刘邦以为他是儒生，不愿接见，郦食其按剑大呼："吾高阳酒徒也，非儒人也！" 5.小唇秀靥（yè）：指美丽女郎。靥，面庞酒涡。李贺《兰香神女庙》诗有"浓眉笼小唇"句，其《恼公》诗有"晓奁妆秀靥"句。

【评析】　　起五句写驿馆小院独对夜雨，时、地、景物，描绘出一种幽暗、清寒、孤寂的氛围。继二句夜雨淅沥，空阶阒寂，引发与故人剪烛话旧之向往。再三句，着一"似"字，闪现少年羁游场景，透露出词人身世飘零，一如往昔。换头从往昔折转到当今，由"少年"跳渡到"迟暮"，"店舍""禁城"，说明沉沦京华，宦况寂寞，又兼寒食忆乡之候，"嬉游"之地，无心"唤酒"，则襟怀寥落，不言而喻。此时此境，自然倍增乡思。以下以"想"字带起，转入怀乡思旧。桃李之芬芳，女郎之秀靥，代表故乡之温馨美好，而今如何？收拍以归乡宴聚，与上文"剪烛西窗"挽结，祈盼之殷，怀旧之切，见于言外。

六　丑

蔷薇谢后作

正单衣试酒，怅客里、光阴虚掷。愿春暂留，春归如过翼[1]，一去无迹。为问家何在？夜来风雨，葬楚宫倾国[2]。钗钿堕处遗香泽[3]，乱点桃蹊，轻翻柳陌[4]。多情为谁追惜？但蜂媒蝶使，时叩窗槅[5]。

东园岑寂，渐蒙笼暗碧[6]。静绕珍丛底[7]，成叹息。长条故惹行客，似牵衣待话，别情无极[8]。残英小、强簪巾帻。终不似、一朵钗头颤袅，向人欹侧[9]。漂流处、莫趁潮汐[10]，恐断红、尚有相思字，何由见得[11]？

【注释】　1.过翼：飞逝的鸟。杜甫《夜二首》："村墟过翼稀。"　2.楚宫倾国：楚宫的美人，喻指蔷薇花。　3.钗钿：以美人首饰喻花瓣。　4."乱点"二句：形容落花在桃蹊、柳陌飘零飞卷。　5.窗槅：窗棂。　6.蒙笼暗碧：形容绿叶笼罩下光线阴暗。　7.珍丛：指花丛。　8."长条"三句：谓花枝沾连行人衣襟，仿佛含情话别。　9."残英"三句：谓残花枯萎，勉强插在帽上，终不及鲜花一朵戴在美人头上，摇曳多姿，惹人喜爱。欹侧，偏斜貌。　　10．"漂流"句：言莫随潮水漂去。早潮曰"潮"，晚潮曰"汐"。
11．"恐断红"二句：谓落花尚有题字表示相思，一旦随潮流去，我如何得见呢？唐卢渥赴京应试，在御沟中捡得一片红叶，上有题诗（见范摅《云溪友议》卷下），此处暗用其意。

【评析】　　起写客中伤春，由惜春归到伤花谢，"夜来风雨"，暗用孟浩然"夜来风雨声，花落知多少"（《春晓》）诗意。"钗钿""香泽"，以美人惨死喻名花摧折，哀艳凄绝。"乱点""轻翻"，描写春花飘零景象，"为谁追惜"，痛发一慨，让蜂蝶旁衬，赋物以情，借表悼惜，极有情致。过片转入一己低徊东园，绕花丛凭吊落英。"故惹""牵衣"，构思婉妙，残英强簪，终不及名花盛时娇艳，然而春花凋零，无可逆挽，但愿不随潮远逝，尚有残迹可寻。诗思精微，惜花情深，由己爱花惜美，想象花亦含思恋人，以人喻花，将花人格化，妙想联翩，奇情四溢。怜惜眷恋美好事物之思致，写来婉转曲折，执着深婉，耐人寻味不尽。

夜飞鹊

　　河桥送人处，凉夜何其[1]？斜月远堕余辉。铜盘烛泪已流尽[2]，霏霏凉露沾衣。相将散离会[3]，探风前津鼓[4]，树杪参旗[5]。花骢会意[6]，纵扬鞭、亦自行迟。

　　迢递路回清野，人语渐无闻，空带愁归。何意重经前地，遗钿不见[7]，斜径都迷。兔葵燕麦[8]，向斜阳欲与人齐。但徘徊班草，欷歔酹酒，极望天西[9]。

【注释】　1.“凉夜”句：谓凉夜到了什么时分？《诗经·小雅·庭燎》：“夜如何其？夜未央。”　2.烛泪：化用杜牧《赠别》“蜡烛有心还惜别，替人垂泪到天明”句。　3.“相将”句：相随结束了离别宴会。　4.“探风前”句：探听寒风中渡头的钟鼓声。津鼓，开船的信号。　5.“树杪”句：树梢上天空的星象。参旗，星名，二十八宿之一。　6.花骢：青白杂毛的马。　7.遗钿：丢在路边的首饰。　8.兔葵燕麦：路旁的野葵野麦。　9.“但徘徊”三句：写路经告别旧地，不忍离去，独自铺草而坐，叹息斟酒，瞻望西方。班草，布草席地而坐。《后汉书·陈留老父传》：“陈留、张升去官归乡里，道逢友人，共班草而言。”

【评析】　上片追忆当日送别场景。先点地、时，“斜月”“烛泪”“凉露”，渲染气氛；次写别筵散场，分手匆匆，打探津鼓、星象，见寒夜已深；"津鼓"催发行船，"扬鞭"自跨归骑。花骢有情，人何以堪？过片紧承"行迟"，记当日归途离思。旷野落漠，人语渐息，而由"空带愁归"顿住。"何意"以下转入当今。如今重经当年送别旧地，时过景迁，触目荒凉，路径难辨。怀想之极，不忍离去。收拍以"徘徊""班草""欷歔""酹酒""极望"等一系列动作意象，写出离愁凝重、怀旧情深。全词用逆入结构起始，由往日送别、今夕忆送别两种场景组成，"送人"与"班草"同为一地，"重经前地"平出，"遗钿"透露出所忆之人当为女友。描述细密，层层铺叙，宛如忆别小赋。

满庭芳

夏日溧水无想山作

风老莺雏，雨肥梅子[1]，午阴嘉树清圆[2]。地卑山近，衣润费炉烟[3]。人静乌鸢自乐[4]，小桥外、新绿溅溅。凭阑久，黄芦苦竹，疑泛九江船[5]。

年年，如社燕，飘流瀚海，来寄修椽[6]。且莫思身外，长近尊前[7]。憔悴江南倦客，不堪听、急管繁弦。歌筵畔，先安簟枕，容我醉时眠。

【注释】 1."雨肥"句：杜甫《陪郑广文游何将军山林》诗："绿垂风折笋，红绽雨肥梅。" 2.清圆：形容树影。苏轼《次韵子由柳湖感物》诗："夜爱疏影摇清圆。" 3."地卑"二句：谓靠近山峦，地势低下，衣装潮湿，需费炉火熏烤。 4.鸢：老鹰。 5."黄芦"二句：化用白居易诗。白居易贬谪九江，作《琵琶行》，有"住近湓江地低湿，黄芦苦竹绕宅生"之句。 6."如社燕"三句：比喻自己身世飘零，寄人篱下。社燕，燕子春社时北飞，秋社时南下，故称。修椽，长椽，指房屋。 7."且莫思"二句：杜甫《绝句漫兴九首》其四有"莫思身外无穷事，且尽生前有限杯"之句。

【评析】 前阕为凭阑所见，后阕为凭阑所想。起三句院中夏景，次二句室内氛围，六、七句望中远景，"凭阑"倒点一笔，继化用乐天贬九江事，总上启下。过片承上意脉，以社燕自悯飘零；"莫思身外"，转而开解；"江南倦客"，又不由自叹，以下再解；"醉时眠"承"近尊前"，以开解收煞。全章体物精致，文思荡漾，时叹时解，转折跌宕，于"沉郁顿挫中别饶蕴藉"（《白雨斋词话》）。

过秦楼

水浴清蟾¹，叶喧凉吹²，巷陌马声初断。闲依露井³，笑扑流萤，惹破画罗轻扇。人静夜久凭阑，愁不归眠，立残更箭⁴。叹年华一瞬，人今千里，梦沉书远。

空见说鬓怯琼梳，容消金镜，渐懒趁时匀染⁵。梅风地溽，虹雨苔滋，一架舞红都变⁶。谁信无聊为伊，才减江淹，情伤荀倩⁷。但明河影下，还看稀星数点。

【注释】 1.清蟾：明月。 2."叶喧"句：凉风吹动树叶作响。 3.露井：露水沾湿的井栏。 4."立残"句：谓伫立至深更。古以铜壶滴漏计更计时，故曰更漏。 5."空见说"三句：只听说她金镜里玉容消瘦，鬓发稀疏，怯于拿起梳子整梳发型，也懒得涂脂抹粉、打扮自己了。趁时匀染，赶时髦化妆。 6."梅风"三句：梅雨季节，风频雨多，地面潮湿，阶砌生苔，满架红花顿时萎黄凋落了。 7."谁信"三句：谁想为了她，我没情无绪，变得才思迟钝、精力疲惫，像江淹才尽、荀粲伤情呢！江淹，齐梁文学家，文思敏锐，后梦一自称郭璞的人取走其梦中所得五彩笔，从此再无佳句，事见《南史》本传。荀倩，名粲，字奉倩，娶妻曹氏，色美，爱昵备至，后妇死，感伤至极，事见《世说新语》。

周邦彦

【评析】　　通篇写词人"夜久凭阑"所见、所感、所想。"人静"三句，勾勒自我深夜怀人直至通宵不寐情事，为全词主干。起三句，冷月、凉风、静巷，为眼中景，状气氛清寂。"闲依露井"三句，为意中象，回忆当年伊人的娇姿倩影。"叹年华"三句，为当下所感，点出"愁不归眠"之由。"空见说"三句，承"人今千里"，想象对方念己，用对面写法，状述伤离心态，微妙入神。"梅风"三句，承"年华一瞬"，写眼下景，景中寓意。"谁信"三句，写一己怀思对方，深情入骨。"明河""稀星"，以景结情，回应"夜久"。全词以实带虚，虚实相生，意象迷离，情景交错，"篇法之妙，不可思议"（陈洵《海绡说词》）。

花 犯

粉墙低，梅花照眼，依然旧风味。露痕轻缀，疑净洗铅华[1]，无限佳丽。去年胜赏曾孤倚，冰盘同燕喜[2]。更可惜、雪中高树，香篝熏素被[3]。

今年对花最匆匆，相逢似有恨，依依愁悴。吟望久，青苔上，旋看飞坠。相将见[4]、翠丸荐酒[5]，人正在、空江烟浪里。但梦想、一枝潇洒，黄昏斜照水[6]。

【注释】 1.铅华：化妆的铅粉。 2."去年"二句：写去年赏梅情事，与月轮共饮。冰盘，代指月轮。 3."更可惜"二句：写梅花蒙上一层白雪，仍时时散发暗香，犹如香篝熏素被。可惜，可爱。香篝，散发香味的薰笼。 4.相将见：犹行将见。 5.翠丸荐酒：以梅子进酒。翠丸，指梅子。 6."黄昏"句：从林逋《山园小梅》"疏影横斜水清浅，暗香浮动月黄昏"化出。

【评析】 起三句以平叙入题，并点明观梅之旨。继三句以淡妆佳人喻冬梅素洁，风韵依旧。"去年"二字，领起往日赏梅之回忆。"孤倚"疏枝，与月轮同赏，见行迹清寂；"香篝""素被"，状梅蕊芳洁。"今年"与"去年"对应，折转到当下赏梅。"匆匆""依依"，见出相聚之短，惜别之殷，暗寓行迹不定、世事匆促之感喟，"望久"承"依依"，"旋看"应"匆匆"，叹花并自叹，物我俱含情，"相逢似有恨"正可总括。"相将见"以下进一步拓展思路，设想明年梅子成熟，自身应是泛水羁游，漂流他乡，届时脑海中浮现出的仍是潇洒高洁的梅花倩影、清幽独处的傲雪淑姿。黄昇云："此只咏梅花而纤徐反复，道尽三年间事，圆美流转如弹丸。"（《花庵词选》）道出了词脉的峰回路转、运化自如。

大　酺

　　对宿烟收，春禽静，飞雨时鸣高屋。墙头青玉旆¹，洗铅霜都尽，嫩梢相触。润逼琴丝²，寒侵枕障³，虫网吹粘帘竹。邮亭无人处，听檐声不断，困眠初熟。奈愁极频惊，梦轻难记，自怜幽独。

　　行人归意速。最先念、流潦妨车毂⁴。怎奈向、兰成憔悴⁵，卫玠清羸⁶，等闲时、易伤心目。未怪平阳客⁷，双泪落、笛中哀曲。况萧索、青芜国，红糁铺地⁸，门外荆桃如菽⁹。夜游共谁秉烛？

【注释】　　1.青玉旆：形容伸出墙外的青竹绿叶。　　2.润逼琴丝：湿潮的空气浸入琴弦。　　3.寒侵枕障：寒气侵透枕席与帐幕。　　4."流潦"句：谓积水妨碍了行车。毂，车轮中心的圆木。　　5.兰成：庾信的小字。庾信初仕梁，出使西魏被留在北方，不得南归，乃作《哀江南赋》以抒怀。　　6.卫玠：晋人，当时名士，清秀瘦弱，南渡后不堪其劳，因病而早逝，见《世说新语》。7.平阳客：东汉马融，善音乐，好吹笛，因在平阳客舍听到洛阳客人吹笛，触动愁思，作了有名的《长笛赋》。　　8.红糁：比喻细碎的红色花瓣。糁，米粒。　　9.荆桃如菽：樱桃如同豆粒。荆桃，樱桃。菽，豆类。

周邦彦

【评析】　起三句写春雨，次三句写室外风雨景象，再三句写室内潮湿、清寒、荒乱。"邮亭"点明身在驿馆，接写愁苦幽独心境。过片写归心急切，次以庾信憔悴、卫玠病弱自喻，再借马融听笛落泪，状述凄苦旅况。收拍跌落到眼前景象的萧索凄恻。"共谁秉烛"与"自怜幽独"紧密绾合。

解语花

上 元

风消焰蜡，露浥烘炉[1]，花市光相射。桂华流瓦[2]，纤云散、耿耿素娥欲下[3]。衣裳淡雅，看楚女纤腰一把。箫鼓喧、人影参差，满路飘香麝[4]。

因念都城放夜[5]，望千门如昼[6]，嬉笑游冶。钿车罗帕[7]，相逢处、自有暗尘随马[8]。年光是也，惟只见、旧情衰谢[9]。清漏移，飞盖归来，从舞休歌罢[10]。

【注释】 1.露浥烘炉：夜露沾湿了花灯。烘炉，一作"红莲"，指炉状的花灯。 2.桂华流瓦：月光在屋瓦间流泻。桂华，代指月亮。 3."耿耿"句：设想月中嫦娥飘飘然欲降临人间。 4.香麝：一种贵重香料。 5.都城放夜：京都解除宵禁，特许百姓彻夜游乐。 6.千门：形容宫阙门户之多。 7.钿车：饰以金花的宝车。 8."暗尘随马"句：写歌女佳丽乘着华美的车子，手持香罗手帕招惹游人，每过繁闹处，总有年轻子弟尾随车后骑马追看。苏味道《正月十五夜》诗有"暗尘随马去，明月逐人来"之句，为此句所本。 9."年光"二句：谓年光如旧，情怀已非往日。 10."飞盖"二句：谓自己乘车急归，任凭人们通宵达旦地尽情歌舞吧。

周邦彦

【评析】　　上片写今日荆南元宵。由彩灯辉映，写到素月流天，想象嫦娥下凡同庆，极见灯节魅力。再由嫦娥写到游人，"楚女""箫鼓""香麝"，从人流、音乐、气味等方面，浓化了热烈的节日氛围。下片以"因念"领起，使时序倒转，写记忆中往岁的汴京元宵。"放夜""如昼"，都城节日盛况非同寻常。欢乐海洋中，宝马逐香车，公子捡罗帕，男女或有情遇，场景尤令人入目难忘。"年光是也""旧情衰谢"二句，笔势忽作顿挫，将今昔灯节合为一体，而倾发出年节如故，情怀非昔之叹。收拍结以兴尽归来，含无限低徊怅惘之致。周济谓此词咏"到处歌舞太平，京师尤为绝盛"（《宋四家词选》）。张炎称："不独措辞精粹，又且见时节风物之盛，人家宴乐之同。"（《词源》）

蝶恋花

　　月皎惊乌栖不定。更漏将阑¹，辘轳牵金井²。唤起两眸清炯炯³，泪花落枕红绵冷。

　　执手霜风吹鬓影。去意徊徨，别语愁难听。楼上阑干横斗柄⁴，露寒人远鸡相应。

【注释】　　1.更漏：古以铜壶盛水，视水漏计时报更，称更漏。　　2."辘轳"句：天近黎明，有人用辘轳汲水。吴均《行路难》："玉栏金井牵辘轳。"3.炯炯：形容目光明亮。　　4."楼上"句：谓天空北斗星柄横斜。阑干，横斜貌。

【评析】　　栖乌、残漏、辘轳声，传入离人之耳，引动双眼晶亮，泪花湿透红绵。上片全从送行人枕边感受着墨，表明别前心神不定，入睡不熟，破晓即醒，则思绪千万、别意凄楚，不言而喻。下片写临别及别后景况。"执手霜风"，见已登程话别；"去意""别语"，则临别千般叮咛、万般依恋尽在其中。末以送行人回房之孤独清冷收结。情人已远，村鸡报晓，闺房清寒，一派离索。小词写闺人恋别，细腻深婉，词短义丰，耐人回味。

解连环

怨怀无托，嗟情人断绝，信音辽邈。纵妙手、能解连环[1]，似风散雨收，雾轻云薄。燕子楼空，暗尘锁、一床弦索[2]。想移根换叶，尽是旧时，手种红药。

汀洲渐生杜若[3]，料舟依岸曲，人在天角。漫记得、当日音书，把闲语闲言，待总烧却。水驿春回，望寄我、江南梅萼[4]。拚今生[5]、对花对酒，为伊泪落。

【注释】　1.解连环：《战国策·齐策六》载，秦始皇派人给齐国王后送去玉连环，问齐人聪明，能否解开此环。群臣均无能为力，齐王后以椎将环击破，说："谨以解矣。"这里喻指解开情结。　2."燕子楼"二句：形容人去楼空，景象萧索。燕子楼，在徐州官廨内。白居易《燕子楼诗序》："徐州故张尚书（按：当为张建封之子张愔）有爱妓曰盼盼，善歌舞，雅多风态。尚书既殁……盼盼念旧爱而不嫁，居是楼十余年。"弦索，指乐器。　3.杜若：香草名。《楚辞·九歌·湘夫人》："搴汀洲兮杜若。"　4."望寄我"句：期待得到对方的讯息和关怀。化用陆凯折梅赠范晔事，参舒亶《虞美人》注。5.拚：甘愿之意。

【评析】　开篇擒题，总摄全章。伊人一去无信，故生"怨怀"。接着连用两喻，谓爱情如飘风阵雨、过眼烟云，但情网困缚却无法开解。以下借用关盼盼故事和低徊于伊人手植芍药，倾泻人去楼空、睹物思人之感。过片若断若续，由故物联想伊人当年乘舟离去，远在天角。再想当日海誓山盟、彩笺锦字，全属空言，总当烧却，由想切、怨深而转入决绝。决绝不得又折回期待，期待无凭，转而决心为伊洒泪终生。收拍无限痴情，感人肺腑。全章犹内心独白，由怨怀始，以洒泪收，嗟怨、缅想、反思、低徊、决绝、期待，一波三折，往复回环，写尽失恋之苦，宣出钟情之深。

周邦彦

拜星月慢

　　夜色催更，清尘收露，小曲幽坊月暗¹。竹槛灯窗，识秋娘庭院²。笑相遇，似觉琼枝玉树相倚³，暖日明霞光烂⁴。水盼兰情⁵，总平生稀见。

　　画图中、旧识春风面⁶，谁知道、自到瑶台畔⁷。眷恋雨润云温，苦惊风吹散。念荒寒、寄宿无人馆，重门闭、败壁秋虫叹。怎奈向、一缕相思，隔溪山不断。

【注释】　　1.小曲幽坊：曲深的小巷，幽静的街坊。　　2.秋娘：唐时歌姬杜秋娘，喻指美女。白居易《琵琶行》："妆成每被秋娘妒。"　　3.琼枝玉树：比喻女子高贵纯洁。江淹《古离别》："愿一见颜色，不异琼树枝。"　　4.暖日明霞：比喻情人光彩夺目。曹植《洛神赋》："皎若太阳升朝霞。"　　5.水盼兰情：秋水般明亮的眼睛，幽兰般浓挚的情意。　　6."画图中"句：过去只能在画图中见到的艳美的容姿。此处化用杜甫咏王昭君的诗句："画图省识春风面。"（《咏怀古迹》）　7."谁知道"句：想不到走进仙境。瑶台，指仙女所居。

【评析】　　全章先写相恋的温馨欢融。起五句点明时、地，为艳遇铺垫清雅宁静的环境氛围。"秋娘庭院"，指明伊人所居。"笑相遇"以下，写初遇的欢洽。身段比以"琼枝玉树",容姿喻以霞光焕发,而眉目含情,益发传神。"平生稀见",一语总括,兴会空前。过片紧承上文,铺陈相遇之欢,"雨润云温",两情欢融无以复加。"苦"字笔锋陡转,情事剧变,幸福为外力摧折。"念荒寒"以下,折回眼前现境,情绪陡落低谷,客馆阒寂,秋虫悲鸣,增人忧思。收拍一声奈何,道尽情思执着,无力可以隔阻。写欢情由外而内,步步递进,臻于高峰,陡然跌落,看似平叙,实为追思。

关河令

秋阴时晴渐向暝，变一庭凄冷。伫听寒声[1]，云深无雁影。

更深人去寂静，但照壁、孤灯相映。酒已都醒，如何消夜永？

【注释】 1.寒声：指深秋风吹落叶的萧瑟声。

【评析】 全首由白昼到夜深，依时序摹写旅居孤单。深秋阴雨转向薄暮昏暝，环境一派凄冷，云深无雁，见杳无乡音。更深只有孤灯相伴，长夜漫漫，何以消磨？词格凄冷清峭，写尽羁馆孤栖落寞之感。

绮寮怨

　　上马人扶残醉，晓风吹未醒。映水曲、翠瓦朱檐，垂杨里、乍见津亭¹。当时曾题败壁，蛛丝罩、淡墨苔晕青²。念去来、岁月如流，徘徊久、叹息愁思盈。

　　去去倦寻路程，江陵旧事，何曾再问杨琼³。旧曲凄清，敛愁黛、与谁听？尊前故人如在，想念我、最关情。何须渭城⁴，歌声未尽处，先泪零。

【注释】　1.津亭：渡口间的驿亭。　2."淡墨"句：谓旧时淡淡的墨迹为青苔萦绕遮蔽。　3."江陵"二句：借元稹在江陵与妓女杨琼相爱的风流韵事，寄寓自己与所恋情人隔阻之感伤。杨琼，唐代江陵（今属湖北）歌妓，与元稹有一段情缘，事见元稹《和乐天示杨琼》诗。　4.渭城：指王维《渭城曲》。

【评析】　开篇突起，写乘马醉归。翠瓦映水、垂杨津亭，勾勒途中景象。败壁题诗，为蛛网青苔笼罩，益发触景动情，引发种种回忆。"念"字以下，由景入情，直倾胸臆，总括愁思。"去去"承上启下，"江陵旧事"为"愁思"的展衍和具体化。紧接就"杨琼"生发，设想伊人近况，言对方必将愁眉难展，念我情深。末以离歌动情收结，见两情挚厚，相忆愁深。

尉迟杯

隋堤路¹，渐日晚、密霭生深树。阴阴淡月笼沙，还宿河桥深处²。无情画舸，都不管、烟波隔前浦³。等行人、醉拥重衾，载将离恨归去。

因思旧客京华，长偎傍疏林，小槛欢聚。冶叶倡条俱相识⁴，仍惯见珠歌翠舞。如今向、渔村水驿，夜如岁、焚香独自语。有何人、念我无聊，梦魂凝想鸳侣。

【注释】 1.隋堤路：这里指由汴京至淮河的一段水程。 2."还宿"句：指客船停泊于河桥幽深之地。 3."无情画舸"二句：宋郑文宝《柳枝词》："亭亭画舸系春潭，只待行人酒半酣。不管烟波与风雨，载将离恨过江南。"意境与此处相近。 4.冶叶倡条：指歌舞伎人。李商隐《燕台春》诗有"冶叶倡条偏相识"之句，形容杨柳婀娜。此处借指伎人。

【评析】 上片写舟行夜景，依时序推进，由日晚而月淡而停宿，景象如画。责怪画舸，赋外物以灵性；"载将离恨"，化虚象为实在，手法新巧。过片以"因"字连上，由"思"字带下，"京华"为一景，"偎傍""欢聚"，听歌观舞，往日的亲昵欢畅情事历历在目。"如今"以下，折转到眼前，"渔村"为一景，水驿长夜，焚香独语，写尽现境凄凉，与京华旧事反差强烈，逼出收拍的直白倾诉。末句重拙凝练，揭明题旨。

西　河

金陵怀古

佳丽地，南朝盛事谁记¹？山围故国绕清江，髻鬟对起。怒涛寂寞打孤城，风樯遥度天际²。

断崖树、犹倒倚，莫愁艇子谁系？空余旧迹郁苍苍，雾沉半垒³。夜深月过女墙来，伤心东望淮水⁴。

酒旗戏鼓甚处市⁵？想依稀、王谢邻里，燕子不知何世，向寻常巷陌人家相对，如说兴亡斜阳里⁶。

【注释】　1.“佳丽地”二句：谢朓《入城曲》：“江南佳丽地，金陵帝王州。”南朝，指相继建都金陵的宋、齐、梁、陈四朝。　2.“山围”四句：点化刘禹锡《石头城》诗，描写金陵形胜。刘诗云：“山围故国周遭在，潮打空城寂寞回。淮水东边旧时月，夜深还过女墙来。”此处化用前二句。髻鬟，形容对峙的山峰。　3.“莫愁”三句：化用传说故事，写古都人事变迁。莫愁，少女名，或说石城人，或说洛阳或金陵人，相传金陵莫愁湖即因莫愁女得名。古乐府《莫愁乐》有“莫愁在何处？住在石城西。艇子打两桨，催送莫愁来”之句。李商隐《莫愁》诗亦云：“若是石城无艇子，莫愁还自有愁时。”雾沉半垒，是说夜雾深沉，埋没了旧踪残垒。　4.“夜深”二句：化用刘禹锡

周邦彦

《石头城》后二句。女墙，城上垛口。淮水，指秦淮河。　5.甚处市：什么街巷。　6."想依稀"四句：隐括刘禹锡《乌衣巷》诗，发古今兴亡之感。刘诗云："朱雀桥边野草花，乌衣巷口夕阳斜。旧时王谢堂前燕，飞入寻常百姓家。"王、谢，东晋时王、谢两大望族都住乌衣巷，后来衰败。

【评析】　起句点题，指明所怀之时、地。"谁记"唤起今昔之感。一叠融化《石头城》诗前联，总写金陵形势，境界旷远，雄壮中蕴含落寞。二叠糅合当地传说并《石头城》后联，扣紧金陵景观，摅物是人非之感，"断崖""旧迹""雾沉"，景物涂上一种苍茫色调。三叠笔锋转向原为望族聚居而今变为普通市井之地，宣发人世沧桑之感。化用《乌衣巷》诗意，自然入妙，燕子相对，议论兴亡于斜阳之中，意象极巧，手法极新。由远景到近景，由江山故国、都邑胜迹到寻常巷陌，镜头愈近，感喟愈深。怀古评史不假陈说，全由景物描绘中隐隐宣出。融化前人诗句，浑然天成，平易爽畅，一如己出。

瑞鹤仙

悄郊原带郭[1]，行路永、客去车尘漠漠[2]。斜阳映山落，敛余红犹恋，孤城阑角[3]。凌波步弱，过短亭、何用素约[4]。有流莺劝我[5]，重解绣鞍，缓引春酌。

不记归时早暮，上马谁扶，醒眠朱阁。惊飙动幕[6]，扶残醉，绕红药。叹西园已是，花深无地，东风何事又恶？任流光过却，犹喜洞天自乐[7]。

【注释】 1.郊原带郭：郊野映带城郭。 2.漠漠：飞尘弥漫貌。 3."敛余红"二句：谓夕阳余晖留恋城楼阑干之一角。 4."凌波"二句：谓适有轻盈步行女郎在驿亭相遇。凌波，出自曹植《洛神赋》"凌波微步，罗袜生尘"，代指美人步履。 5.流莺：代指出语婉转动听的歌女。 6.惊飙动幕：狂风吹动窗帘。 7."犹喜"句：尚可欣慰能在仙宫自寻欢快。洞天，道家称仙人居处，此指青楼伎馆。

【评析】 首二句写郊外送客情景，紧接用移情手法借"斜阳""余红"，寓客去依恋低徊之情。"凌波"二句，写与女友不期而遇。解鞍、缓引，应劝停宿，酌酒消愁，叙事凝练，言简意丰。下片写次晨酒醒后的感触。"不记"紧承上片，状前晚饮酒归来，醉意朦胧。一觉醒来，身在青楼朱阁。"狂飙"既吹走醉意，上与"醒"字相连，又摧折芍药，下与"恶"字相应。"叹西园"，宕开一笔，抒繁红易凋之慨，"任流光"，结处一顿，自解伤时惜春之愁。以婉转之笔写出复杂情思，结构精警，韵致深沉。

浪淘沙慢

　　昼阴重，霜凋岸草，雾隐城堞¹。南陌脂车待发²，东门帐饮乍阕³。正拂面、垂杨堪揽结，掩红泪、玉手亲折⁴。念汉浦、离鸿去何许⁵？经时信音绝。

　　情切，望中地远天阔，向露冷风清无人处，耿耿寒漏咽⁶。嗟万事难忘，惟是轻别。翠尊未竭，凭断云、留取西楼残月。

　　罗带光消纹衾叠，连环解、旧香顿歇⁷；怨歌永、琼壶敲尽缺⁸。恨春去、不与人期，弄夜色、空余满地梨花雪。

写秋夜怀思，"地远"见隔阻之遥，"寒漏"见夜不成寐。"难忘""轻别"，直倾胸臆，逆挽一笔。尊酒留月，映现情怀孤寂。三叠刻画独处春恨。罗带光消，花衾搁置，旧香消散，离别愈久，益增睹物怀人之思。引发怨歌之永、离思之深，逼出一"恨"字，末以景结，满地梨花象征春事已阑，时不我待。愁深怨极，一涌而出，所谓"歌至曲终，觉万汇哀鸣，天地变色"(《白雨斋词话》)。

应天长

条风布暖¹，霏雾弄晴，池台遍满春色。正是夜堂无月，沉沉暗寒食²。梁间燕，前社客³，似笑我、闭门愁寂。乱花过、隔院芸香⁴，满地狼藉。

长记那回时，邂逅相逢⁵，郊外驻油壁⁶。又见汉宫传烛，飞烟五侯宅⁷。青青草，迷路陌。强载酒、细寻前迹。市桥远、柳下人家，犹自相识。

【注释】　1. 条风：调和的春风。《淮南子·天文训》："距日冬至四十五日条风至。"　2. 寒食：清明前二日。　3. "梁间燕"二句：梁间燕子是前一个春社日的旧客。古以立春后第五个戊日为春社日，去年燕子此时已归来。陈元龙注《片玉词》引欧阳澥《燕》诗："长到春秋社前后，为谁去了为谁来。"　4. 芸香：一种香草，此处泛指花香。　5. 邂逅：不期而遇。　6. 油壁：以油漆涂饰之轻车。南齐苏小小诗："妾乘油壁车，郎乘青骢马。"　7. "又见"二句：化用韩翃《寒食》"日暮汉宫传蜡烛，轻烟散入五侯家"句。

【评析】　起三句写暖风骀荡，春满人间，乃意想中感受。"正是"以下，实写眼下现境。天气阴沉，门庭寂落，为燕所笑，落花狼藉，渲染出一种感伤、凄艳氛围。换头以"长记"领起一段当年艳遇的追思。油壁香车，春郊欢聚，缱绻情缘，刻骨难忘。"又见"二句，化用唐诗，宣出京华寒食气象，与上片"寒食"挽合。"青青草"以下，写旧迹重寻，芳草凄迷，柳下宅舍依稀如旧，而伊人难觅。结句含无限时过景迁、物是人非之感。

　　　　　　　　　　　　　　　　　　　　宋词三百首

夜游宫

　　叶下斜阳照水，卷轻浪、沉沉千里。桥上酸风射眸子[1]。立多时，看黄昏灯火市。

　　古屋寒窗底，听几片、井桐飞坠。不恋单衾再三起。有谁知，为萧娘，书一纸[2]？

【注释】　　1."桥上"句：桥上冷风刺目。此化用李贺《金铜仙人辞汉歌》"东关酸风射眸子"之句。　　2."为萧娘"二句：杨巨源《崔娘》诗："风流才子多春思，肠断萧娘一纸书。"此化用其句。

【评析】　　全篇由两个场景构成。前片黄昏独自伫立凝望。深秋傍晚，海天空阔，桥头痴望，入夜不归，则心事凝重，不言可知。后片通宵不寐。俯仰寒窗，梧桐坠叶声声入耳，所写感受与温庭筠《更漏子》"梧桐树，三更雨，不道离情正苦"异曲同工。愁思心境所为何事？收拍画龙点睛，一语道破。

贺　铸

1052
|
1125

　　字方回，卫州（今河南辉县）人。娶宋宗室女，授右班殿直。出身武职世家，经李清臣、苏轼等荐，改入文阶。其人性格近侠，才兼文武，喜谈世事，敢诋斥权要，一生屈居下僚，官至泗州、太平州通判。晚年退居吴下，闭门读书，自号庆湖遗老。其词深婉丽密与悲壮激越兼具，笔势飞舞，变化无端。著有《庆湖遗老诗集》《东山词》（又有别本名《方回词》）。存词二百八十余阕，数量仅次于苏轼。

青玉案

凌波不过横塘路，但目送、芳尘去¹。锦瑟华年谁与度²？月桥花院，琐窗朱户，只有春知处。

飞云冉冉蘅皋暮³，彩笔新题断肠句⁴。试问闲愁都几许⁵？一川烟草，满城风絮，梅子黄时雨⁶。

【注释】 1."凌波"二句：写目送一丽人情景。凌波，形容丽人步履轻盈。横塘，在苏州盘门外，水上有桥。贺铸在苏州，住近其地。目送，《左传·桓公元年》："宋华父督见孔父之妻于路，目逆而送之，曰：'美而艳。'" 2."锦瑟"句：谓谁与丽人共度青春？李商隐《锦瑟》诗："锦瑟无端五十弦，一弦一柱思华年。" 3.冉冉：流动貌。蘅皋：长满香草的沼泽。 4.彩笔：形容有文采。用江淹事，参周邦彦《过秦楼》注。 5.都：统算之辞。6."梅子"句：江南春间有梅雨天气，后唐人诗有"梅子黄时雨意浓"（《岁时广记》引）之句。

【评析】 起二句艳遇：偶见丽人，飘然远去。次四句芳思：揣想谁人天赐艳福，得与其人花前月下，朱户雕窗，共度华年？再二句赋词：无端逗起多情，久伫蘅皋，思绪缭乱，提笔摅怀。末四句闲愁：以反问呼起，以系列比喻自答，将愁思之多而纷乱、迷茫无边、连绵不休形容曲尽，且契合时序，衬映心境，情景浑融，语意精新，故成绝唱。由极常见的生活情节撩拨起词人的无端芳思、闲愁，催发出彩笔妙曲，堪称骚坛佳话。《鹤林玉露》谓，诗家或以山、或以水喻愁，此词以三种景象喻愁，尤为新奇，意味更长。由此方回赢得"贺梅子"之称，收以一工句而"倾倒一世"之效。

感皇恩

兰芷满汀洲¹，游丝横路²。罗袜尘生步迎顾³，整鬟颦黛，脉脉两情难语。细风吹柳絮，人南渡。

回首旧游⁴，山无重数。花底深、朱户何处？半黄梅子，向晚一帘疏雨。断魂分付与、春将去。

【注释】　1."兰芷"句：指香草长满洲渚。兰芷，香草名。　2."游丝"句：庾信《春赋》："一丛香草足碍人，数尺游丝即横路。"　3."罗袜"句：写美人迎面而来，深情注目的神态。　4.回首旧游：苏轼《台头寺步月得人字》诗有"回首旧游真是梦"句。

【评析】　前片写与丽人相遇旋即分手。起二句春景，继三句伊人娇容，"颦黛""难语"，状无可奈何。"人南渡"，点明对方飘然离去。后片写别后离思。"旧游"总上倒点一笔，"山无重数"二句，隐寓阻隔重重，好梦难圆。末以景结，借景寄情。离魂唯可托春风寄与，笔致婉曲。

贺　铸

薄　幸

　　淡妆多态，更的的、频回盼睐¹。便认得琴心先许²，欲绾合欢双带³。记画堂、风月逢迎，轻颦浅笑娇无奈。向睡鸭炉边，翔鸳屏里，羞把香罗暗解。

　　自过了烧灯后⁴，都不见踏青挑菜⁵。几回凭双燕，丁宁深意，往来却恨重帘碍。约何时再，正春浓酒困，人闲昼永无聊赖。厌厌睡起，犹有花梢日在。

【注释】　1.“更的的”句：谓以明亮的眼波频频回头相看。　2.“便认得”句：谓看出男方的心思而表示认同。琴心，指爱慕之心。用司马相如弹琴挑动卓文君，文君夜奔相如的故事，事见《史记·司马相如列传》。　3.“欲绾”句：意谓结同心之好。　4.烧灯：指元宵燃挂花灯。　5.踏青挑菜：指春日郊游活动，古有踏青节、挑菜节。

【评析】　上片追怀往日欢情。第一印象铭记最深，由装扮、容貌、眼波传情，到传递心声、两情结好，此四句写定情。“记”字贯通上下，“轻颦”“浅笑”“娇”“羞”，摹尽少女柔情蜜意，又以“画堂”“鸭炉”“鸳屏”等景物衬垫，此五句写幽会。记意中欢情缠绵甜蜜，风致嫣然，笔法精细，情事极美。下片直记今夕离思。“烧灯”“踏青”，游乐之节人不可见，凭燕寄语，传情之笺无由得通，重会难期，独处无聊，借酒消愁，永昼难耐，眷念之深可以想见。全篇记一则爱情故事，记事写人，缘情布景，下字精美，风韵翩翩，体现了方回词的“深婉丽密如次组绣”（《宋史》本传）之美。

浣溪沙

不信芳春厌老人。老人几度送余春。惜春行乐莫辞频[1]。
巧笑艳歌皆我意，恼花颠酒拚君瞋[2]。物情惟有醉中真[3]。

【注释】　1.“惜春”句：杨恽《报孙会宗书》：“人生行乐耳。”李珣《浣溪沙》词：“遇花倾酒莫辞频。”　2.“恼花”句：谓放怀尽兴，不拘礼节地饮酒赏花，任凭人们嗔怪。颠酒，犹“颠饮”。《开元天宝遗事》载，长安进士郑愚、刘参等十数人，每春时，选妖妓，游名园曲沼，“藉草裸形，去其巾帽，叫笑喧呼，自谓之颠饮”。　3.醉中真：李白《拟古十二首》其三：“仙人殊恍惚，未若醉中真。”

【评析】　一句从芳春说，一句从老人说，合拢为“惜春行乐”。以下笑、歌、恼花、颠酒，均就此发挥，且皆出我意，不顾君瞋，归结为“醉中真”。意新语工，极潇洒之致。词多写悲情愁肠，此篇专意宣发人生老境乐事，足见方回襟胸旷放，能于词坛卓然自立。

浣溪沙

楼角初消一缕霞。淡黄杨柳暗栖鸦¹。玉人和月摘梅花。
笑捻粉香归洞户²，更垂帘幕护窗纱。东风寒似夜来些³。

【注释】　1.“淡黄”句：梁简文帝《金乐歌》：“槐香欲覆井，杨柳正藏鸦。”
2．粉香：代指洁白幽香的梅花。　3.“东风”句：犹言东风寒意胜过昨夜。

【评析】　楼角晚霞消，柳荫归鸦藏，美人月下摘采梅花，回房垂帘度夜，寒
风习习。词虽短小，却极富画面感、色彩感、流动感，写景写人，句句绮丽，
字字清新，造微入妙，韵味幽远。

石州慢

　　薄雨收寒，斜照弄晴，春意空阔。长亭柳色才黄，倚马何人先折[1]？烟横水漫，映带几点归鸿，平沙消尽龙荒雪[2]。犹记出关来[3]，恰如今时节。

　　将发，画楼芳酒，红泪清歌，便成轻别。回首经年，杳杳音尘都绝。欲知方寸，共有几许新愁？芭蕉不展丁香结[4]。憔悴一天涯，两厌厌风月[5]。

【注释】　　1.“倚马”句：倚马待发的行人折柳为别。独孤及《官渡柳歌送李员外承恩往扬州觐省》：“远客折杨柳，依依两含情。”　　2.龙荒：即龙沙荒漠。《后汉书·班超传赞》：“咫尺龙沙。”龙沙即白龙堆沙漠，这里泛指荒寒的北地。河北与辽接壤，北宋时为边境。　　3.出关：自汴京赴赵州，中途经河南浚县白马关。　　4.“芭蕉”句：形容愁怀如不展的芭蕉、花蕾丛结的丁香。李商隐《代赠》诗：“芭蕉不展丁香结，同向春风各自愁。”　　5.“憔悴”二句：谓同在天涯，两种风情，一样愁苦。厌厌，愁苦貌。

【评析】　　上片写所见之景。起三句天空景，次二句杨柳色，再三句原野地面景，“空阔”“烟横”“平沙”“龙荒”，突出北境风光。“犹记”二句，总上带下，点明时地。下片转入叙事，起四句追忆当年分手情景，“便成轻别”一顿。"回首"以下折回当今，呼应"犹记"。"几许新愁"发一诘问，化入所寄诗句，以芭蕉、丁香喻愁肠难展，"共有"兼写两方，与收拍"一"字、"两"字贯通，表明天各一方，两心相念，情怀相同，正如《云韶集》卷三所评"淋漓顿挫"，"句句明秀"。

蝶恋花

几许伤春春复暮，杨柳清阴，偏碍游丝度。天际小山桃叶步[1]，白蘋花满湔裙处[2]。

竟日微吟长短句，帘影灯昏，心寄胡琴语[3]。数点雨声风约住[4]，朦胧淡月云来去。

【注释】　1.桃叶步：即桃叶渡，江岸泊船之处亦称步。《古今乐录》载，晋王献之爱妾名桃叶，其妹曰桃根，王献之曾临渡口作歌送桃叶，有"桃叶复桃叶，渡江不用楫"之句，后人因名其渡口曰"桃叶渡"，其地在金陵对岸真州六合县桃叶山。　2.湔（jiān）裙：洗裙。　3.胡琴：古称琵琶为胡琴。4."数点"句：言下了几点雨被风吹晴。约，犹拦住、束住。

【评析】　起句点明伤春题旨，上片写江天暮春光景，桃叶步为往常游赏之地。下片写灯前寥落心境，微吟、弹奏，消磨时光。末以景结，乍雨又晴，月色朦胧，一派暗淡清寂气氛。

天门谣

登采石蛾眉亭

牛渚天门险，限南北、七雄豪占[1]。清雾敛，与闲人登览。

待月上潮平波滟滟[2]，塞管轻吹新《阿滥》[3]。风满槛，历历数、西州更点[4]。

【注释】　1.七雄：六朝（吴、东晋、宋、齐、梁、陈）加上南唐，诸王朝均建都金陵。　2.滟滟：水满溢貌。　3.阿滥：笛曲名。《碧鸡漫志》载，骊山多飞禽，名阿滥堆，明皇御玉笛采其声，翻为曲子名，左右皆传唱之。4.西州：指扬州，因在金陵台城之西，故名。

【评析】　起二句写天门之险，气势苍茫。次二句写登览之闲，萧散清空。下片写意想中的天门景观：明月、江潮、塞管、更鼓，一派雄浑空阔气象，发人怀古幽思遐想。

天　香

　　烟络横林，山沉远照，迤逦黄昏钟鼓¹。烛映帘栊，蛩催机杼²，共苦清秋风露。不眠思妇，齐应和、几声砧杵³。惊动天涯倦宦，骎骎岁华行暮⁴。

　　当年酒狂自负⁵，谓东君、以春相付⁶。流浪征骖北道，客樯南浦，幽恨无人晤语⁷。赖明月曾知旧游处，好伴云来，还将梦去⁸。

【注释】　1.迤逦：连续不断之意。　2.蛩催机杼：唐郑愔《秋闺》诗："机杼夜蛩催。"　3."不眠"二句：谓思妇怀念征人，夜深不眠，正在挥杵捣衣。砧杵，捣衣石和捣衣棒。　4.骎骎：马驰貌，形容岁月之速。　5.酒狂：《汉书·盖宽饶传》载盖自谓："我乃酒狂。"　6."谓东君"句：以为东君惠与自己无限的明媚春光。东君，古谓司春之神。　7.无人晤语：无人谈心抒怀。《诗经·陈风·东门之池》："彼美淑姬，可与晤语。"　8."赖明月"三句：谓夜月与浮云俱来，引我入梦，重温旧游。

【评析】　前阕写旅邸中黄昏和深夜情景，所见有烟林、落照，所闻有钟鼓、寒蝉，入夜捣衣与秋风声断续入耳，将秋声、秋气形容尽致。"惊动"与"共苦"相应，写出旅思寥落、客怀惆怅。后阕转入抒怀。当年狂放自负，以为东君给予自己的全是光明灿烂，而今流落征途，事业蹉跎，英雄失路，形单影只，唯有明月垂怜，浮云相伴，促我入梦，重温往日温馨。融景入情，倾泻胸臆，挥洒自如。收拍明月云梦，浮想联翩，耐人寻绎。

贺　铸

望湘人

厌莺声到枕，花气动帘，醉魂愁梦相半。被惜余薰，带惊剩眼[1]，几许伤春春晚。泪竹痕鲜[2]，佩兰香老[3]，湘天浓暖[4]。记小江风月佳时，屡约非烟游伴[5]。

须信鸾弦易断[6]，奈云和再鼓[7]，曲终人远[8]。认罗袜无踪[9]，旧处弄波清浅。青翰棹舣[10]，白蘋洲畔，尽目临皋飞观[11]。不解寄、一字相思，幸有归来双燕。

【注释】　1.带惊剩眼：谓腰带宽缓，人体变瘦。参李之仪《谢池春》注。2.泪竹：张华《博物志》卷八："尧之二女，舜之二妃曰湘夫人，舜崩，二妃啼，以涕挥竹，竹尽斑。"　3.佩兰：屈原《离骚》："纫秋兰以为佩。"　4.湘天：指湘江流域的天气。　5.非烟：指彩云。《艺文类聚》卷九十八"庆云"条引《孙氏瑞应图》："非气非烟，五色氛氲，谓之庆云。"唐杜正伦《玄武门侍宴》诗："云阁聚非烟。"　6.鸾弦：指琴弦。《汉武外传》载："西海献鸾胶，武帝弦断，以胶续之，弦两头遂相著。"此暗指恋情事。　7.云和：琴瑟之代称。《周礼·春官宗伯·大司乐》有"云和之琴瑟"语。　8.曲终人远：钱起《省试湘灵鼓瑟》诗："曲终人不见。"　9.罗袜：指美人步履。　10.青翰棹舣：青翰棹，指彩舟。《说苑》卷十一："鄂君子晳之泛舟于新波之中也，乘青翰之舟。"舣，舟靠岸。　11."尽目"句：谓极目远望。皋，沼泽。

【评析】　起三句阳春气氛，次三句室内景象，其中交织以深沉伤离之情，由"醉魂愁梦""带惊剩眼"刻画出相思之苦。"泪竹"三句，又借想象之意中景予以渲染。末以"记"字领起，追念往事，向抒离情过渡。下片直倾胸臆。以比兴导入，紧接化用唐诗，写情缘难再。"认"字以下，借记望中之景，再宣忆念佳人之情。收拍写伊人杳无音信，"幸有"双燕，"不解寄一字相思"，笔势夭矫曲折，体现出跂盼、自解、失望的复杂心态。

贺　铸

绿头鸭

玉人家，画楼珠箔临津[1]。托微风彩箫流怨，断肠马上曾闻。宴堂开、艳妆丛里，调琴思、认歌颦。麝蜡烟浓，玉莲漏短[2]，更衣不待酒初醺[3]。绣屏掩、枕鸳相就，香气渐氤氲[4]。回廊影、疏钟淡月，几许消魂。

翠钗分[5]，银笺封泪[6]，舞鞋从此生尘。任兰舟、载将离恨，转南浦、背西曛[7]。记取明年，蔷薇谢后，佳期应未误行云[8]。凤城远，楚梅香嫩，先寄一枝春[9]。青门外，只凭芳草，寻访郎君[10]。

【注释】　1.珠箔：精美竹帘。　2.玉莲漏：即滴漏，古计时器。据晋无名氏《东林莲社》载，释惠安于水上立十二叶莲花，因波随转，谓之"莲花漏"。　3."更衣"句：谓不待酒醉即来侍寝陪床。《玉台新咏序》："东邻巧笑，来侍寝于更衣。"　4.氤氲：形容香气浓烈。　5.翠钗分：代指与情人分别。梁陆罩《闺怨》："自怜断带日，偏恨分钗时。"　6.银笺封泪：写女郎对情人恋念，常以眼泪寄与，表示深情相思。《丽情集》载"灼灼"条："灼灼，锦城官中奴，御史裴质与之善。裴质召还，灼灼每遣人以软红绡聚红泪为寄。"　7."任兰舟"二句：意谓任从兰舟载将离恨转入南浦，背夕阳而东行。西曛，西方落日余光。　8."记取"三句：谓记住明年定要归来，不误欢会佳期。行云，暗指男女幽会情事。杜牧《留赠》诗："舞靴应任闲人看，笑脸还须待我开。不用镜前空有泪，蔷薇花谢即归来。" 9."凤城远"三句：你住京城相距遥远，我行楚地梅花开放，当先寄一枝表示情谊。凤城，指京都。一枝春，用陆凯赠范晔诗"江南无所有，聊赠一枝春"句，参舒亶《虞美人》注。 10."青门外"三句：谓明年春可在京城相会。青门，长安城门名，此代指汴京。

【评析】 上片记与汴京妓相识与欢聚。起笔直写对方住处，接言闻对方箫声，"认歌鬟"等句，言听歌相识，"更衣"写侍寝情景，枕鸳相并，浓香宜人，直到"几许消魂"，写尽相恋缱绻温馨之情。下片写双方分离，并期许明春聚会京城。起句点分离，"银笺""舞鞋"云云，见对方情深；"兰舟""离恨"，云自己远行；"记取"三句，期约来年相见；"凤城"写对方遥远，寄梅言自己先通音问，收拍归结到春深京华重聚。全篇由相识、相恋而两相分别、相期重逢，依时序写来，笔锋细密，用语丽靡，宛如一篇恋情散记。

贺　铸

张元幹

1091
|
1161

　　字仲宗，号芦川居士，祖籍永福（今福建永泰），出身仕宦家庭。政和间入仕，曾为李纲行营僚属，投身抗金斗争。主和派贬逐李纲，张元幹随之获罪。汴京失守，张元幹避难江南，四十一岁休官还乡，虽身居林泉，不忘恢复，寄情于诗词。著有《芦川归来集》，词集名《芦川词》，存词一百八十余首。

石州慢

寒水依痕[1]，春意渐回，沙际烟阔[2]。溪梅晴照生香，冷蕊数枝争发。天涯旧恨，试看几许消魂？长亭门外山重叠。不尽眼中青[3]，是愁来时节。

情切，画楼深闭，想见东风，暗消肌雪[4]。孤负枕前云雨[5]，尊前花月。心期切处[6]，更有多少凄凉，殷勤留与归时说。到得再相逢，恰经年离别。

【注释】　1.寒水依痕：写冬春之际溪流平静，化用杜甫《冬深》诗"寒水各依痕"句。　2."春意"二句：从沙洲迷茫之处感受到春意萌动。杜甫《闻水歌》有"正怜日破浪花出，更复春从沙际归"之句。　3."不尽"句：写凝望长亭门外，眼中满是连绵起伏的青山。　4.暗消肌雪：写佳人雪肌消瘦。　5.枕前云雨：暗用宋玉《高唐赋》故事，写夫妻间的缱绻深情。6.心期：内心期盼。

【评析】　起句借溪水、野烟、梅蕊写春意萌动之象，由此引发天涯之恨、思归之愁。"不尽"句，状倚阑凝望，满目青山，正是"消魂"情景的具体刻画。"情切"承上转下，专写离怀。"画楼"三句，设想闺人因念己而消瘦，"孤负"二句，转写一己由远离而负疚，"云雨""花月"，往日的亲密缠绵尽在其中，不言而喻。"心期"以下凝想归来重聚情景，又以"经年离别"收煞，拍应上文，契合无间。

兰陵王

卷珠箔¹，朝雨轻阴乍阁²。阑干外、烟柳弄晴，芳草侵阶映红药³。东风妒花恶，吹落梢头嫩萼。屏山掩、沉水倦熏⁴，中酒心情怯杯勺。

寻思旧京洛⁵。正年少疏狂，歌笑迷著。障泥油壁催梳掠⁶。曾驰道同载，上林携手⁷，灯夜初过早共约⁸，又争信飘泊？

寂寞，念行乐。甚粉淡衣襟，音断弦索。琼枝璧月春如昨⁹。怅别后华表，那回双鹤¹⁰。相思除是，向醉里、暂忘却。

【注释】 1.珠箔：即竹帘。 2.乍阁：初停。王维《书事》："轻阴阁小雨。" 3."芳草"句：芳草长满阶砌，与红芍药相映成辉。 4."屏山"句：屏风遮蔽，无心点燃沉香。沉水，即沉香。 5.旧京洛：往年的京华、洛邑。 6."障泥"句：车马等在门前催促快些束装打扮。障泥，马腹上的布垫，代指马。油壁，以彩油涂饰之轻车，女子所乘，代指游车。 7.上林：上林苑，秦汉时皇家园林，此代指汴京园林。 8.灯夜：元宵灯节之夜。 9.琼枝璧月：喻指华贵美好的生活。《陈书·张贵妃传》载陈宫狎客赞张丽华等人诗，有"璧月夜夜满，琼树朝朝新"之句。 10."怅别后"二句：化用丁令威掌故，慨叹世事变迁。参王安石《千秋岁引》注。

【评析】　　全章三叠。首叠写酒后所见春光。帘外朝雨初停，烟柳弄晴，芳草春花辉映阶前，一派春意盎然。东风忽起，吹折嫩蕊，景象陡变，引发牢落情怀。"倦熏"、怯酒，微露低沉心绪。次叠由"寻思"领起，追怀往日京华旧游。年少迷歌追笑，香车宝马，何等狂放欢快！"驰道同载""上林携手"，写尽恋情乐事。灯节过后之约会未得实现，事变突发，"飘泊"着以"争信"，足见绝非预料所及。三叠折转到当下追思。"寂寞"涵盖现实心态。追念往昔乐事，衣襟粉香已消，琴瑟弦索已断，"琼枝璧月"的美好生活业已逝去，恍如昨梦前尘。世事变迁，犹如辽东归鹤感伤物是人非。相思无由相见，只有向沉醉中寻求"忘却"。煞拍回应"中酒"，绾合怀思。全篇充满今昔之感，词人在追怀往昔繁华梦中，寄寓了深沉的往事如烟、故国黍离之悲慨。

张元幹

叶梦得

1077

│

1148

　　字少蕴，苏州吴县人。绍圣四年（1097）进士。徽宗朝曾官龙图阁
直学士，后曾知汝州、蔡州、颍昌府。高宗时曾任江东安抚大使、知建康
府，后移知福州。绍兴十六年（1146）致仕，居湖州，自号石林居士。作
词有林下风，晚学东坡，有汲古阁本《石林词》，存词百余首。

贺新郎

　　睡起流莺语。掩苍苔、房栊向晚[1]，乱红无数。吹尽残花无人见，惟有垂杨自舞。渐暖霭、初回轻暑[2]。宝扇重寻明月影，暗尘侵、上有乘鸾女[3]。惊旧恨，遽如许[4]。

　　江南梦断横江渚[5]。浪粘天、葡萄涨绿[6]，半空烟雨。无限楼前沧波意，谁采蘋花寄取[7]？但怅望、兰舟容与[8]，万里云帆何时到？送孤鸿、目断千山阻[9]。谁为我，唱金缕[10]。

【注释】　　1.房栊：窗户。栊，窗上棂木。　　2."渐暖霭"句：暖云逐渐带来初夏的暑气。　　3."宝扇"二句：找出团团如明月的宝扇，虽为灰尘所侵，但扇面上乘鸾仙女的图象尚依稀可辨。扇面所绘为月宫仙女故事。《龙城录》载，八月望日，明皇游月宫，"见素娥十余人，皆皓衣乘白鸾"。　　4."惊旧恨"二句：谓扇面美女骤然触发如许旧恨新愁。　　5.横江渚：安徽和县东南有横江浦，此泛指江岸。　　6.葡萄涨绿：江水上涨，碧如葡萄。　　7."无限"二句：谓面对楼前浩渺的沧波，情思无限，又有谁采摘蘋花以传递相思之情呢？柳宗元《酬曹侍御过象县见寄》诗："春风无限潇湘意，欲采蘋花不自由。"　　8.容与：形容船行缓慢，徘徊不进的样子。　　9.送孤鸿：嵇康《赠秀才入军》诗有"目送归鸿，手挥五弦"语，此处含极目远望不见伊人之意。10.金缕：乐曲名。杜秋娘《金缕词》有"劝君莫惜金缕衣，劝君须惜少年时"之句。

叶梦得

【评析】　　上片由午睡后所见夏景写起，流莺、苍苔、乱红，表明春尽夏来，"初回轻暑"，一语道破，引出宝扇，由扇面美女触发怀人遐思，而以"惊旧恨"顿住。"残花""自舞"云云，隐露寂落之感。下片由"旧恨"生发，追忆往事。江南梦醒，碧浪连天，恢阔空漾的景象，撩起怅望、期待的情怀。云帆不到，山河阻隔，自然逼出一声喟叹，戛然而止。构思新巧，风调婉丽绰约，有温（庭筠）李（商隐）之风，当为词人前期所作。

虞美人

雨后同干誉、才卿置酒来禽花下作[1]

落花已作风前舞，又送黄昏雨。晓来庭院半残红，惟有游
丝，千丈袅晴空[2]。

殷勤花下同携手，更尽杯中酒。美人不用敛蛾眉，我亦多
情，无奈酒阑时。

【注释】　1.来禽花：即林檎，南方又叫花红，北方称沙果。　2."惟有游
丝"二句：空中飘荡着蛛网或昆虫所吐的丝。晏殊《蝶恋花》："满眼游丝兼
落絮。"

【评析】　上片暮春景象。由黄昏到拂晓，由一夜风雨到晴空无际、残红满
院，给人以春意阑珊之感。下片花下宴集。携手惜花，举杯尽兴，写出友情
亲密。末劝侑觞侍女莫以愁颜相向，自身早已为即将酒阑人散而感伤，见出
恋友惜别情深意浓。

汪　藻

1079
|
1154

　　字彦章，饶州德兴（今属江西）人。徽宗崇宁五年（1106）进士。高宗朝累官中书舍人，兼直学士院，擢给事中，迁兵部侍郎，拜翰林学士。后知徽州，徙宣州。以尝为蔡京、王黼客，夺职，居永州。有《浮溪集》，今存词四首。

点绛唇

　　新月娟娟，夜寒江静山衔斗¹。起来搔首²，梅影横窗瘦。

　　好个霜天，闲却传杯手。君知否？乱鸦啼后，归兴浓如酒。

【注释】　　1.山衔斗：山峦与天空星斗相连。　　2.搔首：以动作表示心神不宁，思绪重重。

【评析】　　先写夜深睡起所见：新月秀丽，夜寒江静，星斗连山，瘦梅横斜。次写醒后所思，承上"搔首"。霜天皎洁而心态落寞，乱鸦噪耳，以是归思极浓。"闲却传杯手"，见其交往冷落，门庭凄寂。有人说"乱鸦"影射群小猖狂，可备一解。《蓼园词选》评曰："霜天无酒，落寞可知，写来却蕴藉。"值得品味。

汪藻　　　　　　　　　　　　　　　　　　　　　　215

刘一止

1078
|
1161

字行简，湖州归安（今浙江吴兴）人。宣和三年（1121）进士，绍兴初年累官中书舍人，历给事中，曾以直言敢谏忤秦桧，八十二岁病逝。有《苕溪词》，存词四十余首。

喜迁莺

晓　行

晓光催角，听宿鸟未惊，邻鸡先觉。迤逦烟村[1]，马嘶人起，残月尚穿林薄[2]。泪痕带霜微凝，酒力冲寒犹弱。叹倦客，悄不禁重染，风尘京洛[3]。

追念人别后，心事万重，难觅孤鸿托。翠幌娇深，曲屏香暖，争念岁寒飘泊[4]。怨月恨花烦恼，不是不曾经着。这情味、望一成消减[5]，新来还恶。

【注释】　1.迤逦烟村：连绵不断的是晨雾笼罩的村落。　2.林薄：稀疏的树林。　3."悄不禁"二句：意谓渐渐不愿再奔走于京洛的风尘之中。陆机《为顾彦先赠妇》诗有"京洛多风尘，素衣化为缁"之句。　4."翠幌"三句：写家中妻子深居重帏，怎能想象到行人还在经年飘泊奔走呢？　5."这情味"句：这滋味本指望渐渐会习惯、会减轻。一成，意犹渐渐。

【评析】　一起三句，点明时间，乃起床前所闻。"烟村""残月"，走上征途所见。"泪痕"凝，"酒力"弱，途中所感。"叹倦客"三句，倾吐倦于宦途奔波的情怀。全用白描，"字字真切，觉晓行情景，宛在目前"（许昂霄《词综偶评》)。换头转入怀人，追念别后妻子心事重重，难通音讯。进而想象深居翠幌曲屏的她，无法了解行人的飘泊踪影。由自己念伊人，想象伊人念自己，步步深入，体贴入微。"怨月恨花"，转笔写倦客烦恼，虽惯常经受，应能"消减"，然而此番却情怀特恶，一笔翻转，力重千钧。全篇写晓行之景之情，细密深挚，真切感人，无怪此词盛称于京师，作者由此被人称为"刘晓行"（《直斋书录解题》）。

韩 淲

字子耕，号萧闲，有《萧闲词》一卷，不传。今有辑本，存词六首。

高阳台

除 夜

　　频听银签[1]，重燃绛蜡[2]，年华衮衮惊心[3]。饯旧迎新、能消几刻光阴？老来可惯通宵饮？待不眠、还怕寒侵。掩清尊、多谢梅花，伴我微吟。

　　邻娃已试春妆了，更蜂腰簇翠[4]，燕股横金[5]。勾引东风，也知芳思难禁[6]。朱颜那有年年好，逞艳游、赢取如今[7]。恣登临、残雪楼台，迟日园林[8]。

【注释】　1.银签：指铜壶滴漏。　2.绛蜡：红烛。　3.衮衮：形容时光流逝匆匆。　4.蜂腰簇翠：蜂腰状的翠钿。　5.燕股横金：燕形金钗。　6."勾引"二句：谓少女艳妆之美，勾起了春风的兴致，不禁芳思深浓。　7.赢取如今：犹把握当前。　8.迟日园林：指春日迟迟的园林。

【评析】　上片写老年人守岁之清寂。开篇写守岁时间之久、年华流逝之速，故着以"频"字、"重"字、"惊"字。接着感叹辞旧迎新乃转瞬间事，不可多得，年老之人，既怯冒寒强坐，又不惯通宵宴饮，唯有引梅为伴，吟诗度岁。下片写青年人恣情欢乐。由邻里少女着装新鲜，首饰华美，引动无限春光，归结到朱颜难驻，宜乎把握当前，恣意游赏。全章构思由近而远，由清寂到喧闹，运笔不断跌宕，层层拓展，衰飒之暮气不觉转换为青春蓬勃之新境，写出了除夜的欢乐氛围。

　　　　　　　　　　　　　　　　　　　　　　　宋词三百首

李 邴

1085
|
1146

　　字汉老，济州任城（今山东济宁）人。崇宁五年（1106）进士，建炎间任参知政事。《全宋词》辑存其词仅六七首，而多数又见于他人词集。本集所选《汉宫春》，据《乐府雅词》《玉照新志》《全芳备祖前集》《中兴以来绝妙词选》为李邴词，而《苕溪渔隐丛话前集》《耆旧续闻》《独醒杂志》《直斋书录解题》等确认为晁冲之词，则此词归属问题未可遽定，今姑依上彊村民编选之旧。

汉宫春

　　潇洒江梅，向竹梢疏处，横两三枝。东君也不爱惜¹，雪压霜欺。无情燕子，怕春寒、轻失花期。却是有、年年塞雁，归来曾见开时。

　　清浅小溪如练²，问玉堂何似，茅舍疏篱³？伤心故人去后，冷落新诗。微云淡月，对江天、分付他谁⁴？空自忆、清香未减，风流不在人知。

【注释】　　1."东君"句：梅至春暖则已开过而凋落，故云。东君，代指春神。　　2."清浅"句：暗用林逋《山园小梅》"疏影横斜水清浅"诗意，写梅的环境。　　3."问玉堂"二句：谓梅生于村野胜似傍富贵人家而开放。薛维翰《春女怨》诗有"白玉堂前一树梅，今朝忽见数花开"之句。　　4.分付他谁：谓有谁人来引梅为知己而真心爱赏呢？

【评析】　　起首三句写江梅的风度和形态，"潇洒"涵盖其整体风韵。东君不爱，燕子无情，写江梅凌寒开放，处境艰辛，享受不到春风的温暖、燕子的友谊，却要承担霜雪欺压。"却是"一转，言唯有高翔北境的塞雁与江梅有缘相识。过片言江梅环境清寒高洁，以下写如林逋那样的知音故人不可多见，谁人怜惜那超尘拔俗、凌寒傲霜的幽姿？收拍以清香依旧、孤芳自赏、不慕虚名归结，愈见其品第之高。

陈与义

1090
|
1138

字去非，号简斋。先世居蜀，自曾祖陈希亮迁居洛阳，遂为洛阳人。政和三年（1113）登上舍甲第，授文林郎、开德府教授。以《墨梅》诗受徽宗赏识，除秘书省著作佐郎。南渡后，历任中书舍人、翰林学士、参知政事等职。有《简斋集》。曾以所居名"无住庵"，因称其词集为《无住词》，凡一卷，存词十八首。

临江仙

　　高咏楚词酬午日 [1]，天涯节序匆匆。榴花不似舞裙红 [2]，无人知此意，歌罢满帘风。

　　万事一身伤老矣，戎葵凝笑墙东 [3]。酒杯深浅去年同，试浇桥下水，今夕到湘中 [4]。

【注释】　　1.午日：指农历五月五日端午节。　　2．"榴花"句：谓舞裙红于榴花。乐府《黄门倡歌》："点黛方初月，缝裙学石榴。"　3.戎葵：蜀葵，有向阳的特性。黄庭坚《次韵文潜休沐不出》诗："戎葵一笑粲，露井百尺深。"4．"试浇"二句：意指纪念屈原。湘中，湘水流域，汨罗江属湘江支流，故云。《续齐谐记》："屈原五月五日投汨罗水，楚人哀之，至此日，以竹筒贮米投水以祭之。"

【评析】　　起句着题，切端午屈原事，次句感叹天涯羁旅，时序匆匆，"榴花"句插入往年高会观舞盛况，感今忆昔。惜乎无人知此，喟叹弥深。"满帘风"，见出歌时情怀激越，与"高咏"相应。"万事一身"，承上兼与"榴花"句反衬，思绪万千，沉痛之至。"凝笑"一转，以葵花向日暗喻忠心不渝，杯酒酹江，落到纪念屈原，呼应开端，关念国事的情悰贯注于笔端。

临江仙

夜登小阁忆洛中旧游

忆昔午桥桥上饮[1]，坐中多是豪英。长沟流月去无声[2]。杏花疏影里，吹笛到天明。

二十余年如一梦[3]，此身虽在堪惊。闲登小阁看新晴。古今多少事，渔唱起三更[4]。

【注释】　1.午桥：在洛阳南。《新唐书·裴度传》载，裴度"治第东都集贤里……午桥作别墅，具燠馆凉台，号绿野堂"。　2.长沟：指洛河。3.二十余年：徽宗政和年间，二十多岁的陈与义在洛阳经历了北宋的承平时代，目睹了不少良辰美景、赏心乐事。　4."古今"二句：谓古今多少兴亡故事，均已化为云烟，变成渔歌樵唱的历史材料。

【评析】　上片追忆洛中旧游。午桥会饮，英才济济，良辰美景，兴会无前，青年时代志气轩昂、春风得意的境况宛然在目。"杏花"二句，"仰承'忆昔'，俯注'一梦'，故此二句不觉豪酣转成怅悒，所谓好在句外者也"(《艺概》)。下片夜灯小阁感怀。过片一句推进到当今，"如一梦""堪惊"云云，往事云烟缥缈，二十年风雨颠沛、交游零落、国事沧桑，尽括其中。"闲登小阁"，语似闲淡，而实感怆无限。末将古今兴亡收拢到三更渔唱，空灵凄惋，余韵不尽。由青年之盛游，到晚境之寂落，由一己之经历，到历史人事之沧桑，俯仰今昔，古今同慨。小令而囊括宏阔，正是简斋词超绝之处。

蔡　伸

1088
|
1156

　　字仲道，莆田（今属福建）人，蔡襄之孙，自号友古居士。政和五年
（1115）进士。宣和中为太学辟雍博士。历任滁州、徐州、德安府、和州
通判，官至左中大夫。有《友古词》一卷，存词一百七十余首。

苏武慢

雁落平沙，烟笼寒水，古垒鸣笳声断。青山隐隐，败叶萧萧，天际暝鸦零乱。楼上黄昏，片帆千里归程，年华将晚。望碧云空暮，佳人何处，梦魂俱远[1]。

忆旧游、邃馆朱扉，小园香径，尚想桃花人面[2]。书盈锦轴[3]，恨满金徽[4]，难写寸心幽怨。两地离愁，一尊芳酒，凄凉危阑倚遍。尽迟留、凭仗西风，吹干泪眼。

【注释】　1.“望碧云”三句：远望云水迢迢，与佳人连梦魂也难相觅。江淹《休上人怨别》诗有“日暮碧云合，佳人殊未来”之句。　2.桃花人面：形容伊人容貌，借用崔护诗“人面桃花相映红”之句，事见孟棨《本事诗》。3.书盈锦轴：谓彩笺写满相思之诗。　4.金徽：系弦之绳，代指琴。

【评析】　上片写羁旅中驿馆所见所想。“平沙”“寒水”“古垒”，状述荒郊暮景冷寂凄凉。“青山”“败叶”，见出故乡迢遥，寒气森森。“天际暝鸦”，暗写骋目远望。以下凝望中所想。一己身处驿楼，归程千里，年华已暮，佳人相距迢遥，梦魂难觅。由背景过渡到怀人。下片专写离思愁怀。“忆旧游”带起追思，“朱扉”“香径”“人面”，眼前闪现的往日情景，历历如昨。而今伊人诗盈轴、恨满弦，难以倾泻无穷幽怨。对面写法更见双方相忆情深。“两地离愁”，拢合彼我，折转到当今，酒难解愁，进而“危阑倚遍”，徒然引出离泪，唯凭西风吹干，凄惋之至。全词由景而情，由我及彼，由外境到离思，步步深入，笔触委婉细腻，情深言挚。

柳梢青

　　数声鹈鸼[1]，可怜又是、春归时节。满院东风，海棠铺绣，梨花飘雪。

　　丁香露泣残枝，算未比、愁肠寸结。自是休文[2]，多情多感，不干风月。

【注释】　　1.鹈鸼：杜鹃鸟，暮春时鸣。皎然《顾渚行寄裴方舟》诗："鹈鸼鸣时芳草死。"　　2.休文：梁沈约，字休文，仕宋、齐，不得志，日渐消瘦。陆龟蒙《奉酬袭美早春病中书事》诗有"我亦休文瘦，君能叔宝清"句。

【评析】　　上片描述暮春景，杜鹃悲鸣，海棠落地，梨花飘零。下片抒发伤春情，以丁香泣露，衬托愁肠寸结，末以沈约多感多病自拟，归结到春愁，由内心积郁而生发。

周紫芝

1082
|
?

字少隐，号竹坡居士，宣城（今属安徽）人。绍兴间进士，曾任枢密院编修官，出知建康府、兴国军。著有《太仓稊米集》《竹坡诗话》。词格清丽婉曲，有《竹坡词》三卷，存词一百五十多首。

鹧鸪天

一点残釭欲尽时，乍凉秋气满屏帏。梧桐叶上三更雨，叶叶声声是别离[1]。

调宝瑟，拨金猊[2]，那时同唱鹧鸪词[3]。如今风雨西楼夜，不听清歌也泪垂。

【注释】　1.“梧桐”二句：化用温庭筠《更漏子》词，其词云：“梧桐树，三更雨，不道离情正苦。一叶叶，一声声，空阶滴到明。”　2.拨金猊：指拨开炉灰，点燃薰香。金猊，狮形香炉。　3.鹧鸪词：指爱情歌曲。

【评析】　上片以当下环境烘染，室内灯焰已残，室外寒雨淅沥，氛围凄寂，“别离”二字点睛。下片追怀欢聚之乐。弹琴，燃香，合唱情歌，何等温馨！彼时情景与如今西楼夜雨比衬，反差强烈，触动词人泪流不止，情深意婉，语言爽畅。

踏莎行

　　情似游丝，人如飞絮[1]，泪珠阁定空相觑[2]。一溪烟柳万丝垂，无因系得兰舟住。

　　雁过斜阳，草迷烟渚，如今已是愁无数。明朝且做莫思量，如何过得今宵去！

【注释】　　1．"情似"二句：喻情绪波动，人迹飘泊。游丝、飞絮都是暮春景象，晏殊《蝶恋花》有"满眼游丝兼落絮"句。　　2．"泪珠"句：写两双眼含泪对看。定，凝神呆视。

【评析】　　前阕写送别，开笔入题。"游丝"喻情怀，"飞絮"喻情事，"空相觑"写情态，柳丝写场景，而怨其不系兰舟，一派情痴。后阕写别后，首为立岸所见之景，接写离愁分量，先撇开"明朝"，"今宵"已难熬过，则往后如何？直倾胸臆，一往而深。

周紫芝

李 甲

字景元，华亭（今上海松江）人。元符中为武康令，善画翎毛。有
《李景元词》一卷，存词九首。

宋词三百首

帝台春

芳草碧色，萋萋遍南陌。暖絮乱红，也似知人，春愁无力。忆得盈盈拾翠侣¹，共携赏、凤城寒食²。到今来，海角逢春，天涯为客。

愁旋释，还似织；泪暗拭，又偷滴。谩伫立、倚遍危栏，尽黄昏，也只是暮云凝碧³。拚则而今已拚了⁴，忘则怎生便忘得。又还问鳞鸿⁵，试重寻消息。

【注释】 1.拾翠：捡拾翠羽，指游春戏耍。曹植《洛神赋》："命俦啸侣，或戏清流，或翔神渚，或采明珠，或拾翠羽。" 2.凤城：指京都，此代指汴京。 3."谩伫立"三句：意谓徒然伫立，倚楼远望，直至黄昏，唯见暮云幽深。此处化用江淹《休上人怨别》诗"日暮碧云合，佳人殊未来"句意。 4.拚：割舍之意。 5.鳞鸿：犹鱼雁，代指书信。

【评析】 发端由写景入题，"萋萋"状草盛，"暖""乱"，宣出晚春氛围，引动"春愁"。"忆得"二句，追怀往日携情侣京华春游，何其温馨！"今来"境遇，与往昔反差极大，对比强烈。换头刻绘愁情，句句用韵，语短意密。"倚遍危栏"几句，极写盼见之切、凝望之痴。两情已经割离，却又无法"忘得"，又还不禁"重寻消息"。词意极浅，含蕴极深，多少追悔、失落、怅惘、牵萦尽在其中，令人品味不尽。

李　甲

李重元

生平不详，工词。

忆王孙

　　萋萋芳草忆王孙[1]，柳外楼高空断魂，杜宇声声不忍闻[2]。欲黄昏，雨打梨花深闭门。

【注释】　　1.王孙：犹言公子，闺人称其所爱。　　2.杜宇：杜鹃鸟。古代传说，蜀帝杜宇号望帝，死后化为杜鹃，啼声悲切。

【评析】　　首句写景兼点题，次句渲染"忆"字，"柳外楼高"，以环境映现闺人，境中有人。声声杜宇，浓化悲凄气氛。时渐黄昏，夜雨淅沥，院门阒寂，则闺人望远心情之凄苦可知。无一笔正面写闺人，而闺人念远之心态宛然在目。

李重元

万俟咏

字雅言，自号词隐。崇宁时期充大晟府制撰。精通音律，放意歌酒，词集《大声集》失传，赵万里辑存其词二十七首。

三 台

清明应制

见梨花初带夜月，海棠半含朝雨。内苑春、不禁过青门[1]，御沟涨、潜通南浦。东风静、细柳垂金缕，望凤阙、非烟非雾[2]。好时代、朝野多欢，遍九陌、太平箫鼓[3]。

乍莺儿百啭断续，燕子飞来飞去。近绿水、台榭映秋千，斗草聚[4]、双双游女。饧香更、酒冷踏青路[5]，会暗识、夭桃朱户。向晚骤、宝马雕鞍，醉襟惹、乱花飞絮。

正轻寒轻暖漏永[6]，半阴半晴云暮。禁火天、已是试新妆[7]，岁华到、三分佳处。清明看、汉宫传蜡炬，散翠烟、飞入槐府[8]。敛兵卫、阊阖门开[9]，住传宣、又还休务[10]。

【注释】　1.“内苑春”句：谓禁苑春色充满京邑。内苑，指皇宫。青门，长安东南门，此泛指都门。　2.“望凤阙”句：谓宫阙深邃。凤阙，汉代宫阙名。《史记·孝武本纪》：“作建章宫，……其东则凤阙，高二十余丈。”此泛指皇宫。　3.九陌：泛指京城内的大道。骆宾王《帝京篇》：“三条九陌丽城隈，万户千门平旦开。”　4.斗草：指斗草之戏。　5.饧：寒食节习惯享用的一种食品，即今之麦芽糖。沈云卿《咏骢州不作寒食》："海外无寒食，春来不见饧。" 6.漏永：谓白昼时光渐长。 7."禁火"句：谓禁火之日开始试穿春装。禁火，《醉翁谈录》卷三："寒食节，冬至后一百五日，即有疾风甚雨，谓之寒食，民间以一百四日始禁火，谓之大寒食。" 8."清明看"二句：化用韩翃《寒食》诗"日暮汉宫传蜡烛，轻烟散入五侯家"句。槐府，指高门贵第。 9."敛兵卫"句：谓收敛卫队，打开宫门。阊阖，宫殿正门。王维《和贾舍人早朝大明宫之作》诗："九天阊阖开宫殿，万国衣冠拜冕旒。" 10."住传宣"句：谓不传诏命，停止办公。休务，指放假。苏轼《临江仙》词："自古相从休务日，何妨低唱微吟。"

【评析】　词分三叠，首叠总写京城气象。借梨花、海棠、御沟、细柳等意象，显示春满京华。"凤阙"写出皇宫深邃。收拍渲染朝野升平气象。次叠写士女寒食踏青游乐。莺啭、燕飞，以禽鸟映衬。"游女""踏青"，正面述游人兴浓。"宝马雕鞍"几句，写尽兴始归。三叠写皇室朝臣蒙恩休务。先述春光宜人、天气佳胜，再化用唐诗，颂扬皇恩，末以开放宫门、休止公务收结，紧扣节序风习。全篇铺叙精细，用语讲究，口吻得体，颇能体现节日氛围。

徐　伸

字斡臣，号青山翁，三衢（今浙江衢县）人。通晓音律，政和时期曾任太常典乐，后出知常州。有词集《青山乐府》，今不传。仅存词一首，见《乐府雅词拾遗》。

二郎神

　　闷来弹鹊[1]，又搅碎、一帘花影。漫试着春衫，还思纤手，熏彻金猊烬冷[2]。动是愁端如何向？但怪得、新来多病。嗟旧日沈腰[3]，如今潘鬓[4]，怎堪临镜？

　　重省，别时泪湿，罗衣犹凝。料为我厌厌[5]，日高慵起，长托春醒未醒[6]。雁足不来[7]，马蹄难驻，门掩一庭芳景。空伫立，尽日阑干，倚遍昼长人静。

【评析】　开端以弹鹊、触帘，突现心情烦闷。继以"着春衫"，勾引出对纤纤素手的苦思。动辄生愁，无可奈何，反以"多病"为怪，其实正是郁积成疾，由此消瘦依旧，白发更添，发出"怎堪临镜"之叹。上片写一己思念情深，借动作、日常细节来展现，真挚感人。下片由"重省"领起，设想对方念己。别时泪襟，旧痕凝聚。"厌厌"状述愁怀沉重，"慵起""未醒"，进一步刻画其苦闷心态。"雁足""马蹄"，写信不通、人不来，故致伊人掩门伫望，收以"倚遍"，写盼望之切，"昼长"见度日如年。全章从彼我两方着笔，眼前景、意中象，互相衬映，情思交融，写出两情的执着深至。

徐　伸

田　为

字不伐，里籍不详。喜琵琶，善音乐。政和末，充大晟府典乐，宣和初为大晟乐令。有赵万里辑本《芊呕集》，存词六首。

江神子慢

　　玉台挂秋月，铅素浅、梅花傅香雪[1]。冰姿洁，金莲衬、小小凌波罗袜[2]。雨初歇，楼外孤鸿声渐远，远山外、行人音信绝。此恨对语犹难，那堪更寄书说。

　　教人红消翠减，觉衣宽金缕[3]，都为轻别。太情切，消魂处、画角黄昏时节，声呜咽。落尽庭花春去也，银蟾迥[4]，无情圆又缺。恨伊不似余香，惹鸳鸯结[5]。

【注释】　1."铅素"句：形容佳人化妆，略施铅粉，如寒梅着雪。　2."金莲"句：写佳人步履轻巧。金莲，指女子纤足。《南史·齐废帝东昏侯纪》："凿金为莲华以帖地，令潘妃行其上，曰：'此步步生莲华也。'"　3.衣宽金缕：谓佳人消瘦。金缕，指华贵丝衣。　4.银蟾：指明月。　5."恨伊"二句：抱怨对方不能信守盟约。鸳鸯结，古代男女定情的信物。谓余香尚能萦绕鸳鸯结而不轻易散去。

【评析】　起句略点时地，接写佳人，以梅喻其姿，冰比其品，金莲状其身材之婀娜。"雨初歇"以下，言其追念行人，途程迢遥，音信断绝，故而既难"对语"，更难"寄书"。过片承上，写佳人消瘦，"都为轻别"一句点破。下面以物映人，黄昏角悲，庭花落尽，银蟾亏缺，衬托出主人公的孤单、悲凉、清寂心态。收拍怨望伊人不能执着情缘，正为"太情切"的自然展示。

田　为　　　　　　　　　　　　　　　　　　　　　　　　243

曹　组

字元宠，颍昌（今河南许昌）人，一说阳翟（今河南禹县）人。宣和三年（1121）进士，官阁门宣赞舍人、睿思殿应制。词集不传，今有赵万里辑本《箕颍词》，存词三十六首。

蓦山溪

梅

　　洗妆真态，不作铅华御[1]。竹外一枝斜[2]，想佳人、天寒日暮[3]。黄昏院落，无处着清香，风细细，雪垂垂，何况江头路。

　　月边疏影[4]，梦到消魂处。结子欲黄时，又须作、廉纤细雨。孤芳一世，供断有情愁，消瘦损，东阳也[5]，试问花知否？

【注释】　1．"洗妆"二句：写冬梅不敷粉化妆，保有自身的真纯。　2．"竹外"句：化用苏轼《和秦太虚梅花》诗"江头千树春欲暗，竹外一枝斜更好"句。　3．"想佳人"句：化用杜甫《佳人》诗"天寒翠袖薄，日暮倚修竹"句。　4．疏影：指梅。林逋《山园小梅》："疏影横斜水清浅。"　5．东阳：梁沈约曾为东阳太守，以多愁多病而瘦损。李煜《破阵子》词有"沈腰潘鬓消磨"之句。

【评析】　"洗妆"写梅之纯真，"竹外"言其孤单，"佳人"喻其清寒，黄昏院落，风雪交加，而况独开江头，见其处境之艰。以下"疏影"与"一枝"相应，"消魂"与"佳人"相承。"结子"时又遇冷雨，遭际坎坷可知。"孤芳一世"，总束一句，写其超尘轶世之风骨。"供断有情愁"，从赏梅人角度着笔。末以沈约消瘦自拟，推进一层，谓我愁更浓于花愁，梅岂得知！由咏梅而自叹消瘦，微思远致，耐人品味。

曹　组

李 玉

生平不详,《唐宋诸贤绝妙词选》卷八录其词一首。

贺新郎

　　篆缕销金鼎[1]。醉沉沉、庭阴转午，画堂人静。芳草王孙知何处[2]？惟有杨花糁径。渐玉枕、腾腾春醒[3]，帘外残红春已透，镇无聊、殢酒厌厌病[4]。云鬟乱，未忺整[5]。

　　江南旧事休重省，遍天涯、寻消问息，断鸿难倩。月满西楼凭阑久，依旧归期未定。又只恐、瓶沉金井[6]。嘶骑不来银烛暗，枉教人、立尽梧桐影[7]。谁伴我，对鸾镜。

【注释】　1."篆缕"句：形容铜炉中香烟盘旋缭绕。篆缕，烟萦绕如篆文，故云。　2."芳草"句：化用《楚辞·招隐士》"王孙游兮不归，春草生兮萋萋"句，写怀念远行人。　3.腾腾：懒散貌。白居易《戏赠萧处士清禅师》诗："又有放慵巴郡守，不营一事共腾腾。"　4."镇无聊"句：长日无聊，中酒而病。镇，长。殢酒，困于酒。　5.忺(xiān)：高兴。　6.瓶沉金井：喻爱情破裂。白居易《井底引银瓶》诗："井底引银瓶，银瓶欲上丝绳绝。……瓶沉簪折知奈何，似妾今朝与君别。"　7.立尽梧桐影：谓伫立久而月落天晓。吕岩《梧桐影》词："今夜故人来不来，教人立尽梧桐影。"

【评析】　开端写画堂昼长人静景象，"王孙"句初露怀人消息，"腾腾"承"沉沉"，下接"殢酒"，刻画玉人昏沉懒倦、无情无绪的心态，至无心整云鬓，则心病沉重，可想而知。"篆缕""庭阴""杨花""残红"，均以人布景，以景映人。上片写主人公情绪，下片直抒主人公心事。"江南旧事"，涵盖无限温馨风情，"休重省"，含不堪不忍意。"鸿难倩"见音信不通，"凭阑久"见盼归无望，"恐瓶沉"惧好梦难圆，"烛暗""立尽"表明仍要通宵等待，佳人无限钟情、一片痴心，至此摹写殆尽。收拍一声绝望的长叹，痛彻肺腑。《白雨斋词话》评曰："绮丽风华，情韵并盛，允推名作。"

廖世美

生平不详。存词二首，见《乐府雅词拾遗》《唐宋诸贤绝妙词选》。

烛影摇红

题安陆浮云楼

　　霭霭春空，画楼森耸凌云渚。紫薇登览最关情，绝妙夸能赋[1]。惆怅相思迟暮，记当日、朱阑共语。塞鸿难问，岸柳何穷，别愁纷絮。

　　催促年光，旧来流水知何处？断肠何必更残阳，极目伤平楚[2]。晚霁波声带雨，悄无人、舟横野渡[3]。数峰江上，芳草天涯，参差烟树[4]。

【注释】　1.“紫薇”二句：谓杜牧当日登楼诱发诗情，咏出绝妙的诗章。唐代称中书省为紫微省，又称紫薇省，杜牧官至中书舍人，因称杜紫薇。杜牧作有《题安州浮云寺楼寄湖州张郎中》诗，诗云：“去夏疏雨余，同倚朱栏语。当时楼下水，今日到何处？恨如春草多，事与孤鸿去。楚岸柳何穷，别愁纷若絮。”廖词上片多隐括杜牧此诗。　2.“断肠”二句：谓不必日暮黄昏，放眼空旷原野已足伤情。杜牧《池州春送前进士蒯希逸》：“自然堪下泪，何必更残阳。”　3.“悄无人”句：由韦应物《滁州西涧》“春潮带雨晚来急，野渡无人舟自横”化出。　4.“数峰”三句：融合前人诗句，写望中景象。钱起《省试湘灵鼓瑟》：“曲终人不见，江上数峰青。”苏轼《蝶恋花》：“天涯何处无芳草。"杜牧《题宣州开元寺水阁阁下宛溪夹溪居人》:"惆怅无因见范蠡,参差烟树五湖东。"

【评析】　起句破空而来,写画楼高耸。继写杜牧当年登览题咏。以下隐括小杜诗,抒一己忆昔伤今之怀。当日同游共语之人,而今如塞鸿无踪,眼前唯别愁如絮,言简意赅。过片借流水喻时移境迁,引出"断肠"之情,由遥望勾起。末以景结情,融化前人诗句,突现出晚波清寒、野渡寂静、烟树苍茫之意象,给人以人去峰青、无尽怅惘之感。语淡情深,余韵悠然不尽。

吕滨老

一作吕渭老，字圣求，嘉兴（今属浙江）人，宣和年间文士。有吴讷《唐宋名贤百家词》本《圣求词》，存词一百三十余首。

薄　幸

青楼春晚[1]，昼寂寂、梳匀又懒。乍听得、鸦啼莺弄，惹起新愁无限。记年时、偷掷春心，花间隔雾遥相见。便角枕题诗[2]，宝钗贳酒[3]，共醉青苔深院。

怎忘得、回廊下，携手处、花明月满。如今但暮雨，蜂愁蝶恨，小窗闲对芭蕉展。却谁拘管[4]？尽无言闲品秦筝，泪满参差雁[5]。腰肢渐小，心与杨花共远。

【注释】　　1.青楼：指高门大第。曹植《美女篇》："借问女何居？乃在城南端。青楼临大路，高门结重关。"　　2.角枕：角形的锦枕。《诗经·唐风·葛生》："角枕粲兮，锦衾烂兮。"　3.宝钗贳（shì）酒：谓以宝钗抵押赊酒。贳，赊。　4.却谁拘管：谓无人关心照料。　5."尽无言"二句：谓默默听筝，泪洒其柱，形容筝声凄苦。参差雁，筝有十三弦，承弦的柱参差排列如雁行。

【评析】　　起始几句，点时序兼述佳人心态，"懒"字见无精打采。接下用莺声、鸦啼衬跌，勾起"新愁"。"记年时"领起追忆，展现恋情生活的美好场景。恋情的萌动，初见的羞涩，题诗贳酒的潇洒，携手步月的温馨，历历如昨，铭心刻骨。至"花明月满"，恋情生活进入热潮，作一挽结。"如今"以下折转到眼前，以"暮雨""芭蕉"烘染，以"蜂愁蝶恨"旁衬，至发出"谁拘管"之感喟，极写爱情波折之苦。听筝洒泪，与开篇呼应而苦恼深进一层。收尾由形神两方面刻画佳人所受折磨之深。以飘落杨花喻心神，则情思悠远、心绪不定、希望渺茫之感受形容殆尽，耐人寻绎。

吕滨老

鲁逸仲

孔夷的隐名。孔夷，字方平，汝州龙兴（今河南宝丰）人。元祐间隐居滍阳，又自号滍皋渔父，与李廌为诗酒侣。存词三首。

南　浦

　　风悲画角，听《单于》、三弄落谯门¹。投宿骎骎征骑²，飞雪满孤村。酒市渐阑灯火，正敲窗、乱叶舞纷纷。送数声惊雁，乍离烟水，嘹唳度寒云³。

　　好在半胧淡月，到如今、无处不消魂。故国梅花归梦，愁损绿罗裙。为问暗香闲艳，也相思、万点付啼痕⁴。算翠屏应是，两眉余恨倚黄昏⁵。

【注释】　　1."听《单于》"句：谓耳听《小单于》乐曲奏了三套。谯门，城门守候的望楼。　　2.骎骎：马奔驰貌。　　3.嘹唳：高亢漫长的鸣叫声。4."为问"二句：试问闲艳的梅花，是否也因伴人相思而流泪万点。暗香，指梅。万点，指点点花蕾。　　5."算翠屏"二句：猜想翠屏内的伊人，当是双眼含离恨，挨过黄昏吧！

【评析】　　上片写旅途投宿。角声状旅中气氛凄清，"骎骎"写投宿心情急切，"孤村"见所经途程荒凉，"敲窗"可知驿馆清寒，"惊雁"入耳，足见夜深难眠，旅怀不宁。依次写来，境况真切。下片转入月夜乡思。"淡月"，夜宿所见；"消魂"，夜宿所感；梦梅，见思归情切；"愁损"句，想象闺人念己；梅也"相思"，陪衬闺人念远情深。结句承"绿罗裙"，想象伊人日暮含愁凝望，由一己思家之切，进一层写家人盼归之深，对面写法，愈见乡情笃厚。

鲁逸仲

岳 飞

1103
|
1141

　　字鹏举，相州汤阴（今河南汤阴）人，出身农家，家贫力学。宣和四年（1122）应征从军，隶属宗泽幕下。南渡后以恢复为己任，抗金战争中屡建奇功，官至枢密副使。因反对和议、力主北伐，为秦桧陷害，冤死狱中，年仅三十九岁。孝宗时赐谥武穆，有《岳武穆集》，词存三首。

满江红

　　怒发冲冠¹，凭阑处、潇潇雨歇。抬望眼、仰天长啸，壮怀激烈。三十功名尘与土，八千里路云和月²。莫等闲、白了少年头，空悲切。

　　靖康耻³，犹未雪；臣子恨，何时灭！驾长车踏破、贺兰山缺⁴。壮志饥餐胡虏肉，笑谈渴饮匈奴血⁵。待从头、收拾旧山河，朝天阙。

【注释】　1.怒发冲冠：《史记·廉颇蔺相如列传》："相如因持璧却立倚柱，怒发上冲冠。"　2．"三十"二句：谓年已三十，建树微不足道，转战南北，跋涉数千里，披星戴月。岳飞战功显赫，时已历任宣抚副使、少保、太尉等职，此系自谦之辞。　3.靖康耻：靖康二年（1127），金兵攻陷汴京，徽、钦二帝被掳，北宋灭亡。　4.贺兰山：在今宁夏西北部与蒙古接界处，代指边塞关山。　5.匈奴：泛指敌人。

【评析】　以愤怒填膺的肖像描写起笔，开篇奇突。凭栏眺望，指顾山河，胸怀全局，正英雄本色。"长啸"，状感慨激愤，情绪已升至高潮。"三十""八千"二句，反思以往，包罗时空，既反映转战之艰苦，又谦称建树之微薄，识度超迈，下语精妙。"莫等闲"期许未来，情怀急切，激越中微含悲凉。后阕将"壮怀"具体化，雪耻消恨，长驱破敌，重整山河，登阙报捷。一腔忠愤，喷薄而出，蔑视强敌，气吞河岳，对光复旧物充满信心。英烈气概，立功宏图，千载之下，读之令人奋起。

张　抡

字才甫（一作材甫），开封（今属河南）人。绍兴间为知阁门事、干办皇城司等。自号莲社居士。有《莲社词》一卷，存词九十余首。

　　　　　　　　　　　　　　宋词三百首

烛影摇红

上元有怀

双阙中天[1]，凤楼十二春寒浅[2]。去年元夜奉宸游[3]，曾侍瑶池宴[4]。玉殿珠帘尽卷，拥群仙、蓬壶阆苑[5]。五云深处[6]，万烛光中，揭天丝管[7]。

驰隙流年，恍如一瞬星霜换。今宵谁念泣孤臣，回首长安远[8]。可是尘缘未断，漫惆怅、华胥梦短[9]。满怀幽恨，数点寒灯，几声归雁。

【注释】　1. 双阙中天：谓天子宫门居天下之中。　2. 凤楼十二：指宫禁楼观众多。鲍照《代陈思王京洛篇》："凤楼十二重，四户八绮窗。"　3. 奉宸游：陪侍皇帝巡游。苏颋《侍宴安乐公主山庄应制》诗："箫鼓宸游陪宴日，和鸣双凤喜来仪。"　4. 瑶池宴：指皇家御宴。瑶池，本指仙境。　5. "拥群仙"句：言簇拥皇帝近臣于仙境。蓬壶，仙山。阆苑，仙人所居，用以代指华贵的宫观。　6. 五云：指祥云霞光。　7. 揭天丝管：谓音乐彻天。丝管，指弦乐与管乐，代指乐器。　8. 长安：代指汴京。　9. 华胥：代指梦境。《列子·黄帝》载，黄帝"昼寝而梦，游于华胥氏之国"。

【评析】 上阕追念昔日上元京华盛况。先写宫阙巍峨深邃，次写陪侍御驾巡游宴会。玉殿大开，群仙簇拥，烛光璀璨，歌乐彻天，渲染出往日的华贵场景、升平气象。过片写物换星移，孤臣饮泣，旧京遥远。以下感念前缘，恍如一梦。末以对孤灯、听归雁之凄寒现境收结。昨日珠围翠绕，满目金玉，而今繁华梦破，一派凄冷，两相对照，充满华屋山丘、陵谷变幻之感。

程 垓

字正伯，眉山（今属四川）人，为苏轼中表兄弟程正辅之孙，光宗绍熙年间人，词风凄婉绵丽，有《书舟词》，存词一百五十余首。

水龙吟

夜来风雨匆匆，故园定是花无几。愁多怨极，等闲孤负，一年芳意¹。柳困桃慵，杏青梅小，对人容易²。算好春长在，好花长见，原只是、人憔悴。

回首池南旧事³，恨星星、不堪重记⁴。如今但有，看花老眼，伤时清泪。不怕逢花瘦，只愁怕、老来风味。待繁红乱处，留云借月⁵，也须拚醉⁶。

吟》"算春长不老，人愁春老，愁只是、人间有"之叹，同一机杼。过片由忆旧游到伤老境，至今只有"看花老眼，伤时清泪"，身世感、时代愁，囊括净尽。以下再作跌宕，不怕花瘦，只怕心老，最后以借月醉酒收结，看似超旷，实含悲酸。全篇循环往复，曲折跌宕，借感春伤时事，语言爽畅，笔如游龙。

张孝祥

1132
|
1169

　　字安国，号于湖居士，历阳乌江（今安徽和县）人。绍兴二十四年
（1154）进士。历任秘书省正字、礼部员外郎、起居舍人、权中书舍人、
建康留守、静江知府、知荆南府兼荆湖北路安抚使等职。他关心国事，反
对和议，曾为岳飞申冤，惜享年不永，三十八岁病逝。诗词学东坡，往往
笔酣兴健、骏发踔厉，具有潇散出尘之姿、迈往凌云之气。有《于湖居士
集》《于湖词》。现存词八十余首。

六州歌头

　　长淮望断，关塞莽然平[1]。征尘暗，霜风劲，悄边声。黯消凝[2]，追想当年事，殆天数，非人力；洙泗上，弦歌地，亦膻腥[3]。隔水毡乡[4]，落日牛羊下，区脱纵横[5]。看名王宵猎，骑火一川明，笳鼓悲鸣，遣人惊。

　　念腰间箭，匣中剑，空埃蠹[6]，竟何成！时易失，心徒壮，岁将零，渺神京。干羽方怀远[7]，静烽燧，且休兵。冠盖使，纷驰骛[8]，若为情。闻道中原遗老，常南望、翠葆霓旌[9]。使行人到此，忠愤气填膺，有泪如倾。

【注释】　1．"长淮"二句：谓淮河边塞，一派莽莽平野。据《宋史·高宗本纪》，绍兴十一年（1141）宋金和议成，"立盟书，约以淮水中流画疆"。莽然，草木茂盛的样子。　2．黯消凝：黯然消魂凝望。　3."追想"六句：指回顾靖康事变、北宋灭亡、中原沦陷的惨痛历史。洙泗，洙水、泗水，流经曲阜。弦歌地，圣人读书施教的圣地。　4．毡乡：指金人以毡毛制的帐篷。　5．区（ōu）脱：金兵的哨所碉堡名区脱。　6．埃蠹：长期不用，尘蒙虫蛀。　7．"干羽"句：指宋廷屈辱求和。干，木盾。羽，雉尾。《尚书·大禹谟》："舞干羽于两阶。"　8．"冠盖使"二句：绍兴和议后，宋廷每年派遣贺正旦使、贺金主生辰使、祈请使等，使节往来不断。驰骛，奔走。　9.翠葆霓旌：饰以鸟羽的车盖和旌旗，代指皇帝车驾。

【评析】　　上片描述江淮前线宋金对峙的态势。起句点地域，以关塞平提领。"平""悄"，见边防静寂，无险可守。"追想"贯以下六句，回溯靖康之难，感叹中原沉沦。"隔水毡乡"，谓强虏一水之隔，近在咫尺，呼应首句，折入现实。"区脱""宵猎""骑火""笳鼓"，状敌方演武临边，有声有色，虎视眈眈，与上文"悄边声"适成对照。下片倾诉壮志难酬的忠愤。"念"字领起，感念无地用武，岁月不居一层，朝廷休兵主和一层，遗民盼望恢复一层，末后收拢到志士的忠愤泪水。全篇叙事、陈情，次第井然。叙事，由敌方、我方到中原民心；抒情，由"黯消凝"到"遣人惊""若为情"，而化为忠愤之气、滔滔之泪，步步深入，达到高潮。堂庑宏阔，节奏紧促，声情激壮，气度英伟，于抗战词中允为杰构。

念奴娇

　　洞庭青草[1]，近中秋、更无一点风色。玉界琼田三万顷[2]，着我扁舟一叶。素月分辉，银河共影，表里俱澄澈。怡然心会，妙处难与君说。

　　应念岭海经年[3]，孤光自照，肝胆皆冰雪。短发萧骚襟袖冷，稳泛沧浪空阔。尽挹西江，细斟北斗[4]，万象为宾客。扣舷独啸，不知今夕何夕。

【注释】　　1.青草：青草湖，与洞庭湖相连。　　2.玉界琼田：比喻月下湖面澄明皎洁。玉界，别本作"玉鉴"，更佳。　　3."应念"句：指作者经年知静江府。岭海，泛指广西一带，别本作"岭表"。　　4.北斗：星名，由七颗星排成的斗状星宿。《楚辞·九歌·东君》："援北斗兮酌桂浆。"

【评析】　　开端直叙地理、季令与天气，贴紧题面，领起全篇。继写湖面广，扁舟轻，月光皎，银河明。洞庭中秋，水月天宇，着以"玉""琼""素""银"等字，予以染色，水、月、物、我，一派空明纯净，以故宇宙万象，无不"表里澄澈"。面对洁白无垢的境界，作者顿感天人合一，物我交融，陶然自得。晶莹世界之光照彻肺肝，激发出词人的自我反思和超然奇想：回首过去，自处孤高，冰清雪白；俯察当今，老而固穷，悠游湖海；畅想人生，简直要举北斗，饮西江，役使万有，超然独往，永保高洁的自我。词由描绘中秋夜景，创造出冰清玉洁的意境，雕刻出肝胆澄澈的人格，体现了超尘拔俗、洗刷污垢的情操理想，是词人坦荡高洁襟怀的艺术化。

张孝祥

韩元吉

1118
|
1187

　　字无咎，号南涧，河南人。南渡后流寓信州（今江西上饶），初为信州幕僚，后官至吏部侍郎、吏部尚书。与张孝祥、范成大、陆游、辛弃疾有唱和，词风接近稼轩，有《南涧诗余》一卷，存词八十余首。

六州歌头

桃 花

东风着意，先上小桃枝。红粉腻，娇如醉，倚朱扉。记年时，隐映新妆面¹，临水岸，春将半，云日暖，斜桥转，夹城西。草软莎平，跋马垂杨渡，玉勒争嘶²。认蛾眉，凝笑脸，薄拂燕脂，绣户曾窥，恨依依。

共携手处，香如雾，红随步³，怨春迟。消瘦损，凭谁问？只花知，泪空垂。旧日堂前燕⁴，和烟雨，又双飞。人自老，春长好，梦佳期。前度刘郎⁵，几许风流地，花也应悲。但茫茫暮霭，目断武陵溪⁶，往事难追。

【注释】 1.隐映：谓伊人与桃花互相辉映。 2."跋马"二句：写骑马来与伊人在垂杨渡相见。跋马，勒马使之停驻。玉勒，精致讲究的马络头，代指马。 3.红随步：谓花满地。 4."旧日"句：暗用刘禹锡《乌衣巷》诗"旧时王谢堂前燕"句。 5.前度刘郎：刘禹锡《再游玄都观》诗有"前度刘郎今又来"句。 6."目断"句：化用陶潜《桃花源记》中武陵人出桃花源，寻其地而不复得路的故事，说明旧迹难寻。

韩元吉

【评析】 题曰"桃花",即由春到桃枝起笔。"红粉"三句以人喻花,借花衬人。"记年时"领起追忆,铺叙与丽人幽会的情景,春半、日暖、斜桥、水岸,自己跨马而来,美人凝笑相迎,无限风情,一派温馨。"绣户曾窥"二句,点明此后再访不遇,无限惆怅。下片写追寻旧迹,伤离恨别,钟情无限。"共携手处"四句写重至两情亲密之处,为时已迟。"消瘦"四句写自处孤独,无人理解。以下用燕双飞反衬人孤单,用春长好反衬人易老,益增悲恻。最末一层总括故地重游,往事如烟,失去的艳情不可复得。化用"刘郎""武陵"事典,绾合桃花。以桃花始,以桃花终,咏花与写人交相衬映,风韵绮丽。《六州歌头》曲调激越,以此调写艳情,变刚为柔,蹊径独辟。

好事近

凝碧旧池头[1]，一听管弦凄切。多少梨园声在[2]，总不堪华发。

杏花无处避春愁，也傍野烟发。惟有御沟声断，似知人呜咽。

【注释】　1.凝碧旧池头：凝碧池，在长安禁苑内。《明皇杂录》载，天宝末，安禄山陷西京，大会凝碧池，梨园弟子欷歔泣下，乐工雷海清掷乐器西向大恸。王维时被拘于菩提寺，赋《凝碧池》诗云："万户伤心生野烟，百官何日再朝天？秋槐叶落深宫里，凝碧池头奏管弦。"　2.梨园：唐代皇家乐队所在场地。唐玄宗选乐工三百人、宫女数百人，教授乐曲于梨园，号"皇帝梨园弟子"。

【评析】　上片化用唐代安史叛军强令梨园弟子奏乐故实，写自己闻旧时教坊乐曲而引起感伤。梨园声在而江山易主，故垂老难堪。下片赋物以情，借杏花喻行人，从御沟水嘶听出逸民呜咽饮泣。使臣经行故都，触目兴感，与周围物象共沐愁云，同声一哭，字字哀婉，声声凄切。

韩元吉

袁去华

字宣卿，奉新（今属江西）人。绍兴十五年（1145）进士。曾任善化县（今湖南长沙）、石首县（今属湖北）知县。有《适斋类稿》《袁宣卿词》。词集收入石印斋所刻词，存词近百首。

瑞鹤仙

郊原初过雨，见败叶零乱，风定犹舞。斜阳挂深树，映浓愁浅黛，遥山眉妩。来时旧路，尚岩花、娇黄半吐[1]。到而今惟有，溪边流水，见人如故。

无语，邮亭深静[2]，下马还寻，旧曾题处。无聊倦旅，伤离恨，最愁苦。纵收香藏镜[3]，他年重到，人面桃花在否[4]？念沉沉小阁幽窗，有时梦去。

【注释】　1.岩花：生在岩石旁缝的花卉。　2.邮亭：驿站、旅馆，古代投寄文书人员寄宿之处。　3.收香藏镜：晋代贾充女贾午与司空掾韩寿有私情，贾午窃其父所藏异香赠予韩寿，韩寿收藏使用，后被贾充发现，将女嫁与韩寿。事见《世说新语·惑溺》。南朝陈将亡，驸马徐德言与妻乐昌公主分手时，共破一镜，各执一半，约他日相访，必使破镜重圆。事见《本事诗·情感》。此处化用这两则故事，说明收藏赠品和信物，对爱情忠贞不渝。4."他年"二句：对改日再访能否与伊人相见抱有疑虑。"人面桃花"用崔护事。

【评析】　上阕旅游所见。起三句郊原雨后叶落，次三句黄昏日斜山远，近景、远景隐含萧索、阴沉色调，为离情烘染。"来时"二句插写意中景，"到而今"以下折转到眼前景，暗寓今昔有异、物是人非之意，为下文铺垫。下阕邮亭所思。"无语"四句，纪行叙事，旧题与"旧路"相应。"倦旅"结上领下，转入抒怀。"伤离恨"点破题旨。"收香藏镜"三句，含虽情有所钟而人不易逢之意。结以梦中相寻，忆念殊深，无奈已极。全章如纪游小品，情思深婉，文笔雅丽，颇有柳词细密妥溜风致。

剑器近

夜来雨，赖倩得、东风吹住。海棠正妖娆处，且留取。
悄庭户，试细听、莺啼燕语。分明共人愁绪，怕春去。
佳树，翠阴初转午[1]。重帘未卷，乍睡起、寂寞看风絮。
偷弹清泪寄烟波，见江头故人，为言憔悴如许[2]。彩笺无数，
去却寒暄，到了浑无定据[3]。断肠落日千山暮。

【注释】　1.“佳树”二句：写春树美好，翠阴已过正午。周邦彦《满庭芳》：
“午阴嘉树清圆。”　2.“偷弹”三句：借流水与泪珠，寄怀思之意。周邦彦
《还京乐》：“中有万点，相思清泪。到长淮底，过当时楼下，殷勤为说，春来
羁旅况味。”此处构思与周词同一机杼。　3.“去却寒暄”二句：谓来笺除了
问寒问暖，到头全无会面的准确信息。

【评析】　词分三段，前二段句式、声韵相同，称双拽头。前两段写庭院春
景，一写风吹雨住，海棠妖娆，侧重视觉意象；一写莺声燕语，庭户静寂，
侧重听觉意象；两段均渗入主人公的情绪色彩，“且留取”“怕春去”，契合无
间。第三段写主人公昼起怀思。由时光“转午”导入，“重帘”、乍起、“看风
絮”，见其寂落无聊。倩“清泪”“烟波”，传话与故人，运思新巧。“憔悴如
许”，明其离思之深。纵有“彩笺”而不言归期，何胜怅怅！无怪归拢到“断
肠”。末句以景结情，景中有人，由早到晚痴情伫望之影像宛然在目。

袁去华

安公子

弱柳千丝缕，嫩黄匀遍鸦啼处。寒入罗衣春尚浅，过一番风雨。问燕子来时，绿水桥边路，曾画楼、见个人人否？料静掩云窗，尘满哀弦危柱¹。

庾信愁如许，为谁都著眉端聚²。独立东风弹泪眼，寄烟波东去。念永昼春闲，人倦如何度？闲傍枕，百转黄鹂语。唤觉来厌厌，残照依然花坞³。

【注释】　1.哀弦危柱：弦、柱，代指弦乐器。柱，弦的枕木。《论衡·谴告》有"张弦设柱"语。哀弦危柱，指经常弹奏哀怨声音的乐器。曹丕《善哉行》："哀弦微妙。"　2."庾信"二句：庾信，北周作家，字子山，作有《愁赋》，全文已佚，叶廷珪《海录碎事》辑存片段，有"谁知一寸心，乃有万斛愁"之句。　3.花坞：养花的坞堡。唐严维《酬刘员外见寄》诗："柳塘春水漫，花坞夕阳迟。"

【评析】　首写初春景象，"嫩黄匀遍"，下字精审，宛如彩画。向归来燕子探询家中爱人，构思新颖。叠两"人"字，口吻亲昵，"绿水""画楼""云窗"，以美景烘托意中美人。"尘满"句，以物象映现伊人心境，由我之思伊切，揣想伊之念己深也。换头以庾信愁多自拟，"为谁"强调愁因怀人而生。设想情东流水寄相思泪，情痴之语，一往而深。"念"提领下文，设想现境。"永昼""人倦""傍枕"，状孤寂无聊况味。以景语收结，与起笔呼应。上阕由景到人，下阕由人到景，布局精巧，笔锋工致，以柳始，以花终，以钟情贯注，妩媚可喜。

陆　淞

1109
|
1182

字子逸，号雪溪，山阴（今浙江绍兴）人。陆宰长子，陆游的长兄。历任秘阁校理、工部郎中，知辰州，至左朝请大夫。存词二首，见于《耆旧续闻》《绝妙好词》。

瑞鹤仙

　　脸霞红印枕，睡觉来、冠儿还是不整。屏闲麝煤冷[1]，但眉峰压翠，泪珠弹粉[2]。堂深昼永，燕交飞、风帘露井。恨无人说与相思，近日带围宽尽。

　　重省，残灯朱幄，淡月纱窗，那时风景。阳台路迥，云雨梦，便无准[3]。待归来，先指花梢教看，欲把心期细问[4]。问因循过了青春，怎生意稳？

【注释】　　1.“屏闲”句：谓寂静的屏风上画面幽冷。麝煤，墨之别称，这里代指屏风上的画迹。　　2.“但眉峰”二句：谓翠眉紧皱，粉泪滚流。3.“阳台”三句：化用宋玉《高唐赋》中巫山神女故事，写佳期不准，旧欢难续。阳台，代男女幽会之地。云雨，指男女欢恋情事。　　4.心期：好梦得圆的期盼。

【评析】　　上阕由少女的外在神态透露其心事。起句从娇美容颜见出精神疲怠，继写其无心整冠，感受冷寂。眉压、泪弹，足见心事重重。再写环境清冷，更以双燕反衬，末二句点明“相思”之苦，致人消瘦。人物与环境交叉描绘，展现出满怀苦闷的少女形象。下阕写少女内心活动。“重省”带入回忆，“那时”的分手景象历历在目，此后欢会路远，好梦难期。归来对花“细问”，倾吐痴情，少女的天真、执着、追求、疑虑，借助美好、精微的细节，得到了充分展露。

陆　游

1125
—
1210

　　字务观，号放翁，山阴（今浙江绍兴）人。赐进士出身，历任建康通判、夔州通判。川陕宣抚使王炎辟为干办公事，得从军南郑，体验边防军事生活。范成大来知成都府，延请为幕府参议官，宾主唱酬，传诵一时，人讥其颓放，自号放翁。应召东归，曾任抚州、严州地方官，不久罢归，退居山阴二十年，系念恢复，始终不渝。有《放翁词》，存一百三十余首。其词有豪有旷，安雅清赡，有不少激昂慷慨的爱国篇什。

卜算子

咏　梅

　　驿外断桥边[1]，寂寞开无主。已是黄昏独自愁，更著风和雨。

　　无意苦争春，一任群芳妒。零落成泥碾作尘，只有香如故[2]。

【注释】　　1.“驿外”句：驿馆之外，断桥之旁，言其生地荒僻。　　2.“零落”二句：《剑南诗稿》卷四《言怀》诗云：“兰碎作香尘，竹裂成直纹。炎火炽昆冈，美玉不受焚。”所颂高品特操，与此正同。

【评析】　　先写梅花际遇。生于荒郊，遭人白眼，孤独冷落，备受摧残。再写梅花品格。不争荣名，不计恩怨，骨化形销，持节不变。凌风雨而开放，留芳香于人间。陆游心目中的梅品，正是一己人品之象征，乃诗人理想人格之外化。

陈 亮

1143
|
1194

　　字同甫，婺州永康（今属浙江）人。孝宗隆兴初，与金人议和，陈亮
上《中兴五论》，反对和议。为人喜谈兵，议论风生，下笔千言。因触怒
主和权贵，屡遭迫害。出狱归家，仍励志读书，矢节不渝。光宗绍熙四年
（1193），考进士第一，授签书建康府判官厅公事，年已五十一，未赴官即
病逝。陈亮与稼轩为知己，时相唱和，其人相若，词亦相似，平生经济之
怀多寄托其中。有《龙川文集》。词集名《龙川词》，存七十余首。

水龙吟

闹花深处楼台，画帘半卷东风软。春归翠陌，平莎茸嫩¹，垂杨金浅。迟日催花，淡云阁雨²，轻寒轻暖。恨芳菲世界，游人未赏，都付与、莺和燕。

寂寞凭高念远，向南楼、一声归雁。金钗斗草³，青丝勒马，风流云散。罗绶分香⁴，翠绡封泪⁵，几多幽怨？正消魂又是，疏烟淡月，子规声断。

【注释】 1."平莎"句：形容平地莎草柔嫩。 2.阁雨：雨停不下。 3.斗草：《荆楚岁时记》："五月五日……有斗百草之戏。" 4."罗绶"句：言分手时以香罗带赠别。 5."翠绡"句：言以翠丝巾包裹眼泪。

【评析】 全篇紧切"春恨"铺展，上片写春，下片写恨。层楼、画帘、风软、草嫩、云淡、寒轻，以工笔细描，全力表现出春光的美好宜人。而后笔锋陡转，"芳菲世界"只有莺、燕领略享受，气氛骤然凄冷寥落。"寂寞"承"恨"字而来，雁归人渺，无限凄清，转入忆旧。男女踏青斗草的美妙情事风流云散，情人洒泪分手的幽怨刻骨镂心。面前现境啼鸟断续，夜色迷茫，令人魂销。春光美妙，无心游赏，往事温馨，一去不复，大有杜甫"感时花溅泪"之意绪，实乃借"春恨"隐寓时代愁、家国恨。《艺概》云："'恨芳菲世界，游人未赏，都付与、莺和燕'，言近指远，直有宗留守大呼渡河之意。"

范成大

1126
—
1193

字致能，号石湖，吴郡（今江苏苏州）人。绍兴二十四年（1154）进士。孝宗时曾出使金国，全节而归，官至吏部尚书、参知政事。晚年退居故里，有《石湖集》《石湖词》，存词百余首。

忆秦娥

楼阴缺[1]，阑干影卧东厢月。东厢月，一天风露，杏花如雪。

隔烟催漏金虬咽[2]，罗帏黯淡灯花结。灯花结，片时春梦，江南天阔[3]。

【注释】　　1.楼阴缺：指楼阴空缺之处。　　2.金虬咽：谓滴漏之声哽咽似泣。金虬，漏壶上装饰的铜龙。　　3.“片时”二句：写春梦虽短而魂游辽阔。此化用岑参《春梦》"枕上片时春梦中，行尽江南数千里"之句。

【评析】　　前阕楼外夜景，素月当空，栏影斑驳，风清露冷，杏花雪白，一派幽冷。后阕楼内感受，漏声哽咽，帐暗灯昏，魂梦缥缈，则其人心境凄苦、夜深失眠、忆念遥远，不言而喻。全用白描，借景写人，风调雅素。

眼儿媚

萍乡道中乍晴，卧舆中困甚，小憩柳塘。

酣酣日脚紫烟浮[1]，妍暖破轻裘。困人天色，醉人花气，午梦扶头[2]。

春慵恰似春塘水，一片縠纹愁。溶溶曳曳[3]，东风无力，欲皱还休。

【注释】　1.酣酣：形容日色深浓。王安石《题西太一宫壁》："柳叶鸣蜩绿暗，荷花落日红酣。"　2.扶头：醉人的酒。姚合《答友人招游》诗："赌棋招敌手，沽酒自扶头。"此处用扶头形容昏睡。　3.溶溶曳曳：水荡漾流动貌。

【评析】　小词写途中春困，上段述日光深、温度暖、花气浓，催人入睡，用直陈法。下段以塘水轻波、欲皱还休喻似眠似醉的春困神情，将抽象感受具形化。"困人""醉人""春慵""无力"等形容春乏，意脉一贯到底。

霜天晓角

　　晚晴风歇，一夜春威折[1]。脉脉花疏天淡[2]，云来去，数枝雪。

　　胜绝，愁亦绝，此情谁共说？惟有两行低雁，知人倚画楼月。

【注释】　　1. 春威折：言春寒之威力衰减。　　2. 脉脉：形容梅蕊含情。

【评析】　　前片形容天晴风息，梅花疏淡洁白，脉脉含情。后片以"胜绝"总括梅品，以愁绝宣泄离思。此情无人可诉，其人月下倚楼凝思，唯有低雁得知，愈见孤寂愁绝。末二句以一幅清寂画面，寄寓离思浓愁，耐人寻味。

　　　　　　　　　　　　　宋词三百首

辛弃疾

1140
—
1207

　　字幼安，号稼轩，历城（今山东济南）人。金主完颜亮大举南侵，二十二岁的辛弃疾聚众二千，投耿京起义军，共图恢复。绍兴三十二年（1162）奉表南归，被任为江阴签判，累官建康通判、滁州知州、荆湖北路安抚使、江南西路安抚使等。他进《美芹十论》《九议》，向朝廷陈奏光复方略，二十年间利用职守，积极筹措恢复事业。因受主降派官僚谗忌，孝宗淳熙八年（1181）罢职退居江西上饶。先在带湖十年隐居，后归瓢泉八年投闲，满怀报国壮志无地用武，直到宁宗嘉泰三年（1203）韩侂胄发动北伐，六十余岁的辛弃疾又重被起用。不久罢归，病逝于铅山。有《稼轩词》传世。其词系念国事，摅泻悲愤，慷慨纵横，有不可一世之概。刘克庄赞云："所作大声镗鞳，小声铿鍧，横绝六合，扫空万古，自有苍生以来所无。其秾纤绵密者，亦不在小晏、秦郎之下。"（《辛稼轩集序》）

贺新郎

别茂嘉十二弟

绿树听鹈鴂[1]，更那堪、鹧鸪声住，杜鹃声切。啼到春归无寻处，苦恨芳菲都歇[2]。算未抵、人间离别。马上琵琶关塞黑[3]，更长门、翠辇辞金阙[4]，看燕燕，送归妾[5]。

将军百战身名裂，向河梁、回头万里，故人长绝[6]。易水萧萧西风冷，满座衣冠似雪。正壮士、悲歌未彻[7]。啼鸟还知如许恨，料不啼清泪长啼血，谁共我，醉明月？

【注释】　1.鹈鴂：伯劳鸟。洪兴祖《楚辞补注》："子规、鹈鴂，二物也。"　2."啼到春归"二句：谓众鸟悲啼送走春光，群花凋落，怅恨无限。3."马上"句：用昭君出塞事。石崇《王明君辞序》："昔公主嫁乌孙，令琵琶马上作乐，以慰其道路之思。"　4."更长门"句：言汉武帝时陈皇后失宠，辞别金殿，幽居长门宫。　5."看燕燕"二句：《诗经·邶风·燕燕》有"之子于归，远送于野。瞻望弗及，泣涕如雨"等句，毛传谓此诗"卫庄姜送归妾也"。据《左传》隐公二年、三年载，卫庄公妻庄姜美而无子，庄公妾戴妫生子完，庄公死，完继立为君，州吁作乱，完被杀，戴妫离开卫国，庄姜送行作《燕燕》诗。　6."将军"三句：用李陵别苏武事。李陵抗击匈奴，以五千人对敌十万之众，兵尽援绝，投降匈奴，败其家声。其友人苏武出使匈奴，被扣留十九年，持节不屈，终得归汉。李陵送别时，有"异域之人，一别长绝"之语（《汉书·苏武传》）。世传李陵《与苏武诗》有"携手上河梁""长当从此别"等句。 7."易水"三句：用送别荆轲事。《史记·刺客列传》载，战国末年，燕太子丹遣荆轲入秦刺杀秦王政，出发时"知其事者，皆白衣冠以送之，至易水之上"，高渐离击筑，荆轲和而歌，有"风萧萧兮易水寒，壮士一去兮不复还"之句。

【评析】 此为送别名作。由三种禽鸟悲啼，啼到春归花谢起兴，酝酿成一种悲恻气氛。"未抵"翻进一层，提出"人间离别"题旨。紧接列举昭君出塞、陈皇后失宠幽居、庄姜送归妾、李陵诀别苏武、易水饯荆轲五事，佳人薄命，英雄末路，生离死别，哀凄悲壮，宣发尽人间别恨。"啼鸟还知如许恨"，挽结前文，回应开端，比较春恨与别恨，断言啼泪必将变为"啼血"，沉痛之至。"谁共我，醉明月"，一笔陡折，收归题旨。由春恨到别恨，归到"如许恨"，实际是在感叹人间恨。面对人生种种憾恨，亲人远离，哀伤可知。熔铸事典，铺陈幽恨，连贯上下片，犹如一篇浓缩的恨赋，其中自当涵盖无限的时代恨、家国愁。

念奴娇

书东流村壁

　　野棠花落，又匆匆过了，清明时节。划地东风欺客梦[1]，一枕云屏寒怯。曲岸持觞，垂杨系马，此地曾经别。楼空人去，旧游飞燕能说[2]。

　　闻道绮陌东头，行人曾见，帘底纤纤月[3]。旧恨春江流不尽，新恨云山千叠。料得明朝，尊前重见，镜里花难折。也应惊问，近来多少华发？

【注释】　　1.“划地”句：谓羁旅之梦承受东风侵凌。划地，无端之意。2.“楼空”二句：化用苏轼《永遇乐》词“燕子楼空，佳人何在，空锁楼中燕”句意。　3.“行人”二句：苏轼《江城子》词有“门外行人，立马看弓弯”之句。弓弯，指美人足。“帘底纤纤月”，亦指美人足，或从苏词化出。

【评析】　　起三句写晚春季候节序，“风欺客梦”“云屏寒怯”，见出驿馆清冷，旅况孤寂。“持觞”“系马”，追怀往年艳遇之景象与离别之匆促。“楼空”，叹重访不值；“燕能说”，往日欢情唯燕可作证，充满低徊缅怀之情。歇拍意脉不断，“闻道”以下为探询所得，“纤纤月”，设喻精巧，以局部映现伊人之美。而今不明去向，故旧恨不断，新恨积聚。“料得”又借助想象推进一层，尔后即使重逢，恐已属他人，早成镜花。收拍又宕开一层，“惊问”见对方关念自己，“华发”见一己为伊衰老，两情深挚，不言自明。稼轩率多英雄悲歌，此篇言情则委婉曲深，美不胜收。

　　　　　　　　　　　　　　　宋词三百首

汉宫春

立 春

春已归来，看美人头上，袅袅春幡¹。无端风雨，未肯收尽余寒。年时燕子，料今宵梦到西园。浑未办、黄柑荐酒，更传青韭堆盘²。

却笑东风从此，便熏梅染柳，更没些闲。闲时又来镜里，转变朱颜。清愁不断，问何人会解连环³？生怕见花开花落，朝来塞雁先还。

【注释】　1.春幡：《岁时风土记》："立春之日，士大夫之家，剪彩为小幡，谓之春幡。或悬于家人之头，或缀于花枝之下。"　2."浑未办"二句：谓身处异乡，无力筹办美酒，更谈不到置备佳肴。浑，全。黄柑荐酒，以黄柑酿酒。　3.解连环：此指解除思想负担。参周邦彦《解连环》注。

【评析】　开篇点题，接以"春幡"满头，写春来景象。风雨多变，余寒未收，既切初春气候，又隐喻南宋政局不稳。燕子尚梦西园，则人思故乡更不待言。结拍言自己身在异乡，迎春酒菜也无力备办，辜负佳节。下段仍就"春"字发挥。从此东风催花染柳，又致人朱颜变老。时不我与，故国难复，故而"清愁不断"，纠葛难解。结拍以"塞雁先还"，反衬人不得归，体现出词人对光复事业的无穷忧虑。全篇紧切"立春"题意，借感春以伤时，将东风、塞雁人格化，忧念国事之情怀深蕴于对春事的描绘之中，词格极沉郁、含蓄、委婉之致。

贺新郎

赋琵琶

凤尾龙香拨[1]，自开元《霓裳曲》罢，几番风月[2]。最苦浔阳江头客，画舸亭亭待发[3]。记出塞、黄云堆雪[4]。马上离愁三万里，望昭阳宫殿孤鸿没[5]，弦解语，恨难说。

辽阳驿使音尘绝[6]，琐窗寒、轻拢慢撚[7]，泪珠盈睫。推手含情还却手，一抹《梁州》哀彻[8]。千古事、云飞烟灭。贺老定场无消息[9]，想沉香亭北繁华歇[10]，弹到此，为呜咽。

【注释】　1.“凤尾”句：形容琵琶精美，以檀木制成，尾部刻双凤，以龙香板为拨。郑嵎《津阳门》诗："玉奴琵琶龙香拨。"自注云："贵妃妙弹琵琶，其乐器闻于人间者，有逻逤檀为槽，龙香柏为拨者。"　2.“自开元”二句：谓开元天宝《霓裳曲》歌罢，历经多少时代风云，指此后国运转衰。据白居易《新乐府法曲》注："《霓裳羽衣曲》起于开元，盛于天宝。"又《长恨歌》："渔阳鼙鼓动地来，惊破《霓裳羽衣曲》。"　3.“最苦”二句：用白居易《琵琶行》听琵琶女弹琵琶而引发身世之感事，宣发凄苦之情。据《琵琶行》及序，白氏贬九江司马，元和十一年（816）秋，送客湓浦口，闻船中琵琶声，引动了迁谪之意，产生了天涯沦落之感。　4.“记出塞”句：用王昭君琵琶出塞故事。石崇《王明君辞序》云："昔公主嫁乌孙，令琵琶马上作乐，以慰其道路之思。其送明君，亦必尔也。"欧阳修《明妃曲和王介甫作》："不识黄云出塞路，岂知此声能断肠。" 5."望昭阳"句：谓昭君远行塞外，望汉家宫殿渺不可见。汉未央宫有昭阳殿。 6."辽阳"句：写闺中人怀思远戍辽阳的征人而音讯杳无。辽阳，今辽宁辽阳。 7.轻拢慢撚：弹琵琶的手法。《琵琶行》："轻拢慢撚抹复挑。" 8."推手"二句：写弹琵琶的动作，弹出哀怨的《梁州》曲。汉刘熙《释名·释乐器》："枇杷本出于胡中……推手前曰枇，引手却曰杷。"欧阳修《明妃曲和王介甫作》有"推手为琵却手琶"之句。《梁州》，即《凉州曲》，其声哀怨。 9."贺老"句：谓贺老定场的盛况已成过去。贺老，贺怀智，开元、天宝间琵琶名手。元稹《连昌宫词》："夜半月高弦索鸣，贺老琵琶定场屋。" 10.沉香亭：唐禁中亭阁。据《松窗杂录》，开元中，明皇移植牡丹于兴庆池东沉香亭前，"会花方繁开，上乘月夜，召太真妃，以步辇从。……命李龟年持金花笺宣赐翰林学士李白，进《清平调》词三章"，有"解释春风无限恨，沉香亭北倚阑干"之句。

【评析】　起句擒题，刻画琵琶精美形制，紧接举开元霓裳、浔阳送客、昭君出塞三则与琵琶有关的历史掌故，宣发历史感怀、时代悲慨。"几番风月""最苦""离愁"云云，贯注以喟叹之情，至"恨难说"顿住。下片转入现实。先写闺人怀远，弹奏《梁州》哀曲，"辽阳"句隐含北国沉沦之痛。"千古事"二句，感喟世事变幻。收拍"沉香亭"，绾合开端"霓裳曲"，以"呜咽"煞住，沉痛已极。全篇紧切琵琶，采选融铸历史掌故，渲染出由盛而衰的时代悲愁。《白雨斋词话》云："此词运典虽多，却是一片感慨，故不嫌堆垛。心中有泪，故下笔无一字不呜咽。"

水龙吟

登建康赏心亭[1]

楚天千里清秋[2]，水随天去秋无际。遥岑远目，献愁供恨，玉簪螺髻[3]。落日楼头，断鸿声里，江南游子。把吴钩看了[4]，阑干拍遍，无人会、登临意[5]。

休说鲈鱼堪脍，尽西风、季鹰归未[6]？求田问舍，怕应羞见，刘郎才气[7]。可惜流年，忧愁风雨，树犹如此[8]。倩何人唤取，红巾翠袖，揾英雄泪？

【注释】 1.建康赏心亭：据《景定建康志》："赏心亭在下水门之城上，下临秦淮，尽观览之胜。"建康，今南京。 2.楚天：泛指江南天空，因战国时楚国占有南方大片土地，故云。 3."遥岑"三句：谓放眼远山，撩人愁思。韩愈《送桂州严大夫》诗："山如碧玉簪。"皮日休《缥缈峰》诗："似将青螺髻，撒在明月中。" 4.吴钩：古吴国所产的一种宝刀。 5."无人会"句：写爱国丹诚无人理解。文莹《湘山野录》记王琪登赏心亭留诗，有"残蝉不会登临意，又噪西风入座隅"之句。 6."休说"二句：尽管秋风吹起，不要说家乡鲈鱼味美，张季鹰是否归来？《世说新语·识鉴》："张季鹰辟齐王东曹掾，在洛，见秋风起，因思吴中菰菜羹、鲈鱼脍，曰：'人生贵得适意尔，何能羁宦数千里以要名爵？'遂命驾便归。"这里反用其事。　7."求田"三句：谓国事未了，即经营个人安乐窝，恐见讥于有识之士。《三国志·陈登传》载，许汜拜见陈登，陈登"久不相与语，自上大床卧，使客卧下床"。后许汜将此事告诉刘备，刘备说："君有国士之名，今天下大乱，帝主失所，望君忧国忘家，有救世之意，而君求田问舍，言无可采，是元龙所讳也，何缘当与君语！如小人，欲卧百尺楼上，卧君于地，何但上下床之间邪！"　8."可惜"三句：谓年光流逝，风雨飘摇，树犹如此，何况人呢！《世说新语·言语》载，桓温北伐，途经金城（在江苏镇江附近），见当年所种柳树"皆已十围，慨然曰：'木犹如此，人何以堪！'攀枝执条，泫然流泪"。

【评析】　　上片即地写景，由秋空旷远的天宇到江北的山峦，由无我之景到有我之景，由开阔的远景到身边近景，由景到人。"江南游子"，笔锋落到诗人自我。看吴钩，拍阑干，以人物动态显示内心激情。"登临意"，约略一点，忧国襟怀之焦灼可以想见。"无人会"，志士孤危，知音难觅，令人慨叹。下片承"登临意"具体抒发。反用张翰事，说不为思乡念家；再用许汜事，说无心营谋田园；融化桓温事，表明忧在北伐无期，时不我待。结尾收到英雄襟抱无人抚慰，与上片煞拍呼应。词中以佳人发饰寓山河之恨，以美人衬映英雄，以历史掌故写抱负，委婉跌宕，笔笔能留，极沉郁悲慨之致。

摸鱼儿

淳熙己亥，自湖北漕移湖南[1]，同官王正之置酒小山亭，为赋。

更能消几番风雨[2]，匆匆春又归去。惜春长怕花开早，何况落红无数。春且住！见说道、天涯芳草无归路。怨春不语，算只有殷勤，画檐蛛网，尽日惹飞絮。

长门事，准拟佳期又误[3]，蛾眉曾有人妒[4]。千金纵买相如赋，脉脉此情谁诉？君莫舞！君不见、玉环飞燕皆尘土[5]。闲愁最苦。休去倚危阑，斜阳正在，烟柳断肠处。

【注释】　1.漕：转运使的省称。　2.更能消：经不住。　3."长门事"二句：指陈皇后失宠住在长门宫，难以复有佳音。《长门赋序》载，汉武帝陈皇后失宠，"别在长门宫，愁闷悲思，闻蜀郡成都司马相如天下工为文，奉黄金百斤，为相如文君取酒，因求解悲愁之辞。而相如为文以悟主上，皇后复得幸"。　4."蛾眉"句：语出《离骚》："众女嫉余之蛾眉兮，谣诼谓余以善淫。"　5."君不见"句：谓玉环、飞燕得意一时，终有恶报。唐玄宗杨贵妃，小字玉环，汉成帝赵皇后，号飞燕，两人均得宠善妒。伶玄有妾樊通德，能讲述赵飞燕当年的故事，伶玄听过飞燕故事，对樊通德说："斯人俱灰灭矣！当时疲精力，驰骛嗜欲蛊惑之事，宁知终归荒田野草乎！"（《赵飞燕外传》附《伶玄自叙》）

【评析】　前阕叹春光难留。由风雨送春发端，继而惜春、留春、怨春，收到仅有多情蛛网沾惹一丝半片柳絮，可谓春之残迹。婉转说来，感情层层深化，文笔摇曳多姿。后阕伤美人迟暮，糅合历史故事，予以宛曲体现。一层佳人被冷落遭疑忌，一层委曲幽怨难得倾诉，一层斥恃宠妒人之辈必归湮灭。"闲愁最苦"，一句收拢。煞拍宕开一笔，写佳人环境，烟柳斜阳，一派凄迷，既拍合春归，又暗示前景暗淡。以佳人感春自伤，拟英雄生不逢时，自古骚人惯用此法。本篇名为伤春，实为伤时，明写佳人被妒，隐喻忠臣遭谗，所谓"闲愁"，实乃家国时代之忧思。以宛曲隐约手法摅布一腔忠愤，绮丽其表，沉郁其里；风貌柔媚如花，肝肠燃烧似火；笔势千回百转，风调抑郁顿挫，回肠荡气，独擅千秋。

辛弃疾

永遇乐

京口北固亭怀古 [1]

千古江山，英雄无觅、孙仲谋处 [2]。舞榭歌台，风流总被、雨打风吹去。斜阳草树，寻常巷陌，人道寄奴曾住 [3]。想当年，金戈铁马，气吞万里如虎。

元嘉草草，封狼居胥，赢得仓皇北顾 [4]。四十三年，望中犹记、烽火扬州路 [5]。可堪回首，佛狸祠下，一片神鸦社鼓 [6]。凭谁问，廉颇老矣，尚能饭否 [7]？

【注释】 1.北固亭：据《读史方舆纪要》，"北固山在镇江城北一里，下临长江，……三面临水，回岭斗绝，势最险固。……晋蔡谟起楼其上，以贮军实，谢安复营葺之"，即所谓北固楼，亦曰北固亭。 2.孙仲谋：孙权，字仲谋，建立吴国，定都建康。他曾住京口，在赤壁联刘拒曹，造成三国鼎立局面。建安十八年（213）曹操再度南征，看到孙权"军伍整肃，喟然叹曰'生子当如孙仲谋'"（《三国志》注引《吴历》）。 3.寄奴：南朝宋武帝刘裕，字德舆，小字寄奴。他曾以京口为基地，削平内乱，取代东晋政权，并两度北伐，收复中原大片领土，成就霸业。 4."元嘉"三句：南朝宋文帝刘义隆元嘉二十七年（450），听信彭城太守王玄谟北伐之策，准备不足，仓猝进兵，致遭惨败。《史记·卫将军骠骑列传》载，卫青、霍去病各统大军出击匈奴，取得胜利，霍去病"封狼居胥山，禅于姑衍"（封、禅，战胜后祭天祭地）。据《宋书·王玄谟传》，玄谟陈北进之策时，文帝对人说："闻王玄谟陈说，使人有封狼居胥意。"《宋书·索虏传》载，元嘉八年（431）宋文帝滑台失守时，曾有"北顾涕交流"诗句。这里融入上述典实，指陈宋文帝草率北伐的教训。　5."四十三年"二句：绍兴三十一年（1161）九月金主亮南侵，十月渡淮，陷扬州，十一月金主亮被部下杀于瓜洲龟山寺。这时辛弃疾受耿京命，奉表南归，目睹了扬州地区一片烽火。由本年下数至嘉泰四年（1204），恰为四十三年。　6."可堪"三句：京口与瓜步山隔江相对，当年小字名佛狸的魏太武帝，追王玄谟的军队至瓜步山，曾建过行宫，这行宫后来被称为"佛狸祠"。这里作为金人祠庙的代称。四十三年前在抗击完颜亮的斗争中，辛弃疾经扬州渡江南归，那时淮南一带战火弥漫，抗金旗鼓满山遍野，并且在那里也留下了辛弃疾的战斗足迹。可是自那以后四十多年来，南宋萎靡不振，而今对岸沦陷区的庙宇里，竟然社鼓丁冬，供品满案，一派偃武休兵景象，居民的敌忾情绪日益淡薄。瞭望中词人对当年的战斗情景记忆犹新，而形势大为不同，故有不堪回首之感。　7."凭谁问"三句：借廉颇自喻，表示在北伐战争中，有老当益壮、誓清中原的雄心。廉颇，战国时赵国将领，受谗被疏。赵王有心起用，派人探视他的身体状况，他"一饭斗米，肉十斤，被甲上马"（《史记·廉颇蔺相如列传》），毫不示弱。

【评析】　　上片即景怀古，借古人寄怀。作者立意高远，视通千古，从京口景象联想到在此建立一代功业的风流人物。孙权凭险立国，刘裕崛起草泽，风流一世，终归销磨。"雨打风吹""斜阳草树"，沧桑感喟，吊古幽思，贯注行间。"想当年"三句，镜头由历史陈迹转向盖世英雄。健笔勾勒，生气虎虎，与南宋的萎靡怯懦反差极大。呼唤英才，正为济世而图功。下片以古鉴今，折转到现实，表达自己献身恢复的雄心。先引述刘宋北伐教训，提醒当局审慎筹划；次追忆当年抗金往事，激励人们力挽时艰；再顾望淮北平静气象，暗示倡导恢复势在必行；末以廉颇自喻，期望承受重托，一展身手。词由怀古到议今，所有史事无不扣紧京口，关联现实，用事虽多，熔裁有方，浑然一体，情思由感怆、沉郁而趋向昂奋，收拍以"廉颇自拟，慷慨壮怀，如闻其声"（先著《词洁》）。

木兰花慢

滁州送范倅¹

老来情味减，对别酒，怯流年²。况屈指中秋，十分好月，不照人圆。无情水都不管，共西风、只管送归船。秋晚莼鲈江上，夜深儿女灯前³。

征衫，便好去朝天，玉殿正思贤。想夜半承明，留教视草，却遣筹边⁴。长安故人问我，道愁肠殢酒只依然⁵。目断秋霄落雁，醉来时响空弦⁶。

【注释】　1.范倅：指范昂。倅，副职，时范昂为通判，故称。　2."对别酒"二句：苏轼《江城子》词有"对尊前，惜流年"句。　3."秋晚"二句：融化张翰事和黄庭坚诗，设想对方还家的乐趣。张翰因秋风起，想家乡莼羹、鲈鱼脍，遂弃官回乡。参辛弃疾《水龙吟》注。黄庭坚《寄上叔父夷仲》诗有"弓刀陌上望行色，儿女灯前语夜深"之句。　4."想夜半"三句：言正在宫中起草诏书，又奉命筹划边防，深得朝廷信任。承明，承明庐，汉代文臣值班办公之所。《西都赋》："承明、金马，著作之庭。"　5."道愁肠"句：就说我依然借酒解愁。韩偓《有忆》诗："愁肠殢酒人千里。"殢酒，沉溺于酒。　6."目断"二句：《战国策·楚策》载，更赢对魏王说，他能"引弓虚发而下鸟"。一会儿有雁飞来,他拉空弦将雁射下。魏王问其故,他说这是曾受箭伤而未愈的惊雁,闻弦音高飞,疮裂而坠落。这里化用其事,以醉中拉弦射雁这一动作来发泄无地用武的苦闷。

【评析】　　上片酌酒惜别,下片赠言勖勉。从叹老、惜时、送别写入,又以中秋月圆人离、西风流水无情渲染,别意浓挚。"秋晚""夜深"二句,思绪追踪友人,想象其重温乡味、家人团聚之乐,极富生活气息。"征衫"以下宕开笔势,写由还家到归朝。设想朝廷求贤,友人承命,草诏筹边,恩遇隆盛。既勖勉友人,亦寄托理想。"故人问我"以下,由激昂转向沉郁。"只依然"言赖酒浇愁岁月已久,醉中空弦落雁之特殊动作,宣发出无路请缨的深广激愤。全词由实到虚,由送别到还家、入朝,由依恋、温馨到振奋、抑塞,千回百折,纡徐跌宕,充分体现出辛词的沉郁悲壮美。

祝英台近

宝钗分，桃叶渡，烟柳暗南浦¹。怕上层楼，十日九风雨。断肠片片飞红，都无人管，更谁劝、啼莺声住？

鬓边觑，应把花卜归期，才簪又重数²。罗帐灯昏，哽咽梦中语。是他春带愁来，春归何处？却不解、带将愁去³。

【注释】　1．"宝钗分"三句：描写情人分钗赠别之地烟雾迷漾。梁陆罩《闺怨》诗有"偏恨分钗时"句，白居易《长恨歌》有"钗留一股合一扇"句，足见分钗赠别之风由来已久。桃叶渡，与佳人分别的渡口，参贺铸《蝶恋花》注。南浦，泛指送别之地，《楚辞·九歌·河伯》有"送美人兮南浦"句。2．"鬓边觑"三句：写佳人斜视鬓角所插之花，随即取下，以数花瓣占卜情人归期。　3．"是他春带愁来"三句：赵彦端《鹊桥仙》词有"春愁元自逐春来，却不肯随春归去"之句，此处意趣正同，但从少女梦中口吻说出，更为婉转有致。

【评析】　先写送别场地，再写伤别时序，更写莺啼花飞景象，笔笔扣住晚春，"怕上""断肠""更谁劝"，以佳人声口出之，融情于景，环境无不着上主人公的感情色调。在烘染足够的环境氛围之后，佳人正式出场。花卜归期，以微妙动作显现心态；怨春不带愁去，以痴情语言展示离怀。才簪又数，梦中呓语，盼归之切，怨春之深，十分传神。刻画少妇心态，细密精妙，意象妩媚，风调缠绵悱恻。谁谓稼轩只以激扬奋厉为工耶？

辛弃疾

青玉案

元　夕

　　东风夜放花千树[1]，更吹落星如雨[2]。宝马雕车香满路[3]，凤箫声动，玉壶光转[4]，一夜鱼龙舞[5]。

　　蛾儿雪柳黄金缕[6]，笑语盈盈暗香去。众里寻他千百度，蓦然回首，那人却在，灯火阑珊处[7]。

【注释】　1.花千树：指扎制的彩灯，在东风中一片火树银花。　2.星如雨：形容高空中的烟火及彩灯。《东京梦华录》卷六："各以竹竿出灯球于半空，远近高低，若飞星然。"　3."宝马"句：写车马盈巷之景。《东京梦华录》卷六记正月十六："宝骑骎骎，香轮辘辘，五陵年少，满路行歌，万户千门，笙簧未彻。"　4.玉壶：指灯。《武林旧事》写元夕："灯之品极多……福州所进，则纯用白玉，晃耀夺目，如清冰玉壶，爽彻心目。"　5."一夜"句：写民间艺人耍鱼龙之戏，彻夜不停。　6."蛾儿"句：都是元宵士女的佩戴物。《宣和遗事》记预赏元宵："京师民有似云浪，尽头上戴着玉梅、雪柳、闹蛾儿，直到鳌山下看灯。"　7.阑珊：形容灯火渐渐衰歇。

【评析】　上片写放灯、耍灯的热闹景象。花树，谓集束花灯；"落星"，状高空悬灯;"玉壶""鱼龙",喻艺人舞灯;插写以车马塞途、声歌沸天,更见节日气氛之繁闹无比。下片写士女赏灯游乐的兴致。前两句由头饰、风度、粉香,见出游女成群,音容欣愉。以下四句,以从人流中寻觅意中人而终获相遇的独特情节,写出实现追求的无比喜悦。"千百度"以至"灯火阑珊",足知追求之难、之久,想见多次失望,"蓦然"得圆好梦,何等喜出望外!写来极富戏剧性,且蕴有某种人生哲理,能给人以美好新警的启悟。

辛弃疾

鹧鸪天

鹅湖归病起作 [1]

枕簟溪堂冷欲秋 [2]，断云依水晚来收。红莲相倚浑如醉，白鸟无言定自愁。

书咄咄 [3]，且休休 [4]，一丘一壑也风流 [5]。不知筋力衰多少，但觉新来懒上楼 [6]。

【注释】　1.鹅湖：山名，在江西铅山县东北。因山中有湖，晋人养鹅湖中，乃更名鹅湖。　2.溪堂：指建在玉溪（即信江）边上的楼阁，在信州（今江西上饶）境内。　3.书咄咄：《晋书·殷浩传》载，殷浩罢官后内心不平，终日以手书空作"咄咄怪事"四字。　4.且休休：《旧唐书·司空图传》载，司空图淡于名利，隐居中条山，作《休休亭记》云："休，休也，美也，既休而具美存焉。"休，休闲，又具美好之意。　5."一丘一壑"句：《汉书·叙传》载班嗣书简云："渔钓于一壑，则万物不奸其志；栖迟于一丘，则天下不易其乐。"此处化用其意。　6."不知"二句：从刘禹锡《秋日书怀寄白宾客》诗"筋力上楼知"化出。

【评析】　上片写景，下片摅怀。"枕簟"，感觉清冷；"断云"，视觉苍茫；

"红莲"，引起美人醉酒联想；"白鸟"，生发愁白人头之喻。联想新巧，且花、鸟之"醉""愁"，隐隐透露出词人的苦闷心态。下片言殷浩之心理失衡，不如司空图之休闲自适，隐居丘壑，也是风流胜事。不知体力衰弱多少，但觉近来懒得登楼。由苦闷转向开解自慰，末又转向自叹衰老。笔锋几经转折，显露出英雄的感怆情怀，言简意深，语淡情切。

辛弃疾

菩萨蛮

书江西造口壁[1]

郁孤台下清江水，中间多少行人泪[2]。西北望长安，可怜无数山。

青山遮不住，毕竟东流去。江晚正愁余，山深闻鹧鸪。

【注释】　1.造口：在江西万安县西南。　2.郁孤台：在赣州城西北。章水、贡水绕赣州城流至郁孤台下汇为赣江，北流经造口、万安、吉州、南昌入鄱阳湖，注入长江。罗大经《鹤林玉露》卷之一引录此词云："盖南渡之初，虏人追隆祐太后御舟至造口，不及而还。幼安因此起兴，'闻鹧鸪'之句，谓恢复之事行不得也。"史载建炎三年（1129），金兵追隆祐太后至太和县，太后舍舟陆行，遂往虔州。未言追至造口事，与罗说小异。但隆祐皇后被金兵尾追，太后经行赣州逃脱，则大致不误。稼轩行经此地，触景兴感，联想时事，或有可能。

【评析】　词在观山观水中，寄托伤时忧国之思，全用联想法、寄托法。由江水联想行人泪水，见出当年国耻事变给国人带来如许辛酸。由青山满目联想故都迢遥，中原沦胥。青山能遮望眼，遮不住江水东注，正如当年国势陵夷，狂澜难挽。江边暮色苍茫，鹧鸪声声，触动愁怀，引发归思。托物寄意，沉郁悲慨，不必说破坐实，而"忠愤之气，拂拂指端"（《词统》）。

姜　夔

1155？
|
1221？

　　字尧章，饶州鄱阳（今属江西）人。少年随父姜噩宦居汉阳，成年后曾出游扬州，旅食江淮一带。因受诗人萧德藻赏识，萧把侄女嫁给他，遂依萧德藻寓居湖州，卜居弁山白石洞下，号白石道人。后纳交于世家贵胄张鉴，依靠张鉴资助生活。除诗词外，白石还擅长书法，精通音律。曾上书朝廷，建议整理国乐，未引起重视。考进士不中，一生旅食浙东、苏、杭、金陵、合肥等地，布衣终身。与杨万里、范成大、辛弃疾等时有唱酬。其词清虚骚雅，刚劲疏宕，自成一家，开南宋骚雅派。有《白石道人歌曲》，存词八十余篇。

点绛唇

丁未冬过吴松作 [1]

燕雁无心，太湖西畔随云去 [2]。数峰清苦，商略黄昏雨 [3]。
第四桥边，拟共天随住 [4]。今何许 [5]？凭阑怀古，残柳参
差舞。

【注释】　1.丁未：淳熙十四年（1187）。吴松：今江苏吴县。　2.“燕雁”
二句：言飞来之雁毫无机心，纯任自然，随太湖浮云悠然远去。太湖，在江
苏南部，与吴淞江相通。　3.“数峰”二句：清寂寥落的几座山峰间正在酝
酿降雨。商略，酝酿之意。　4.“第四桥”二句：言尚想陆龟蒙遗风，愿同
他一样终生归隐。第四桥，吴县城外甘泉桥，陆龟蒙故居所在地。陆龟蒙心
神萧散，悠然自处，取《庄子·在宥》“神动而天随”语义，自号天随子，又
称江湖散人。　5.今何许：兼有何处何年之意。

【评析】　全首写眼前景物，着笔由远而近。起句写燕雁已随云而去，时序
已入深秋；次写山峦气象，阴沉不开，一似行客愁怀；再即景怀古，无限惆
怅；末尾以近景残柳收煞，含古今沧桑之感。笔墨不多，而寓意不尽。“数峰
清苦”两句，是姜夔词有代表性的名句。《白雨斋词话》评云：“通首只写眼前
景物，至结处……只用‘今何许’三字提唱，‘凭阑怀古’下仅以‘残柳’五
字咏叹了之，无穷哀感，都在虚处，令读者吊古伤今，不能自止，洵推绝调。”

鹧鸪天

元夕有所梦

肥水东流无尽期¹，当初不合种相思。梦中未比丹青见²，暗里忽惊山鸟啼。

春未绿，鬓先丝，人间别久不成悲。谁教岁岁红莲夜³，两处沉吟各自知。

【注释】 1.肥水：源出安徽合肥西南紫蓬山，东流经合肥入巢湖。 2.丹青：绘画颜料，此处代指绘画、画像。 3.红莲：指花灯。郭应祥《好事近·丁卯元夕》："不比旧家繁盛，有红莲千朵。"

【评析】 因怀思合肥恋人，故以"肥水"起兴，兼喻"相思"无尽，次句颇怨不该种下此段情缘，"种"字妙极。由相思而入梦，梦境易逝，尚不及见像真切，"鸟啼"可使梦破。上片极写相思刻骨铭心。换头切"元夕"，由年光转换说到愁情使人衰老，接以"别久"，气脉贯注。"人间别久不成悲"，写出相思情的积淀、沉潜、深藏乃至麻木，语极凄切。末以岁岁元宵两地相思收结，见出心心相印、两情深挚。以劲峭笔锋，写深婉离思，意蕴深厚，耐人寻绎。

姜夔

踏莎行

自沔东来，丁未元日至金陵，江上感梦而作¹。

燕燕轻盈²，莺莺娇软³，分明又向华胥见⁴。夜长争得薄情知？春初早被相思染⁵。

别后书辞，别时针线，离魂暗逐郎行远⁶。淮南皓月冷千山，冥冥归去无人管⁷。

【注释】　1.沔：今湖北汉阳。丁未元日：淳熙十四年（1187）元旦。　2.燕燕：比喻情人体态轻盈如燕。　3.莺莺：比喻情人声音娇柔似莺。古代多以燕燕莺莺称歌女或妓女。　4."分明"句：又在梦中见到了她。《列子》载黄帝曾梦游华胥氏之国，后多以华胥代指梦境。　5."夜长"二句：漫漫长夜，薄情郎怎能得知？春光刚临，我的神魂早被离情浸透了。　6."别后"三句：这三句极写对方多情，分别后书信频寄，惦念远人；分别时的针线也丢在一边，无心缝缀；甚至连自己的魂魄也离开故乡，暗中追随情郎来到了陌生的远方。　7."淮南"二句：明月向淮南重叠的山岭投下寒光，我的魂魄在幽暗中悄悄归来，无人关照。淮南，合肥属淮南路，恋人所居之地。

【评析】　此词上下片连成一气，以梦见情人起，以情人梦中归去收。"燕燕"喻其体态，"莺莺"喻其声音，"华胥见"点明梦中出现。以下均作伊人口吻，诉相思情深，离绪凝重，无心女红，梦魂暗随，寒夜悄归。以对方之眷眷钟情，反衬自己怀思深切。运思细腻，意境幽邃。"冷千山"二句，况味凄婉寂悄。

庆宫春

绍熙辛亥除夕，余别石湖归吴兴，雪后夜过垂虹，尝赋诗云："笠泽茫茫雁影微，玉峰重叠护云衣。长桥寂寞春寒夜，只有诗人一舸归。"后五年冬，复与俞商卿、张平甫、铦朴翁自封禺同载诣梁溪，道经吴松，山寒天迥，云浪四合，中夕相呼步垂虹，星斗下垂，错杂渔火，朔吹凛凛，鸱酒不能支。朴翁以衾自缠，犹相与行吟，因赋此阕，盖过旬，涂稿乃定。朴翁咎余无益，然意所耽，不能自已也。平甫、商卿、朴翁皆工于诗，所出奇诡；余亦强追逐之，此行既归，各得五十余解。

双桨莼波[1]，一蓑松雨，暮愁渐满空阔。呼我盟鸥，翩翩欲下，背人还过木末[2]。那回归去，荡云雪孤舟夜发。伤心重见，依约眉山，黛痕低压[3]。

采香径里春寒[4]，老子婆娑[5]，自歌谁答？垂虹西望[6]，飘然引去，此兴平生难遏。酒醒波远，正凝想明珰素袜[7]。如今安在？惟有阑干，伴人一霎。

【注释】　1."双桨"句：谓游船漂荡在浮有莼菜的水面上。莼波，莼菜之波。　2."呼我"三句：呼唤我的鸥鸟，它盘旋低飞，仿佛要降落，却又背人远去，掠过树梢。盟鸥，鸥鸟与隐士为友，故称。　3."依约"二句：

写隐约如眉的远山，仿佛美人眼目，含愁低垂。眉山，《西京杂记》载，"（卓）文君姣好，眉色如望远山"。黛，画眉的颜色。　4.采香径：一作"采香泾"。《苏州府志》："采香径在香山之旁，小溪也。吴王种香于香山，使美人泛舟于溪以采香。"　5.婆娑：犹徘徊。　6.垂虹：垂虹桥，建于北宋庆历年间，前临太湖，横截长江，称三吴绝景。　7.明珰素袜：女子的耳坠、罗袜。《古诗为焦仲卿妻作》："腰若流纨素，耳著明月珰。"

【评析】　　上片途中景象。起写冒雨水上荡舟，傍晚愁笼旷野；次写鸥鸟盘旋欲下，忽又远翔。环境、禽鸟，似曾相识，由此联想当年孤舟夜行情景，末以眼中远山影像收结。"伤心"呼应"暮愁"，"黛痕低压"，以愁眉喻山，以远山传情，情景交练。下片途中思绪。采香径里徘徊低回，垂虹桥下飘然引去，均为当年情事，历历闪现于脑际。那时小红低唱，兰舟容与，故曰此兴"难遏"。"酒醒"以下转入当今，佳人何在？往事如烟。伴人"惟有阑干"，反跌出行踪孤寂，怀思故旧、缅想佳人之情充溢笔端，抚今追昔之感贯注于山光水色和灵动骚雅的意象之中。

齐天乐

　　丙辰岁与张功甫会饮张达可之堂，闻屋壁间蟋蟀有声，功甫约余同赋，以授歌者。功甫先成，词甚美。余徘徊茉莉花间，仰见秋月，顿起幽思，寻亦得此。蟋蟀，中都呼为促织，善斗。好事者或以三二十万钱致一枚，镂象齿为楼观以贮之[1]。

　　庾郎先自吟愁赋，凄凄更闻私语[2]。露湿铜铺，苔侵石井，都是曾听伊处[3]。哀音似诉，正思妇无眠，起寻机杼[4]。曲曲屏山[5]，夜凉独自甚情绪？

　　西窗又吹暗雨，为谁频断续，相和砧杵[6]？候馆迎秋，离宫吊月，别有伤心无数[7]。幽诗漫与，笑篱落呼灯，世间儿女[8]。写入琴丝，一声声更苦[9]。

【注释】　　1.中都：犹言京都，指杭州。镂象齿为楼观：刻象牙成楼观形。《西湖老人繁胜录》载："促织盛出，都民好养，或用银丝为笼，或作楼台为笼。"　　2."庾郎"二句：以庾信吟赋、男女私语比喻蟋蟀声。庾信曾作《愁赋》，参袁去华《安公子》注。　　3."露湿"三句：谓秋夜门侧井旁都可听到蟋蟀声。铜铺，铜制有兽形图案的门环底座，这里指宅门。　　4."哀音"三句：如泣如诉的蟋蟀声，使思妇深夜失眠，起身织布遣愁。机杼，织布机。
5. 屏山：画着曲折蜿蜒山岭的屏风。　6."西窗"三句：谓西窗风雨之夜，蟋蟀时断时续地悲鸣，与远处捣衣声互相应和。　7."候馆"三句：谓在旅馆中迎秋光，在离宫中对月伤怀，更有说不尽的伤心事。离宫，帝王出门时的行宫。　8."豳诗"三句：谓《诗经·豳风·七月》俨然信笔写就，十分真切，不知忧愁的儿女只会挑灯嬉笑，在篱笆间捕蟋蟀玩耍。《七月》诗中有"七月在野，八月在宇，九月在户，十月蟋蟀入我床下"之句。　9."写入琴丝"二句：把蟋蟀悲鸣谱成琴曲，声调更为凄楚。作者自注说："宣和间有士大夫制《蟋蟀吟》。"

【评析】　本篇咏物词，借描写蟋蟀悲鸣，倾泻人间幽恨。开篇点"愁"字，以庾信赋愁引出蟋蟀悲吟，由书窗而门外、石井，如诉哀音，无处不在，既而引动思妇怀远，情绪悲凉。换头用风雨声、捣衣声与蟋蟀声错杂交织，加浓鸣声凄苦。候馆离宫，又推广一层。豳诗略略点题，忽以儿女笑声旁衬一笔，末再以谱入乐曲"声声更苦"，拍合"愁赋"。全词写蟋蟀悲鸣，广泛触发人间的哀思。举凡骚人失意、思妇念远、迁客怀乡，乃至帝王蒙尘，如许憾恨，无不借秋虫宣发，则秋虫之鸣，实乃时代哀音。"别有伤心无数"，正一语破的。

琵琶仙

《吴都赋》云"户藏烟浦，家具画船"[1]，惟吴兴为然。春游之盛，西湖未能过也。己酉岁，余与萧时父载酒南郭，感遇成歌。

双桨来时，有人似旧曲桃根桃叶[2]。歌扇轻约飞花，蛾眉正奇绝[3]。春渐远，汀洲自绿，更添了几声啼鴂[4]。十里扬州，三生杜牧，前事休说[5]。

又还是宫烛分烟[6]，奈愁里匆匆换时节。都把一襟芳思，与空阶榆荚[7]。千万缕、藏鸦细柳，为玉尊、起舞回雪[8]。想见西出阳关，故人初别[9]。

【注释】　　1.吴都赋：序中所引两句出自唐代李庾的《西都赋》，字句略异，这里写成《吴都赋》，可能是作者误记。　　2."双桨"二句：言画船荡来，载着一对美人，仿佛是自己旧时相识的歌女。旧曲，旧时坊曲。桃根、桃叶，姊妹俩，晋朝王献之的姜，参贺铸《蝶恋花》注。　　3."歌扇"二句：言轻举歌扇如花枝飞舞，那佳人艳丽非常。　　4."春渐远"三句：言绿满汀洲，春光将要逝去，又加啼鴂悲鸣，使人伤感。啼鴂，杜鹃一类鸟，暮春时鸣，啼声悲切。　　5."十里"三句：以杜牧自喻，写往事不堪回首之感。杜牧

《赠别》有"春风十里扬州路"之句，黄庭坚《广陵早春》有"春风十里珠帘卷，仿佛三生杜牧之"之句，此处化用其意。　6.宫烛分烟：古代宫中有清明取火烛赐群臣的礼俗。　7."都把"二句：只好把美好的追忆和期望说给空庭中无情的榆荚而已。韩愈《晚春》云："杨花榆荚无情思。"榆荚，榆树的果实。　8."千万缕"二句：茂密的细柳为饯别酒筵摇曳起舞，飘散起如雪的杨花。　9."想见"二句：由条条细柳不禁忆起当年与恋人远别的情景。王维《送元二使安西》有"劝君更进一杯酒，西出阳关无故人"之句。

【评析】　词写游春感遇，怅触往日恋情。开端写春渚偶遇画船载一对丽人，宛似旧时相识，渐近则见歌扇轻盈，美人艳绝，因触发起对昔日情人的绵绵怀思。"春渐远"，转笔写眼前现境，亦暗喻美好往事缥缈如烟。春日迟暮，啼鸩声悲，忆昔伤今，情何以堪！遂逼出杜牧自喻三句，大有昨梦前尘不堪回首之感。下片"又还是"，推进一层，由悲时序复回到伤往事，芳思只可付与空阶榆荚，美缘难再，遗恨空留。杨柳为送别见证，由柳丝追忆初别情景，情致绵绵不尽。思路由感遇到沉思，由当今到往昔。笔触旖旎，下字精美，意蕴空灵，韵致妩媚多姿，令人品味不尽。

八 归

湘中送胡德华[1]

芳莲坠粉，疏桐吹绿[2]，庭院暗雨乍歇。无端抱影销魂处，还见筱墙萤暗，藓阶蛩切[3]。送客重寻西去路，问水面、琵琶谁拨[4]？最可惜、一片江山，总付与啼鴃[5]。

长恨相逢未款[6]，而今何事，又对西风离别？渚寒烟淡，棹移人远，飘渺行舟如叶。想文君望久，倚竹愁生步罗袜[7]。归来后、翠尊双饮，下了珠帘，玲珑闲看月[8]。

【注释】 1.胡德华：其人生平不详。 2．"芳莲"二句：言荷花褪了香粉，梧桐吹拂着绿叶。 3.无端"三句：形容庭院萧索，独处孤单。萤虫在篱笆间闪动着微弱的光，蟋蟀在长满苔藓的庭阶间鸣声凄切。筱墙，竹编的篱笆墙。蛩切，蟋蟀叫声凄切。 4."问水面"句：白居易在九江江边送客，适遇邻舟琵琶女，为弹奏数曲，引起诗人天涯沦落之感，因作《琵琶行》，有"忽闻水上琵琶声，主人忘归客不发"之句，此化用其事。 5."最可惜"二句：最可痛惜的是江山虽美，偏多哀声愁云。 6.未款：谓未尽所欢。款，款洽，亲切。 7."想文君"二句：设想友人妻子倚竹伫望丈夫归来，离愁不免萦绕佳人步履。文君，卓文君，西汉才女，与司马相如相恋，结为伉俪。

这里代指胡德华夫人。倚竹，化用杜甫《佳人》诗："天寒翠袖薄，日暮倚修竹。" 8.玲珑：月亮晶莹的样子。李白《玉阶怨》诗："玉阶生白露，夜久侵罗袜。却下水精帘，玲珑望秋月。"

【评析】 词写客中送客，上片刻画客居庭院萧瑟暗淡的秋景，为离愁铺垫。化用白居易《琵琶行》点明"送客"，且推进一步，叹惋江山好、啼鸩悲，离情中交织身世感、家国愁，情致深婉沉痛。过片承上，由相从说到分别。烟渚行舟，正面描绘送别场景，宛然如画。末以"想"字提领，点化李杜诗，设想行者家人跂盼之切、到家团聚之乐，融化无迹，笔力精健，场面依次递转，生活情趣极浓。

念奴娇

　　余客武陵，湖北宪治在焉。古城野水，乔木参天。余与二三友，日荡舟其间，薄荷花而饮，意象幽闲，不类人境。秋水且涸，荷叶出地寻丈，因列坐其下，上不见日，清风徐来，绿云自动，间于疏处窥见游人画船，亦一乐也。揭来吴兴，数得相羊荷花中，又夜泛西湖，光景奇绝，故以此句写之[1]。

　　闹红一舸[2]，记来时、尝与鸳鸯为侣。三十六陂人未到，水佩风裳无数[3]。翠叶吹凉，玉容消酒，更洒菰蒲雨[4]。嫣然摇动，冷香飞上诗句[5]。

　　日暮，青盖亭亭，情人不见，争忍凌波去[6]？只恐舞衣寒易落，愁入西风南浦[7]。高柳垂阴，老鱼吹浪，留我花间住。田田多少，几回沙际归路[8]。

【注释】　1.武陵：今湖南常德。湖北宪治：指荆湖北路提点刑狱使的官署。揭来：来到。揭，发语词。吴兴：今浙江湖州。相羊：徜徉，自在优游。　2."闹红"句：一只船搅闹了艳红的荷花丛。　3."三十六陂"二句：许多

姜夔

游人不曾到过的荷花淀，有更多艳美的荷花。李贺《苏小小墓》诗："风为裳，水为佩。" 4．"翠叶"三句：写荷叶清凉，荷花红润如美人酒意上脸，又洒了一阵细雨。菰蒲，茭白与蒲草。 5．"嫣然"二句：谓荷花临风摇曳如美人开颜微笑，触动了词人诗兴。 6．"日暮"四句：荷花在夕阳中亭亭玉立，仿佛等待约会的情人，不忍飘然离去。 7．"只恐"二句：真担心秋风吹来，荷花凋落，南浦为愁情笼罩。 8．"田田"二句：多少回在沙堤旁归路上望着茂密的荷叶，依依不忍归去。田田，形容荷叶毗连的样子。《古乐府》："江南可采莲，莲叶何田田。"

【评析】　　前阕观赏荷花触发诗兴。起笔荡舟观荷，与鸳鸯为侣，意境美不胜收。及至荷塘深处，以服饰高洁、玉颜着酒、细雨洗尘、清风拂面诸妙语刻画荷花，最为传神。冷香入诗，构思尤为高雅奇妙。后阕担心荷花迟暮、西风摧折，无限眷念。"日暮"暗含岁晚之意。"亭亭"状花之形，"争忍"写荷之情，"只恐"写爱花人忧虑，"高柳""老鱼"，多情挽留，更使诗人依恋难舍。全词用比喻拟人法，把荷花写成形神兼美的纯洁佳人。精雕细刻，美的意象、美的语言、美的想象、美的情趣，写出荷花美妙之形和高洁之神，体现出诗人惜香爱美的诗情，寄托了作者纯洁、高雅的审美意趣，将读者引入一个隔绝尘垢的童心世界。

扬州慢

淳熙丙申至日，余过维扬。夜雪初霁，荠麦弥望。入其城则四顾萧条，寒水自碧，暮色渐起，戍角悲吟。余怀怆然，感慨今昔，因自度此曲，千岩老人以为有黍离之悲也[1]。

淮左名都，竹西佳处[2]，解鞍少驻初程。过春风十里，尽荠麦青青[3]。自胡马窥江去后，废池乔木，犹厌言兵[4]。渐黄昏，清角吹寒，都在空城。

杜郎俊赏，算而今、重到须惊。纵豆蔻词工，青楼梦好，难赋深情[5]。二十四桥仍在[6]，波心荡、冷月无声。念桥边红药，年年知为谁生[7]？

【注释】 1.自度曲：自创曲谱。千岩老人：南宋诗人萧德藻，字东夫，号千岩老人。黍离之悲：指故国之思。《诗经·王风》有《黍离》篇，写凭吊故国的感怆。 2."淮左"二句：扬州是宋代淮南东路的名城，有竹西亭等名胜，在扬州北门外。杜牧《题扬州禅智寺》有"谁知竹西路，歌吹是扬州"之句。 3."过春风"二句：经行原来繁华的长街，而今到处长满野麦，一派荒凉。杜牧《赠别》诗有"春风十里扬州路"之句。　4."自胡马"三句：言扬州经金兵侵袭，废池古木都厌恶兵灾。靖康之难后，扬州多次受金兵侵袭，高宗建炎三年（1129），金兵曾渡江南犯，绍兴三十一年（1161），完颜亮又背盟南侵，曾驻兵扬州。　5."杜郎"五句：言杜牧当年曾邀游扬州，而今如果重到，定会感到吃惊。纵然有写豆蔻词的文采和追求浪漫生活的愿望，也没有兴致表达当年的情思了。杜牧当年游赏扬州，写下许多名篇，如《赠别》有"娉娉袅袅十三余，豆蔻梢头二月初"之句，《遣怀》有"十年一觉扬州梦，赢得青楼薄幸名"之句。　6.二十四桥：唐代扬州原有二十四座名桥，杜牧《寄扬州韩绰判官》诗有"二十四桥明月夜，玉人何处教吹箫"之句。　7."念桥边"二句：言花虽好，何人有心观赏？红药，指芍药花，扬州芍药很有名。

【评析】　此词凭吊扬州荒凉，寄托黍离哀思。开篇擒题，点明扬州地位及驻足行迹。以下刻绘所见景物，荠麦、废池、乔木、空城，一派荒芜，并随笔带出"春风十里"的名城变为满目疮痍之由。上片景中含情，物物渗透着伤乱意识。下片写对扬州的感受，妙在用虚拟法，设想杜牧重来，心境迥异，以小杜诗境与扬州现境对比，自然高妙，浑化无迹。末言名桥虽在而月冷夜寂，芍药虽红而无人观赏，充满时移景迁、物是人非之感。

长亭怨慢

余颇喜自制曲。初率意为长短句，然后协以律，故前后阕多不同。桓大司马云："昔年种柳，依依汉南；今看摇落，凄怆江潭。树犹如此，人何以堪？"此语余深爱之[1]。

渐吹尽、枝头香絮，是处人家[2]，绿深门户。远浦萦回[3]，暮帆零乱，向何许？阅人多矣，谁得似、长亭树[4]？树若有情时，不会得、青青如此！

日暮，望高城不见[5]，只见乱山无数。韦郎去也，怎忘得玉环分付[6]。第一是早早归来，怕红萼无人为主[7]。算空有并刀[8]，难剪离愁千缕。

【注释】 1.桓大司马：东晋桓温为大司马，都督中外诸军事，率兵北征时，看到以前所种柳树皆已老大，很感慨地说："木犹如此，人何以堪！"事见《世说新语·言语》。此处六句引自庾信《枯树赋》，非桓温原话。 2.是处：到处。 3."远浦"句：远处的河道曲折蜿蜒。 4."谁得似"句：谓谁能像长亭间树木一样不见衰老。 5."望高城"句：言船已远去，回望高城已不可见。化用欧阳詹《初发太原途中寄太原所思》诗"高城已不见，况复

姜　夔

城中人"之句。　　6."韦郎"二句：《云溪友议》载，韦皋游江夏，与婢女玉箫有情，韦归，约少则五年多则七年，必定来娶，并留一玉指环为信物。韦皋逾期不至，玉箫绝食而死。后得到一名歌姬，酷似玉箫，中指肉隆起隐然如玉环。这里化用其事，韦郎代行者，玉环指恋人。　　7."第一"二句：情人叮嘱之语。红萼，代指女郎。　　8.并刀：并州（今山西太原）产剪刀，以锋利著称。

【评析】　　合肥情侣所居巷陌，多种杨柳，上片即借咏柳抒离怀。柳絮飘尽，宅巷绿深，写景兼点分手时地。"暮帆"点人将远行。"长亭树"就别地景物，化用桓温语，抒人生易老之慨。下片叙写告别场景和情事。在旅船远行、回望旧地时，回味情侣叮咛，离绪纷乱。并刀难剪，化抽象为具象，一往情深。全词有场景，有人物语言，笔力婉转拗折。脉脉柔情，以清健之笔出之，最耐品味。

淡黄柳

客居合肥南城赤阑桥之西[1]，巷陌凄凉，与江左异，惟柳色夹道，依依可怜，因度此曲，以纾客怀。

空城晓角，吹入垂杨陌。马上单衣寒恻恻。看尽鹅黄嫩绿[2]，都是江南旧相识。

正岑寂[3]，明朝又寒食。强携酒，小桥宅[4]，怕梨花落尽成秋色。燕燕飞来，问春何在？惟有池塘自碧。

【注释】　1.赤阑桥：合肥桥名。姜夔《送范仲讷往合肥》诗："我家曾住赤阑桥，邻里相过不寂寥。"　2.鹅黄嫩绿：形容柳色可爱。　3.岑寂：寂静。4.小桥宅：此处喻指合肥恋人之宅。桥原是姓，大桥、小桥乃东吴美女，见《三国志·周瑜传》。姜夔《解连环》词有"为大乔能拨春风，小乔妙移筝"之句，可证。桥，后亦写作"乔"。

【评析】　角声入柳巷，早景清寂；"马上单衣"，旅况萍飘。"看尽"二句，言"旧相识"唯江南绿柳，既突出地多垂杨之特色，又见客怀冷落。"正岑寂"总上启下，"寒食"点明春暮。携酒会友，醉不成欢，深怕花飞春尽，好景不驻。结尾问春去向，而以景语"池塘自碧"代答，见出流水无情，人心多感。身世飘零、人生迟暮之感，俱在言外。

暗　香

辛亥之冬，余载雪诣石湖。止既月，授简索句，且征新声，作此两曲。石湖把玩不已，使二妓肄习之[1]，音节谐婉，乃名之曰《暗香》《疏影》。

旧时月色，算几番照我，梅边吹笛？唤起玉人，不管清寒与攀摘。何逊而今渐老，都忘却春风词笔[2]。但怪得竹外疏花，香冷入瑶席[3]。

江国，正寂寂[4]，叹寄与路遥，夜雪初积[5]。翠尊易泣，红萼无言耿相忆[6]。长记曾携手处，千树压、西湖寒碧[7]。又片片、吹尽也，几时见得？

【注释】　1.肄习：练习演唱。　2."何逊"二句：梁朝诗人何逊，字仲言，酷爱梅花，写过《咏早梅》诗。作者这里以何逊自拟，说年事渐增，昔日的文采才情渐减退。　3."但怪得"二句：谓竹外疏稀的梅花，清凉幽香不断侵入诗人幽雅的卧席，撩拨起他的诗兴。　4."江国"二句：江南雪夜寂静异常。　5."叹寄与"句：想折梅寄与所念之人，可惜路途遥远，积雪阻隔。暗用陆凯折梅赠范晔事。　6."翠尊"二句：面对精美的酒杯，易引起感伤，红梅虽默默无言，却忠诚地忆念玉人。翠尊，玉制酒杯。红萼，指梅。耿，忠诚地。　　7.“长记”二句：不由想起在西湖梅花盛开时节，曾和玉人在碧波荡漾的湖滨携手赏梅。

【评析】　　宋代骚人酷爱梅竹，白石咏梅之什颇多，《暗香》《疏影》尤为有名。本篇咏梅与忆人融为一体。发端追忆往昔爱梅赏梅豪兴，月下吹笛，玉人同赏，意境极美。“几番”见爱梅情趣由来有素，自拟何逊，笔锋转折，言咏梅才情大减。“香冷入瑶席”又转，落笔到赞赏石湖梅品之高雅。以下写折梅寄远，无法送达，红花无言，深念玉人。“长记”折回往昔，与上文“唤起玉人”挽结。几经转折，而以梅花将谢、玉人难见收煞。全篇句句不离梅花，处处借咏梅寄托怀人情思。以玉人衬映梅花，由梅花念及玉人。爱梅、赏梅、咏梅、寄梅、惜梅，咏物寄情，形神兼到，境界高洁，构思精巧。

疏　影

　　苔枝缀玉[1]，有翠禽小小[2]，枝上同宿。客里相逢，篱角黄昏，无言自倚修竹[3]。昭君不惯胡沙远，但暗忆江南江北。想佩环、月夜归来，化作此花幽独[4]。

　　犹记深宫旧事，那人正睡里，飞近蛾绿[5]。莫似春风，不管盈盈[6]，早与安排金屋[7]。还教一片随波去，又却怨玉龙哀曲[8]。等恁时、重觅幽香，已入小窗横幅[9]。

【注释】　1.“苔枝”句：长满苔藓的枝条上，点缀着洁白如玉的花朵。2.翠禽：翠鸟。《类说》引《异人录》说：唐赵师雄行经罗浮山遇美人，与之对饮，有绿衣童子戏舞其侧。赵师雄最后入睡，醒来见“大梅花树上有翠羽啾嘈相顾”，始知所遇乃梅花神，天明已化为鸟。这里化用这则故事写梅花。　3.“无言”句：梅花像幽居的佳人倚傍修竹。化用杜甫《佳人》诗：“天寒翠袖薄，日暮倚修竹。”　4.“昭君”四句：谓梅花乃佳人昭君灵魂所化。昭君，宫女王嫱，汉元帝把她远嫁匈奴。杜甫《咏怀古迹》诗写昭君，有“环佩空归月夜魂”之句。　5.“犹记”三句：指南朝宋武帝刘裕之女寿阳公主作梅花妆事，参欧阳修《诉衷情》注。蛾绿，蛾眉。　6.“莫似”二句：言不要像春风那样无情，毫不关照娇美的梅花。盈盈，形容女子仪态美好。《古诗十九首》：“盈盈楼上女。”此处代指梅花。　7.“早与安排”句：

谓对梅花要加倍珍惜，早予保护。《汉武故事》载，汉武帝刘彻年少时，其姑母指着自己的女儿阿娇问他：娶这样的媳妇如何？刘彻答道："若得阿娇作妇，当作金屋贮之。"　8."还教"二句：仍然禁不住梅花片片凋落，随水流逝，又会吹起哀怨的梅花曲。玉龙，笛名。哀曲，指笛曲《梅花落》。李白《与史郎中钦听黄鹤楼上吹笛》诗有"黄鹤楼中吹玉笛，江城五月落梅花"之句。　9."等恁时"二句：等那时再寻觅幽香的梅花，早已进入小窗旁的画幅之中了。

【评析】　这首咏梅词运化五则故事，咏唱梅花形神，表达出作者爱梅惜梅的诗情。上片侧重咏梅的品格。"缀玉""翠禽"，比梅花之形貌美，其中也运化梅神故事，以为衬映。"倚修竹"化用杜诗，赞梅神态高洁。再设想梅花魂为灵性美、命运薄的昭君精魄所幻化，从而突出了梅的优美、纯洁、孤高、幽独。下片侧重写梅的际遇。"飞近蛾绿"写落梅，以寿阳公主艳妆陪衬。"安排金屋"，呼唤惜梅与护梅。"一片随波去"，言终归凋落，当会有人鸣奏哀曲凭吊，到时欲觅幽香，则唯存纸面遗影而已。"犹记""莫似""早与""还教"等虚词，体现出诗人爱美护花的急切心情。以佳人象征烘托梅花，借客陪主，形神逼肖。赞美梅品，悯惜美好事物过早凋落，呼唤爱美护花情愫，为本篇整体意象所昭示的内在意蕴。至于历来论者所引申的多种寄托说，则自可见智见仁，不必胶柱鼓瑟。

姜　夔

翠楼吟

淳熙丙午冬，武昌安远楼成，与刘去非诸友落之，度曲见志。余去武昌十年，故人有泊舟鹦鹉洲者，闻小姬歌此词，问之，颇能道其事；还吴，为余言之，兴怀昔游，且伤今之离索也。

月冷龙沙[1]，尘清虎落[2]，今年汉酺初赐[3]。新翻胡部曲，听毡幕元戎歌吹[4]。层楼高峙，看槛曲萦红，檐牙飞翠。人姝丽，粉香吹下，夜寒风细。

此地宜有词仙，拥素云黄鹤，与君游戏[5]。玉梯凝望久，但芳草萋萋千里[6]。天涯情味，仗酒祓清愁，花消英气[7]。西山外，晚来还卷，一帘秋霁。

【注释】　1.龙沙：《后汉书·班超传赞》："坦步葱雪，咫尺龙沙。"后以龙沙泛指塞外，此指金人占领之地。　2.虎落：遮护城堡的篱笆，语出《汉书·晁错传》。　3."今年"句：《汉书·文帝纪》载，十六年九月，"得玉杯，刻曰'人主延寿'，令天下大酺"。酺，聚饮。据《宋史·孝宗本纪》，本年正月为高宗八十大寿，犒赐内外诸军一百六十万缗。　4."新翻"二句：谓新奏胡部乐曲，试听军帐中鼓吹喧天。胡部，本为唐代西凉地方乐曲。《新唐书·礼乐志》："开元二十四年，升胡部于堂上。"元戎，元帅。　5."此地"三句：谓此黄鹤所在地，当会有词仙乘白云黄鹤来此游赏题词。此地，指黄鹤山，其西北矶头有黄鹤楼，传说古仙人子安曾乘黄鹤过此，事见《齐谐记》。崔颢《黄鹤楼》诗有"昔人已乘黄鹤去，此地空余黄鹤楼"之句。6."但芳草"句：崔颢《黄鹤楼》诗有"芳草萋萋鹦鹉洲"之句。　7."仗酒祓"二句：凭靠酌酒赏花、留连光景消磨志气，排解闲愁。祓（fú），消除。

【评析】　词为落成安远楼而作。前五句总写时代形势和氛围。"月冷""尘清"，见边境寂静；赐酺，言朝野共庆；毡幕歌吹，言军营欢腾。既切"安远"二字，又为高楼铺垫背景。次六句正面写高楼景观。先勾勒其高耸，次状述其华美，再描绘其中人物之丽、歌吹之悠扬温馨，渲染出一派升平气象。以下驰骋想象，融入当地骚雅传说，发人以虚无飘渺之思。"玉梯凝望"五句，转写登楼感怀，倾吐芳草凄迷、天涯沦落之叹，"清愁""英气"，唯仗把酒、观花消解，失路之悲，溢于言表。末以晚秋景挽结，贯注离索之感。

杏花天

丙午之冬，发沔口。丁未正月二日，道金陵，北望淮楚，风日清淑，小舟挂席，容与波上¹。

绿丝低拂鸳鸯浦，想桃叶、当时唤渡²。又将愁眼与春风，待去，倚兰桡更少驻³。

金陵路，莺吟燕舞。算潮水知人最苦。满汀芳草不成归⁴，日暮，更移舟向甚处？

【注释】　1.沔口：汉水入长江处。淮楚：指淮水流域的安徽。姜夔有恋人在安徽合肥。　2."想桃叶"句：指与恋人在渡口分别。参贺铸《蝶恋花》注。　3.兰桡：兰桨，代指游船。　4."满汀"句：《楚辞·招隐士》："王孙游兮不归，春草生兮萋萋。"萋萋，草盛貌。

【评析】　起句即地写景，兴起怀人之思，继以当地桃叶唤渡故事暗喻合肥恋人。"愁眼""春风"，折回现境；"待去""少驻"，一纵旋收，写出难舍故地之矛盾心态。"金陵路"句点行踪，兼染春光之美，以乐景反衬。心系伊人，旧侣难会，滞留何益？唯潮水鸣咽，仿佛了解行人苦心，足见旅况孤单。感叹春深无归期，既而自问移舟何向，给人以一身漂泊、前路苍茫之感。

　　　　　　　　　　　　　　　　　　　宋词三百首

一萼红

丙午人日，余客长沙别驾之观政堂，堂下曲沼，沼西负古垣，有卢橘幽篁，一径深曲。穿径而南，官梅数十株，如椒如菽，或红破白露，枝影扶疏。着屐苍苔细石间，野兴横生，亟命驾登定王台，乱湘流入麓山。湘云低昂，湘波容与，兴尽悲来，醉吟成调。

古城阴，有官梅几许[1]，红萼未宜簪。池面冰胶，墙腰雪老，云意还又沉沉。翠藤共、闲穿径竹，渐笑语、惊起卧沙禽。野老林泉，故王台榭[2]，呼唤登临。

南去北来何事，荡湘云楚水，目极伤心。朱户粘鸡，金盘簇燕[3]，空叹时序侵寻。记曾共、西楼雅集，想垂柳、还袅万丝金。待得归鞍到时，只怕春深。

【注释】 1.官梅：官家所种之梅。杜甫《和裴迪登蜀州东亭》诗："东阁官梅动诗兴。" 2.故王台榭：汉长沙定王所筑之台。 3."朱户"二句：写人日节序风俗。《荆楚岁时记》载，人日"帖画鸡……于户上，悬苇索于其上，插桃符其傍，百鬼畏之"。《武林旧事》记立春供春盘，有"翠缕红丝，金鸡玉燕，备极精巧"。

姜　夔

【评析】　上片写游赏雅兴。起写"官梅""红萼""冰胶""雪老"，彤云阴沉，一派冬景，以"胶""老"状池水冻结，积雪不化，下字劲峭有力。抚藤穿竹，笑语惊禽，清寒郊野中顿现生机，活泼有致。林泉台榭，呼唤登临，点明野游雅兴深浓。下片写兴尽悲来，触发身世飘零之感。先言江湖浪迹，"湘云楚水"既点经行之地，又喻萍踪之象。次言节序风情，兼叹年光流逝。再忆往日欢情，当年雅集温馨难再，而今垂柳袅袅如昔，刻绘垂柳，当与合肥情人有关。末恐归来春晚，含好花艳姿不待人之意。"空叹""只怕"，均与"伤心"意脉相承。白石此词，序文隽雅有致，词章萧散蕴藉，两相映衬，浑融一体，宛如一篇情致深浓的游记小品。

霓裳中序第一

丙午岁，留长沙，登祝融，因得其祠神之曲，曰《黄帝盐》《苏合香》，又于乐工故书中得商调《霓裳曲》十八阕，皆虚谱无辞。按沈氏乐律《霓裳》道调，此乃商调；乐天诗云散序六阕，此特两阕，未知孰是。然音节闲雅，不类今曲。余不暇尽作，作《中序》一阕传于世。余方羁游，感此古音，不自知其辞之怨抑也。

亭皋正望极[1]，乱落江莲归未得。多病却无气力，况纨扇渐疏[2]，罗衣初索[3]。流光过隙[4]，叹杏梁、双燕如客[5]。人何在？一帘淡月，仿佛照颜色[6]。

幽寂，乱蛩吟壁[7]，动庾信、清愁似织[8]。沉思年少浪迹，笛里关山，柳下坊陌[9]。坠红无信息[10]，漫暗水、涓涓溜碧[11]。飘零久，而今何意、醉卧酒垆侧[12]。

【注释】 1.亭皋：湖边高地。 2.纨扇：细绢制成的团扇。 3.初索：谓夏衣开始闲置。 4.流光过隙：形容时光流逝之速。《庄子·知北游》："人生天地之间，若白驹之过隙。" 5."叹杏梁"句：言雕梁上的双燕春来秋去，犹如过客。杏梁，屋梁之美称。司马相如《长门赋》："饰文杏以为梁。"

姜 夔

6. "一帘"二句：言素淡的月色仿佛照见伊人容颜。此从杜甫《梦李白》诗"落月满屋梁，犹疑照颜色"化出。   7. 吟：指蟋蟀鸣叫。   8. "动庾信"句：触动庾信的纷乱愁思。庾信曾作《愁赋》，参袁去华《安公子》注。9. "笛里关山"二句：写少年浪迹各地，身世漂萍，在合肥杨柳巷陌结识恋人。姜夔二三十岁漫游江淮各地，后在合肥得遇情侣。笛里关山，出自杜甫《洗兵马》"三年笛里关山月"句。   10. 坠红：落花，暗喻情人。   11. "漫暗水"句：空见碧水暗自将落花缓缓流去。杜甫《夜宴左氏庄》有"暗水流花径"句。   12. "而今"句：谓而今再无醉卧酒垆之豪兴。酒垆，卖酒的土台子。《世说新语·任诞》载："阮公（籍）邻家妇有美色，当垆酤酒。阮与王安丰（戎）常从妇饮酒，阮醉，便眠其妇侧。夫始殊疑之，伺察，终无他意。"此处化用其事。

【评析】   上片写深秋旅况。登高骋望，秋深未归，多病乏力，秋寒渐进。秋气萧索，全借周围物象展示。"流光""双燕"，叹岁月匆迫，长年飘泊，以客喻燕，借燕写人。末以问句提唱，化用杜诗作答，以见怀人情切。下片写客馆羁愁。客况"幽寂"，促织声乱，触动纷乱离愁，以庾信自拟，涵盖无限家国愁、身世感。"沉思"以下，转入人生途程自我反思，笛声中跋涉关山，柳陌间欢会情侣，多少往事，烟萦梦回。"坠红"紧承"坊陌"，早年情缘如落花无信，往日温馨已暗逐流水。收拍以"飘零久"挽结过去，以再无豪情追求美缘总结"而今"，一腔钟情，无限凄恻。"飘零久"回应"归未得"，"望极""人何在""无信息"，意脉贯通无间，感叹飘零中织人怀人幽恨，真可谓"有裁云缝月之妙手，敲金戛玉之奇声"（毛晋《白石词跋》引范成大语）。

章良能

?
|
1214

　　字达之，丽水（今属浙江）人，家居吴兴，淳熙五年（1178）进士，历任枢密院编修、起居舍人，官至同知枢密院事、参知政事。有词一首，见《绝妙好词》。

小重山

柳暗花明春事深。小阑红芍药，已抽簪¹。雨余风软碎鸣禽²。迟迟日，犹带一分阴。

往事莫沉吟³。身闲时序好，且登临。旧游无处不堪寻。无寻处，惟有少年心。

【注释】　　1.抽簪：生出嫩蕊。簪，妇女插发的首饰，比喻嫩芽。　　2.碎鸣禽：形容鸟声啁哳细碎。杜荀鹤《春宫怨》："风暖鸟声碎，日高花影重。"3.沉吟：寻思，回味。

【评析】　　前段写春深景象，柳暗花明，芍药吐蕊，风软鸟噪，日光迟迟，句句切"深"字。后段写寻春心绪。强调把握当前，享受春光，不必留恋往事。末以旧游如昔而心境非旧对照言之，含"岁岁年年人不同"之慨。

刘 过

1154
—
1206

　　字改之，号龙洲道人，太和（今属江西）人。屡试不第，多次上书朝廷，陈奏恢复方略，不被采纳，布衣终生，流落江湖。辛弃疾闻其诗名，招请为客，两人时有唱和。词学稼轩，多健笔壮语，狂逸激越。有《龙洲词》，存八十余首。

唐多令

安远楼小集，侑觞歌板之姬黄其姓者，乞词于龙洲道人，为赋此。同柳阜之、刘去非、石民瞻、周嘉仲、陈孟参、孟容。时八月五日也。

芦叶满汀洲，寒沙带浅流。二十年重过南楼[1]。柳下系船犹未稳，能几日，又中秋。

黄鹤断矶头[2]，故人曾到否？旧江山浑是新愁。欲买桂花同载酒，终不似，少年游。

【注释】　1.“二十年”句：南楼初建时期，刘过曾漫游武昌，过了一段“黄鹤楼前识楚卿，彩云重叠拥娉婷”（《浣溪沙》）的豪纵生活。　2.黄鹤断矶：武昌西有黄鹤矶。断矶，形容矶头荒凉。

【评析】　起笔偶句写景，芦叶遍野，寒流绕沙，盖登楼所见，一派萧瑟。“重过”“未稳”，点行色匆匆，日月流驶。“矶头”与“南楼”相应。江山曰“旧”，愁曰“新”，由“重过”生发，见故国依然残破，时事令人担忧。以故即或对花把酒，终无昔日青春韶华之豪情逸兴矣。黄蓼园云：“武昌系与敌分争之地，重过能无今昔之感？词旨清越，亦见含蓄不尽之致。”（《蓼园词选》）

严　仁

　　字次山，号樵溪，邵武（今属福建）人，与严羽、严参号"邵武三严"。有《清江欸乃集》。存词三十首，见《中兴以来绝妙词选》。

木兰花

春风只在园西畔，荠菜花繁胡蝶乱。冰池晴绿照还空[1]，香径落红吹已断。

意长翻恨游丝短，尽日相思罗带缓[2]。宝奁如月不欺人[3]，明日归来君试看。

【注释】　1."冰池"句：形容池水光洁如冰，碧绿净莹，日光照射下更透明见底。　2.罗带缓：《古诗十九首》："相去日已远，衣带日已缓。"　3.宝奁：化妆匣，此指明镜。

【评析】　上片写春深。春风满园，花繁蝶乱，池水凝碧，落红铺径，暗示春晚、人静、岁月不居，景中融情。下片写愁浓。妙在不正面写人、写愁，而以间接、曲折笔法出之。"游丝短"，反衬离思之长；"罗带缓"，映现闺人之瘦；明镜决不欺人，郎君归来便知，则佳人为伊而憔悴之深情自在言外。"深情委婉，读之不厌百回。"(《白雨斋词话》)

俞国宝

临川（今江西抚州）人，淳熙间太学生。存词五首，见《阳春白雪》
《全芳备祖》。

风入松

一春长费买花钱，日日醉湖边。玉骢惯识西湖路[1]，骄嘶过、沽酒楼前。红杏香中箫鼓，绿杨影里秋千。

暖风十里丽人天[2]，花压鬓云偏。画船载取春归去，余情付、湖水湖烟。明日重扶残醉，来寻陌上花钿。

【注释】 1.玉骢：白马。 2.丽人天：谓丽人结队出游的季候。

【评析】 起写春日漫游，湖边买醉，骑马沿"西湖路"过"酒楼前"，纪游之笔，人物栩栩。"惯识""骄嘶"，借玉骢映现自我游兴深浓，情豪意惬。以下六句，写西湖游乐盛况，"红杏""绿杨"两句，色丽声喧，景物如画。"丽人""鬓云"，见暖风和煦，花丛中佳人如云。"画船"言游人暮归，雅兴未减。收拍拍合篇首，见日日寻花买醉。"陌上花钿"遗落，暗示游人繁盛，恣意寻欢。由游湖始，以明日重游收，上下片贯通，从个人游赏写到游湖人群，色彩明丽，景象流美，士女艳冶，充分反映出西湖游乐的富丽华贵。

张 镃

1153
|
?

字功甫，号约斋。祖籍陕西，徙居临安，宋将张俊曾孙。曾任司农寺丞、司农少卿等，后坐罪除名。曾卜居南湖，与姜夔有交往。有《南湖集》《南湖诗余》，存词八十余首。

满庭芳

促织儿

　　月洗高梧，露溥幽草¹，宝钗楼外秋深²。土花沿翠³，萤火坠墙阴。静听寒声断续，微韵转、凄咽悲沉。争求侣，殷勤劝织，促破晓机心⁴。

　　儿时曾记得，呼灯灌穴，敛步随音。任满身花影，独自追寻。携向华堂戏斗，亭台小、笼巧妆金⁵。今休说，从渠床下，凉夜伴孤吟⁶。

【注释】　　1.露溥：露水凝聚。《诗经·郑风·野有蔓草》："野有蔓草，零露溥兮。"溥，露水盛多之貌。　　2.宝钗楼：《邵氏闻见后录》卷十九："'箫声咽……'李太白词也。予尝秋日饯客咸阳宝钗楼上，汉诸陵在晚照中，有歌此词者，一坐凄然而罢。"宝钗楼，原为咸阳古迹，这里借指杭州张达可的楼台。　　3.土花沿翠：苔藓沿阶砌布下一行翠碧。　　4."促破晓"句：促尽织妇纺织到晓的心情。《太平御览》卷九百四十九引陆玑《毛诗疏义》谓蟋蟀："幽州人谓之促织，督促之言也。里语曰：'趣织鸣，懒妇惊。'"　　5."亭台"句：形容盛蟋蟀的笼子像亭台形状，精巧而饰以金线。王仁裕《开元天宝遗事》载："每至秋时，宫中妃妾辈皆以小金笼捉蟋蟀，闭于笼中，置之枕函

畔，夜听其声，庶民之家亦皆效之。" 6."从渠床下"二句：任凭蟋蟀隐蔽床下，伴人孤吟。《诗经·豳风·七月》："十月蟋蟀入我床下。"杜甫《促织》诗："促织甚微细，哀音何动人。草根吟不稳，床下夜相亲。"

【评析】 上片写蟋蟀鸣声。先刻画凉秋环境景物，起从天宇、草丛、阶砌、墙阴着笔，"月洗""露泞"，对句工，下字精。"静听"以下，形容鸣声凄怨；"求侣""劝织"，赋秋虫以人间感情，体味入微，极饶情趣。下片写儿时捕捉蟋蟀情状。以"儿时"领起，"呼灯灌穴"等八字，描绘四项动作，真切细微，笔笔入妙。"满身花影"状深入追寻，意象活灵活现。以下写戏斗蟋蟀，夜听鸣声，情景历历在目，毫发不爽，丝丝入扣，堪称"咏物之入神者"（《历代诗余》引周草窗语）。

宴山亭

幽梦初回，重阴未开，晓色催成疏雨。竹槛气寒，蕙畹声摇 [1]，新绿暗通南浦。未有人行，才半启回廊朱户。无绪，空望极霓旌 [2]，锦书难据。

苔径追忆曾游，念谁伴秋千，彩绳芳柱。犀帘黛卷 [3]，凤枕云孤，应也几番凝伫。怎得伊来，花雾绕、小堂深处。留住，直到老不教归去。

【注释】　1.蕙畹声摇：谓风掠花畦，芳草摇曳有声。蕙畹，种蕙草的田畦。《离骚》："余既滋兰之九畹兮，又树蕙之百亩。"　2.望极霓旌：谓望断云霓不见人归。《高唐赋》："霓为旌，翠为盖。"　3.犀帘黛卷：用犀角装饰的深碧色门帘卷起。

【评析】　开端写早春破晓庭院风物，阴云转成疏雨，寒侵竹栏，风掠花畦，绿草丛生，朱户半开，烘染出清寒寂落氛围。此为佳人梦回所面对的环境。"无绪"，见佳人无精打采。"空望"二句点明原因，盖来书不可信，凝望行人久久不归。过片承上，追忆往日相伴游乐的温馨生活。帘卷、枕孤云云，设想对方孤身在外，当也会凝神伫立，思念情人。"怎得伊来"，盼伊人心切，恨不一霎出现在眼前。结以永远"留住"，"到老不教归去"，直白之语，吐露尽深沉情结。

　　　　　　　　　　　　　　　　　　　　　　宋词三百首

史达祖

字邦卿，号梅溪，汴州（今河南开封）人。南宋宁宗时，韩侂胄平章军国事，筹划北伐，史达祖成为韩氏倚重的堂吏。韩侂胄遇害，他被株连，遭受黥刑。有《梅溪词》，存作品一百一十余首，张镃、姜夔为之作序。其词奇秀清逸，长于咏物，颇受当时人称赏。

绮罗香

咏春雨

　　做冷欺花¹，将烟困柳，千里偷催春暮。尽日冥迷，愁里欲飞还住。惊粉重、蝶宿西园，喜泥润、燕归南浦²。最妨他、佳约风流，钿车不到杜陵路³。

　　沉沉江上望极，还被春潮晚急，难寻官渡⁴。隐约遥峰，和泪谢娘眉妩⁵。临断岸、新绿生时⁶，是落红、带愁流处。记当日、门掩梨花⁷，剪灯深夜语⁸。

【注释】　1."做冷"句：言释放冷气使花受冻。陆龟蒙《早春雪中作吴体寄袭美》诗："迎春避腊不肯下，欺花冻草还飘然。"　2.喜泥润：秦观《沁园春》词："正兰皋泥润，谁家燕喜。"　3."钿车"句：讲究的车子也不出来游春。钿车，用金玉装饰的车子。杜陵，在长安东南，亦称乐游原。4."还被"二句：韦应物《滁州西涧》诗："春潮带雨晚来急，野渡无人舟自横。"　5."隐约"二句：写雨中春山如含泪佳人的眉黛一样美好。谢娘，唐朝李德裕的歌妓谢秋娘，后泛指美女。　6.新绿：指春水。韦庄《谒金门》词："春雨足，染就一溪新绿。"　7.门掩梨花：秦观《鹧鸪天》词："雨打梨花深闭门。"　8."剪灯"句：暗用李商隐"何当共剪西窗烛，却话巴山夜雨时"（《夜雨寄北》）诗意。

【评析】　　这是一首咏物名作。作者多角度穷形摄魄地刻绘春雨。先写近处雨景，除"尽日冥迷"两句正面着墨外，余多借花、柳、蝶、燕，侧面显示。妨碍"佳约"，则从影响游春方面说。下片为远处雨景。春潮、远山、断岸，一处一景，无不是春雨风光。收拍剪取李商隐剪烛夜话诗意，暗含雨字，巧妙点题，咏雨隐寓惜春情悰。全篇"欺花""困柳""催春""落红"云云，均将情思融入描写之中，不露痕迹，下字精美。"和泪谢娘眉妩"，以眉黛与泪合写雨中远山，美妙入神。无一字不切"雨"字，却全文不见"雨"字，结尾始出"雨"字，而又不露字面，绮合绣联，巧夺天工。

史达祖

双双燕

咏　燕

过春社了，度帘幕中间，去年尘冷¹。差池欲住²，试入旧巢相并。还相雕梁藻井³，又软语商量不定。飘然快拂花梢，翠尾分开红影⁴。

芳径，芹泥雨润⁵。爱贴地争飞，竞夸轻俊⁶。红楼归晚，看足柳昏花暝。应自栖香正稳，便忘了天涯芳信⁷。愁损翠黛双蛾，日日画阑独凭。

【注释】　1.“过春社”三句：言过了春社，双燕回归帘前，感到去年旧居有些冷清。春社，春分前后祭祀土地神，以祈丰收，叫春社。　2.差池：形容羽翼不齐。《诗经·邶风·燕燕》：“燕燕于飞，差池其羽。”　3.“还相”句：又仔细端详雕花的栋梁和绘有花纹图案的天花板。藻井，今称天花板，古称藻井或绮井（见《梦溪笔谈》卷十九）。　4.“飘然”二句：写燕子轻盈地飞度花梢，穿越花丛。　5.芹泥：草地上的泥土。杜甫《徐步》诗：“芹泥随燕嘴。”　6.轻俊：轻盈俊俏。　7.“应自”二句：燕子在香窝里睡得正酣，忘记了给思妇带回远方的讯息。江文通杂体诗《李都尉陵》：“袖中有短书，愿寄双飞燕。”

【评析】　　这是一篇咏双燕的绝唱。通篇白描，写得精妙传神。上片写燕子阳春飞回旧宅，颇感清冷，欲住而犹疑不决，端详雕梁画栋，窃窃私语商量，之后飞拂花梢，穿越花丛，投宿故巢。下片写留居后生活美满，双双衔泥修巢，贴地飞翔，观花赏柳，流连郊原，天晚归巢双栖，安稳甜美。双燕陶醉于幸福中，忘记捎回远方佳音，害得红楼佳人愁锁双眉，望眼欲穿。这首咏物词妙处在于将禽鸟人格化，赋予双燕以人的感情灵性，它们如同一对热恋的情人，双飞双栖，甜美温馨。"软语商量不定""翠尾分开红影"，写燕语、燕飞，传神入妙，巧极天工。篇末以双双春燕与孤栖愁损佳人对照，透露人间幽恨。人生愁恨多，何如燕自由？意蕴何等深长！句句写燕，通篇不出"燕"字，处处使人看到燕的动作、形态、情韵，手法之工，令人叫绝。

东风第一枝

春 雪

巧沁兰心，偷粘草甲[1]，东风欲障新暖[2]。漫凝碧瓦难留[3]，信知暮寒犹浅[4]。行天入镜[5]，做弄出、轻松纤软[6]。料故园、不卷重帘，误了乍来双燕。

青未了、柳回白眼，红欲断、杏开素面[7]。旧游忆著山阴[8]，后盟遂妨上苑[9]。寒炉重熨，便放慢、春衫针线。怕凤靴挑菜归来，万一灞桥相见[10]。

【注释】 1."巧沁"二句：雪花沁入兰花之心，沾上野草之叶。 2."东风"句：谓春雪想挡住东风带来的春暖。 3."漫凝"句：谓随便凝结于屋瓦，很快融化。 4.暮寒：祖咏《终南望余雪》："林表明霁色，城中增暮寒。" 5.行天入镜：化用韩愈《春雪》诗"入镜鸾窥沼，行天马渡桥"句，意谓雪中鸾窥沼如入镜，马渡桥如行天。 6."做弄出"句：仿佛铺展出又轻松又细软的地毯。 7."青未了"二句：谓柳欲吐青芽，杏将发红蕊，却因蒙雪而变白、着素。 8."旧游"句：用王子猷雪中访戴事。《世说新语·任诞》："王子猷（徽之）居山阴，夜大雪……忽忆戴安道，时戴在剡，即便夜乘小船就之。经宿方至，造门不前而返。" 9."后盟"句：用司马相

如雪天应约赴梁王兔园宴会而迟到的故事。谢惠连《雪赋》："梁王不悦，游
于兔园，乃置旨酒，命宾友……相如末至，居客之右。俄而微霰零，密雪
下。" 10."怕风靴"二句：意谓怕女士挑菜节归来，在桥上又遇到下雪。唐
代风俗，二月初二赴曲江拾野菜，谓挑菜节。又孙光宪《北梦琐言》卷七载，
郑綮自谓"诗思在灞桥风雪中驴子上"。此处融合两则典故，言初春挑菜，犹
怕风雪。

【评析】 　开篇写雪落沁兰沾草，欲碍春暖；继写屋瓦雪花难结易融；再写薄
雪铺地，轻软纤细；末写寒气袭人，屋帘不卷，乍妨燕归。上片全就春雪降
落情景着笔，"巧沁""偷粘""难留""纤软"，下字精巧，句句写"雪"，处
处切"春"雪，唯"春雪"方有如此情景。下片写春雪给花草万象着上的特
异景观。写杨柳、杏花，着以"白眼""素面"，想象新巧。接写春雪对人间
的影响，化用雪中访戴、冒雪赴宴故事，语极凝练，内涵丰实。末以"重熨"
熏炉，放慢针线，恐妨挑菜收结，织入如许人间风情，见出诗思联翩，笔锋
机敏，咏物而不留滞于物。句句写雪却全章不见"雪"字，构思精巧，笔触
细腻，绘形摄神，允称咏物名作。

喜迁莺

月波疑滴[1]，望玉壶天近，了无尘隔[2]。翠眼圈花[3]，冰丝织练[4]，黄道宝光相直[5]。自怜诗酒瘦[6]，难应接许多春色。最无赖，是随香趁烛，曾伴狂客[7]。

踪迹，漫记忆，老了杜郎，忍听东风笛[8]。柳院灯疏，梅厅雪在，谁与细倾春碧[9]？旧情拘未定，犹自学当年游历。怕万一，误玉人夜寒帘隙[10]。

【注释】 1."月波"句：月之光波晶莹欲滴。李群玉《湘西寺霁夜》诗："月波荡如水。" 2."望玉壶"二句：形容天宇清空无尘。朱华《海上生明月》诗："影开金镜满，轮抱玉壶清。" 3."翠眼"句：形容彩灯转动，如翠柳之眼，如百花旋转。 4."冰丝"句：形容月轮寒光犹如细丝织就的白绸。沈约《登台望秋月》："秋月光如练。" 5."黄道"句：写月光与灯光交相辉映。黄道，代指月光。张籍《夏日可畏》诗："禁城千品烛，黄道一轮孤。"宝光，指灯光。 6."自怜"句：杜甫《暮登四安寺钟楼寄裴十迪》诗："知君苦思缘诗瘦。" 7."最无赖"三句：写不惯于随香气趁花灯陪人狂游。无赖，无奈之意。 8."老了"二句：以杜牧自拟，谓年已衰老，无心狂欢，不忍追怀过去。杜牧《题元处事高亭》诗："何人教我吹长笛，与倚春风弄月明。"9.春碧：酒名。范成大《七夕至叙州登锁江亭山谷谪居时屡登此亭有诗四篇敬用其韵》诗："我来但醉春碧酒，星桥脉脉向三更。"自注："郡酝旧名重碧，取杜子美《东楼诗》（按：即《宴戎州杨使君东楼》）'重碧酤春酒'之句，余更其名春碧，语意便胜。" 10."旧情"四句：言旧情未了，犹学当年旧地重游，以免万一误了玉人寒夜窗前等待之情。张炎《词源》引此作"旧情未定，犹自学当年游历。怕万一、误玉人夜寒，窗际帘隙"。按：词谱末二句应为五、四句式，应补"窗际"二字。

【评析】　　此篇为节序词名作，起六句描写明月、彩灯，交互辉映，着力突现其光洁清寒，无意渲染元宵繁闹。以下自叹耽诗、病酒、消瘦之身，难以接应春光，并以无心伴随狂客寻欢追笑顿住。过片追怀往昔，以杜牧自拟，言人已衰迟，何堪临风听笛？然毕竟往事萦回，旧情难忘，不禁步寻陈迹，徘徊柳院梅厅，唯酒边人远，孤寂难耐。"旧情""自学当年"云云，补叙出游之因。"怕万一"，乃绝望中之怅望，以聊作自慰语收结。全词感情起伏周折，景物宛丽如画。上片略略一染"春色"，下片具体抒发"难应接"心态，字句间浮荡着清愁幽怨。

三姝媚

烟光摇缥瓦¹，望晴檐多风，柳花如洒。锦瑟横床²，想泪痕尘影，凤弦常下³。倦出犀帷⁴，频梦见、王孙骄马。讳道相思，偷理绡裙，自惊腰衩⁵。

惆怅南楼遥夜⁶，记翠箔张灯⁷，枕肩歌罢。又入铜驼，遍旧家门巷，首询声价⁸。可惜东风，将恨与闲花俱谢。记取崔徽模样⁹，归来暗写。

【注释】　1.“烟光”句：形容烟光笼罩下缥瓦闪烁。缥瓦，淡青色琉璃瓦。皮日休《奉和鲁望早春雪中作吴体见寄》诗："全吴缥瓦十万户。"　2.锦瑟：装饰华美的瑟。　3.“想泪痕”二句：谓泪痕与尘灰积落凤弦之上。　4.犀帷：旧以犀形物镇住帷幕，称犀帷。杜牧《杜秋娘》："虎睛珠络褓，金盘犀镇帷。"　5.自惊腰衩：为衣裙渐宽而吃惊。衩，衣下端之开叉者。　6.惆怅南楼：罗邺《惜春》诗："独在南楼最惆怅，柳塘飞絮更纷纷。"　7.翠箔：绿色帘幕。　8.“又入”三句：谓寻访繁华街道、旧时门巷，打听伊人消息。铜驼，洛阳有铜驼街，为繁华处，此指杭州。　9.崔徽：元稹《崔徽歌》序云："崔徽，河中府娟也。裴敬中以兴元幕使蒲州，与徽相从累月，敬中便还。崔以不得从为恨，因而成疾。有丘夏善写人形，徽托写真寄敬中曰：'崔徽一旦不及画中人，且为郎死。'发狂卒。"这里以崔徽殉情喻伊人。

【评析】　开篇三句写寻访伊人时景象，缥瓦、晴檐，柳絮纷飞，荡魂摇魄，心神不定。望见锦瑟横床，物是人非。"想"字直贯上片，从对方着笔，言伊人泪滴尘封，无心理弦；懒出闺帏，结想成梦；藏情内心，顾影自怜。"倦出""讳道""偷理""自惊"，层层推进，伊人娇痴无奈之态、执着不移之情，跃然纸上。换头转入追忆，当年翠幕灯下的温馨、枕肩而歌的柔媚，历历在目。"又入"折回今日旧地重访。"可惜"二句，言春间伊人抱恨而逝，与"锦瑟横床"遥相呼应，凝聚了物是人非之痛。末融化崔徽留影殉情故事，抒发绵绵无尽之长恨。"记取"，言外未见所爱遗容，归后唯可凭昔日印象"暗写"，留作永恒纪念。

秋 霁

　　江水苍苍，望倦柳愁荷，共感秋色。废阁先凉，古帘空暮[1]，雁程最嫌风力。故园信息，爱渠入眼南山碧[2]。念上国[3]，谁是、脍鲈江汉未归客[4]。

　　还又岁晚、瘦骨临风，夜闻秋声，吹动岑寂[5]。露蛩悲、青灯冷屋，翻书愁上鬓毛白。年少俊游浑断得[6]，但可怜处，无奈苒苒魂惊，采香南浦，剪梅烟驿[7]。

【注释】　　1.古帘空：姜夔《秋宵吟》词："古帘空，坠月姣，坐久西窗人悄。"　2."爱渠"句：谓爱他南山一片翠碧。刘得仁《春日雨后作》诗："北阙明如昼，南山碧动人。"　3.上国：指京都临安。　4."谁是"句：言自己流落江汉不得归乡。杜甫《江汉》诗："江汉思归客，乾坤一腐儒。"脍鲈，自比张翰。　5.吹动岑寂：谓吹动寂寞寥落之情。　6."年少"句：谓年少时的遨游俊赏全然与己无干。　7."但可怜"四句：意谓只可惜南浦送客、剪梅寄远的往事，还时而牵惹神魂。苒苒，状神魂飘忽。采香南浦，周邦彦《红罗袄》词："采花南浦，蜂蝶须知。"剪梅烟驿，暗用陆凯折梅赠范晔事。

【评析】　　一起六句，绘出一派秋色，江水苍茫，秋风强劲，"倦""愁""废""古"，景物着情，给人以萧索牢落之感。"故园""上国"，写怀思故乡、系念京华、身世飘零的感喟。下片专写羁愁旅思。岁晚人瘦，秋风萧飒，寒蛩悲鸣，屋冷灯青，翻书解闷，愁侵鬓毛，说尽驿馆凄苦、游子落拓。"年少"以下，追怀往昔俊游，南浦送客、烟驿寄梅，情景历历在目。"年少"旧事虽牵动游魂，而今已无心再扬雅兴，惟可抱膝独温、顾影自怜而已。景物凄冷，意象萧飒，宛如一篇深秋羁愁赋。

史达祖

夜合花

　　柳锁莺魂，花翻蝶梦[1]，自知愁染潘郎[2]。轻衫未揽，犹将泪点偷藏。念前事，怯流光，早春窥、酥雨池塘[3]。向消凝里[4]，梅开半面，情满徐妆[5]。

　　风丝一寸柔肠[6]，曾在歌边惹恨，烛底萦香。芳机瑞锦，如何未织鸳鸯[7]。人扶醉[8]，月依墙，是当初、谁敢疏狂！把闲言语，花房夜久，各自思量。

【注释】　1.蝶梦：梦的美称。《庄子·齐物论》："昔者庄周梦为胡蝶，栩栩然胡蝶也。"　2.潘郎：指潘岳。晋潘岳美姿容，尝乘车外出，妇女掷果盈其车。其《秋兴赋》序云："余春秋三十有二，始见二毛。"意谓为愁所苦，早生白发。　3.酥雨：滑腻疏松的小雨。韩愈《早春呈水部张十八员外》诗："天街小雨润如酥。"　4.消凝：消魂凝思之意。　5."梅开"二句：谓梅花初开，犹徐妃之半面妆。《南史·元徐妃传》：梁元帝妃徐氏，"以帝眇一目，每知帝将至，必为半面妆以俟，帝见则大怒而出"。妃与暨季江淫通，季江叹曰："徐娘虽老，犹尚多情。"李商隐《南朝》诗："休夸此地分天下，只得徐妃半面妆。"　6."风丝"句：谓柔肠如风中细丝。　7."芳机"二句：杜牧《鸳鸯》诗："锦机争织样，歌曲爱呼名。"　8.人扶醉：周邦彦《绮寮怨》词："上马人扶残醉，晓风吹未醒。"

【评析】　　这首恋情词，上片写当前失恋的痛苦，下片忆往昔恋情生活的温馨。起二句，既写春光美妙，又隐喻春意撩拨情愁，"锁"魂、"翻"梦，耐人体味。继接以"愁染"云云，以下描述愁苦之状：未披轻衫，即偷滴酸泪；缅怀前事，怯对流光；窥见池塘春雨，梅蕊半开，更想起伊人，消魂凝思，愁情无限。换头转入忆旧。歌边烛底，惹恨萦香，二句绮艳精美，其中包蕴多少缱绻缠绵温情。"瑞锦""未织"，暗示好事未成，怅然一问，含恨无穷。"扶醉""倚墙""花房"，当年幽会情事，铭心刻骨。由今日之单方思恋，追溯往日两情绵密，情景交融，意象艳美。卓人月《古今词统》评起句云"香生九窍，美动七情"，不为溢美。

史达祖

玉胡蝶

晚雨未摧宫树，可怜闲叶，犹抱凉蝉¹。短景归秋²，吟思又接愁边。漏初长、梦魂难禁，人渐老、风月俱寒。想幽欢，土花庭甃³，虫网阑干⁴。

无端啼蛄搅夜⁵，恨随团扇⁶，苦近秋莲⁷。一笛当楼，谢娘悬泪立风前⁸。故园晚、强留诗酒⁹，新雁远、不致寒暄。隔苍烟、楚香罗袖，谁伴婵娟？

【注释】　1.凉蝉：江总《明庆寺》："山阶步皎月，涧户听凉蝉。"　2.短景：指秋间昼短。杜甫《从驿次草堂复至东屯茅屋》："短景难高卧，衰年强此身。"　3.庭甃（zhòu）：庭中砖瓦所砌之井或池。甃，井壁。赵长卿《喜迁莺·上魏安抚》："动帘幕飞梧，乱飘庭甃。"　4.虫网阑干：虫网纵横。周邦彦《大酺》："虫网吹粘帘竹。"　5.啼蛄：指蝼蛄，俗称土狗。　6.恨随团扇：谓恨随团扇而生。《玉台新咏》卷一班婕妤《怨诗》："新裂齐纨素，鲜洁如霜雪。裁为合欢扇，团团似明月。"　7.苦近秋莲：晏几道《生查子》："遗恨几时休，心抵秋莲苦。"　8.谢娘：唐代妓女谢秋娘，此借指伊人。9."故园"句：《南史·袁粲传》："独步园林，诗酒自适。"

【评析】　开端三句烘染环境，闲叶抱蝉，既状秋景凄冷，又喻身世萧瑟。

"吟思"以下过渡到抒感写怀，梦难禁，人渐老，怀旧之深，憔悴之甚，脱口而出。"想"字带出意中景，追念往日欢情，琼楼金谷，转眼荒残，何胜怅叹！换头再写夜景，"恨""苦"，借"团扇""秋莲"为喻，个中滋味，联想不尽。由耳边笛声，触发伊人影像浮现眼前。"故园"与"宫树"呼应，"诗酒"与"吟思"相承。"雁远"无由致候，故以悬想对方现况收结。情景相生，哀感顽艳，今昔感、相思情，写来淋漓尽致。

八　归

秋江带雨，寒沙萦水，人瞰画阁愁独。烟蓑散响惊诗思，还被乱鸥飞去，秀句难续。冷眼尽归图画上，认隔岸、微茫云屋。想半属、渔市樵村，欲暮竞燃竹[1]。

须信风流未老，凭持尊酒，慰此凄凉心目。一鞭南陌，几篙官渡[2]，赖有歌眉舒绿[3]。只匆匆残照，早觉闲愁挂乔木。应难奈故人天际，望彻淮山，相思无雁足[4]。

【注释】　1."想半属"二句：谓猜想大半是渔樵村落傍晚燃竹做饭。柳宗元《渔翁》："渔翁夜傍西岩宿，晓汲清湘燃楚竹。"　2."一鞭"二句：谓由车行改舟行，路途辛苦。　3."赖有"句：谓幸有歌者舒眉演唱。古以黛绿画眉，"舒绿"指展眉。　4."应难奈"三句：谓有故人远在天边，望尽淮山，而不得书信。淮山，扬州一带的山。雁足，指书信，参徐伸《二郎神》注。

【评析】　开篇"秋江""寒沙"，略点时地，"人瞰"句落笔到自我，总揽全篇。"烟蓑""乱鸥"，江面近景；"云屋""渔市"，对岸远景，均从"瞰"字出。风物如画图，画中有人物。上阕侧重写景，下阕侧重写情。"风流未老"，作一开解，持酒自慰，听歌消愁，正为"风流"申说。"只匆匆"以下作一跌宕，言光阴荏苒，终致远眺生愁。煞拍再加展延，关念故乡迢遥、亲故无信，从对面着笔，愈见一己念远情挚。"后半一起一落，宕往低徊，极有韵味。"（陈廷焯《白雨斋词话》）

　　　　　　　　　　　　　宋词三百首

刘克庄

1187
—
1269

　　字潜夫，号后村，莆田（今属福建）人。理宗淳祐六年（1246）赐
进士出身。曾任建阳知县、袁州知州，仕途历经波折，官至工部尚书，以
龙图阁学士致仕。存词一百三十余首，收入《后村先生大全集》。后村词
多反映现实，鼓吹恢复，志在有为。艺术上豪迈奔放，雄健疏宕，以文为
词，喜欢用典，时有议论过多之处。

生查子

元夕戏陈敬叟 ¹

繁灯夺霁华 ²，戏鼓侵明发 ³。物色旧时同，情味中年别 ⁴。
浅画镜中眉，深拜楼西月。人散市声收，渐入愁时节。

【注释】　1.陈敬叟：陈以庄，字敬叟，号月溪，福建建安人。《后村先生大
全集》卷九十四有《陈敬叟集序》，称其诗"才气清拔，力量宏放，险夷浓
淡，深浅密疏，各极其态，不主一体"。　2.霁华：指明月。　3.明发：《诗
经·小雅·小宛》："明发不寐。"明发，谓天发亮。　4."情味"句：《世说
新语·言语》载，谢安语王羲之曰："中年伤于哀乐，与亲友别，辄作数日
恶。"

【评析】　起二句从视觉、听觉写灯节繁闹，三、四句言人到中年，物象虽如
往时而心境已经不同。五、六句言闺人对镜化妆，拜月祈福，七、八句谓人
散夜静，乐极生愁。了了数语，写出迟暮之年对热闹节序的寂落感受。

　　　　　　　　　　　　　　　宋词三百首

贺新郎

端　午

深院榴花吐，画帘开、练衣纨扇 [1]，午风清暑。儿女纷纷夸结束，新样钗符艾虎 [2]。早已有、游人观渡 [3]。老大逢场慵作戏 [4]，任陌头年少争旗鼓，溪雨急，浪花舞。

灵均标致高如许 [5]，忆生平、既纫兰佩 [6]，更怀椒糈 [7]。谁信骚魂千载后，波底垂涎角黍 [8]。又说是、蛟馋龙怒。把似而今醒到了，料当年醉死差无苦 [9]。聊一笑，吊千古。

【注释】　1.练衣：葛布衣。纨扇：绸扇。　2.钗符艾虎：迎接端午的装饰物。《抱朴子》："五月五日，剪彩作小符，缀髻鬟，为钗头符。"《山堂肆考》卷十一："端午以艾为虎形，或剪彩为虎，粘艾叶以戴之。"　3.观渡：宗懔《荆楚岁时记》注："五月五日竞渡，俗为屈原投汨罗日，人伤其死，故并命舟楫以拯之。……州将及土人，悉临水而观之。"　4."老大"句：谓年高懒于逢场作戏。《景德传灯录》卷六："邓隐峰对云：'竿木随身，逢场作戏。'"　5.灵均标致：指屈原的风度。屈原小字灵均。　6.纫兰佩：《离骚》："纫秋兰以为佩。"　7.怀椒糈：谓携带香料与精米。《离骚》："巫咸将夕降兮，怀椒糈而要之。"　8.垂涎角黍：喜吃粽子。《记纂渊海》卷二引《岁时记》："端

刘克庄

午……以菰叶裹黏米，谓之角黍。……或云亦为屈原，恐蛟龙夺之，以五彩线缠饭投水中。" 9."把似"二句：言假如屈原独醒至今日，犹不如当年醉死之略无痛苦。把似，犹假如。

【评析】　上阕写端午竞渡热闹景况。起三句从"榴花""纨扇"映现端午季候。"儿女"三句，描述年轻人纷纷束装打扮前往"观渡"情景。"老大"句作一反衬，"旗鼓""浪花"，竞渡盛况，宛然在目。下阕对划船竞渡、角黍沉江发抒议论。言屈原平生风度高洁，骚魂必不留意于祭品，"蛟馋龙怒"，相与争食，无非后人假想，独醒岂如"醉死"？唯可聊发一笑，凭吊千古伟人。全词节序风情浓郁，议论警拔超迈，写大场面笔酣墨饱。

　　　　　　　　　　　　宋词三百首

贺新郎

九　日

　　湛湛长空黑[1]，更那堪、斜风细雨[2]，乱愁如织。老眼平生空四海，赖有高楼百尺[3]。看浩荡、千崖秋色。白发书生神州泪，尽凄凉、不向牛山滴[4]。追往事，去无迹。

　　少年自负凌云笔[5]，到而今、春华落尽，满怀萧瑟。常恨世人新意少，爱说南朝狂客，把破帽、年年拈出[6]。若对黄花孤负酒，怕黄花也笑人岑寂。鸿北去，日西匿[7]。

【注释】　1.湛湛：厚重貌。湛，浓厚。　2.斜风细雨：张志和《渔父》："斜风细雨不须归。"　3.高楼百尺：《三国志·陈登传》载，刘备与许汜评议天下人才，许汜言陈元龙无客主之意，自上大床，使客卧下床。刘备云："君求田问舍，言无可采……如小人，欲卧百尺楼上，卧君于地，何但上下床之间邪！"参辛弃疾《水龙吟》注。　4."白发"二句：意谓书生忧念中原的眼泪，不向牛山无谓抛洒。牛山，在山东临淄，春秋时，"景公游于牛山，北临其国城而流涕，曰：'若何滂滂去此而死乎？'"（《晏子春秋·内篇谏上》）。杜牧《九日齐山登高》诗："古往今来只如此，牛山何必独沾衣。"　5."少年"句：谓少年以才华自负。杜甫《戏为六绝句》："庾信文章老更成，凌云健笔意纵横。" 6."爱说"二句：意谓人们登高爱用孟嘉落帽典故，陈陈相因。《晋书·孟嘉传》载，九月九日，桓温宴龙山，"僚佐毕集。时佐吏并着戎服。有风至，吹（孟）嘉帽堕落，嘉不之觉"。 7.日西匿：江淹《恨赋》："白日西匿。"

【评析】 起处破空而来，绘出一幅长空昏暗、细雨淋漓之景。"老眼"三句，既见天宇空阔、秋色无际，又映衬词人眼高心旷，忧思茫茫。"白发书生神州泪"，一笔点睛，为全章主脑。"不向牛山滴"，进一步补足为国忧伤的高尚襟怀。过片由"白发书生"发挥，"少年"衬托"而今"，"凌云"反跌"萧瑟"。感叹世人因袭旧典，难出新意，"把破帽"句，下句奇突，豪气逼人。黄花笑人，忽推出婉媚意象，宣发萧瑟情怀。收拍与上片煞尾挽合，深化往事悠悠、英雄失路、岁月迟暮之慨。浩渺恢阔的笔势，难掩抑塞跌宕的襟抱，正是萧飒时代氛围之投影。

木兰花

戏林推

年年跃马长安市¹，客舍似家家似寄²。青钱换酒日无何³，红烛呼卢宵不寐⁴。

易挑锦妇机中字，难得玉人心下事⁵。男儿西北有神州，莫滴水西桥畔泪⁶。

【注释】　1.长安：借指南宋都城临安。　2.“客舍”句：谓友人视酒馆如家，把家当成旅店。　3.“青钱”句：谓日日青钱买酒而醉，无所事事。杜甫《逼仄行赠毕四曜》：“速宜相就饮一斗，恰有三百青铜钱。”　4.呼卢：指赌博。得头彩高声大喊叫呼卢。晏几道《浣溪沙》：“床前红烛夜呼卢。”　5.“易挑”二句：谓妻子的爱情十分真挚，歌女的心意难以捉摸，劝友人珍惜爱情。锦妇，指妻子。用窦滔妻苏氏织锦图事，参柳永《曲玉管》注。玉人，指妓女。　6.“男儿”二句：谓男儿应以国事为重，莫在青楼妓馆轻洒离别之泪。水西桥，指游乐繁华、妓女聚居之地。

【评析】　上片谓友人跃马京邑，纵酒赌博，无所事事，放浪不检。以客舍为家，以家室为旅，亲疏颠倒，虚掷光阴，令人悯惜。下片妻室与妓女对举，西北神州与水西桥畔并列，措辞委婉，而箴规之意甚明。作者希望友人从沉迷游乐的生活中解脱出来，以“男儿”气概面对国难，立足进取，有所作为。辞谐意庄，期待殷殷，寓刚于柔，词格高尚。

刘克庄

卢祖皋

字申之，又字次夔，号蒲江，永嘉（今属浙江）人。庆元五年（1199）进士，曾官军器少监、权直学士院。有《蒲江词稿》，存词九十余首。

江城子

　　画楼帘幕卷新晴，掩银屏，晓寒轻。坠粉飘香[1]，日日唤愁生。暗数十年湖上路，能几度、著娉婷[2]？

　　年华空自感飘零，拥春酲[3]，对谁醒？天阔云闲，无处觅箫声。载酒买花年少事，浑不似、旧心情。

【注释】　　1.坠粉飘香：形容春花凋残。　　2.著娉婷：谓与歌女相伴同游。3.春酲：春日酒醒微困的状态。

【评析】　　一起写春晨室内感受，继由落花引发闲愁，暗思十年游赏，欢情无几。换头发出长久"飘零"，与"十年湖上路"相应。酒醒无人可对，天阔无乐可赏，见出境况孤寂，再加年华渐老，则愈无心追随年少寻欢取乐矣。况周颐谓："后段与龙洲'欲买桂花同载酒，终不似，少年游'可称异曲同工。"（《蕙风词话》）

宴清都

春讯飞琼管[1]，风日薄[2]，度墙啼鸟声乱。江城次第[3]，笙歌翠合，绮罗香暖。溶溶涧渌冰泮，醉梦里、年华暗换。料黛眉、重锁隋堤，芳心还动梁苑[4]。

新来雁阔云音[5]，鸾分鉴影[6]，无计重见。啼春细雨，笼愁淡月，恁时庭院[7]。离肠未语先断，算犹有、凭高望眼。更那堪衰草连天，飞梅弄晚。

【注释】 1.“春讯”句：谓律管带来春讯。琼管指竹管，古以竹或铜制成律管，以芦灰实之，候至则灰飞管通。 2.风日薄：指风轻日淡。 3.次第：犹转眼，意谓很快。 4.梁苑：汉梁孝王刘武所筑苑囿，在今河南开封市东南，一名梁园，李白有《梁园吟》。 5.雁阔云音：鸿雁高翔，鸣声来自云端。 6.鸾分鉴影：谓镜中两人之影分割两地。鸾，指鸾镜。 7.恁时：此时。

【评析】 起三句写春色渐临，禽鸟齐唱；继三句写歌舞游乐，锦衣成群；“涧渌”言溪水冰溶，拍合“春讯”。值此春色向荣、歌舞兴作之际，设想伊人当会心潮起伏、神魂不定，故结以黛眉对隋堤而紧锁，芳心慕梁苑而难静。过片点出分离之恨，“雁阔”，见音讯杳杳，“鸾分”，见形影孤单。“细雨”“淡月”，以庭院景色渲染氛围。“离肠”断，犹欲凭“望眼”凝盼，收拍以凄迷景结，愈见离恨深重，莫可奈何。

潘牥

1205
|
1246

字庭坚，号紫岩，福州富沙（今属福建）人。端平二年（1235）进士。历官太学正、潭州通判，为人豪宕不羁。周密《齐东野语》记其逸事。有《紫岩集》，有辑本《紫岩词》，存词五首。

南乡子

题南剑州妓馆

生怕倚阑干，阁下溪声阁外山。惟有旧时山共水，依然，暮雨朝云去不还[1]。

应是蹑飞鸾[2]，月下时时整佩环[3]。月又渐低霜又下，更阑，折得梅花独自看。

【注释】　1.暮雨朝云：化用宋玉《高唐赋》"旦为朝云，暮为行雨"语，代指丽人。　2.蹑飞鸾：指乘鸾飞升，成为仙人。　3."月下"句：杜甫《咏怀古迹》五首之三，有"环佩空归月夜魂"之句。

【评析】　起句写词人心情，"怕倚阑干"。以下倒点其因，水声山色，往时共赏，景象依旧，而伊人犹雨散云飞，一去不还，令人怆然神伤。作者对佳丽辞世，无法相信，猜想她会乘鸾飞升，月宫仙界，环佩楚楚。然而仙影难睹，唯有独看梅花，回味其人高洁韶秀。月低、霜下，足见夜深难寐。一派痴情，几经转折，境极冷艳，语至凄楚，正如况周颐所云："小令中能转折，便有尺幅千里之势。""歇拍尤意境幽瑟。"（《蕙风词话》续编卷一）

陆　睿

陆睿，字景思，号云西，会稽（今浙江绍兴）人。绍定五年（1232）进士，曾任起居舍人、集英殿修撰等。存词三首。

瑞鹤仙

　　湿云粘雁影，望征路愁迷，离绪难整。千金买光景[1]，但疏钟催晓，乱鸦啼暝。花惊暗省[2]，许多情、相逢梦境。便行云都不归来，也合寄将音信。

　　孤迥。盟鸾心在[3]，跨鹤程高[4]，后期无准。情丝待剪，翻惹得旧时恨。怕天教何处，参差双燕[5]，还染残朱剩粉[6]。对菱花、与说相思[7]，看谁瘦损？

【注释】　　1."千金"句：谓光阴珍贵。　　2.花惊：谓梅花的心情。李商隐《乐游原》诗："无惊托诗遣，吟罢更无惊。"惊，心情。　　3.盟鸾：与鸾鸟结为盟友。　　4.跨鹤程高：谓跨鹤飞升，目标高远。《云笈七签》载，青童君口授玄方，巢居子手录之，曰："若求跨鹤升九霄，未易致也。"　　5.参差双燕：谓双飞的燕子羽翼参差不齐。《诗经·邶风·燕燕》："燕燕于飞，差池其羽。"差池，义同"参差"。　　6."还染"句：谓双燕沾染梅花色香。　　7.菱花：指镜子。

【评析】　　起三句，征雁贴天南飞，离绪纷乱。次三句，晓昏交替，盼来梅花开放的节候。再写梅花心绪，对周围物景多情，结想成梦，然物物云飞风散，从无音讯。上片从环境、时光写出梅的孤寂。换头"孤迥"，总揽梅品孤高清远。"盟鸾""跨鹤",有志隐沦和登仙,难得兑现,引发旧恨。待招来双燕,已届新春,燕亲近梅花,故曰"染";梅花将谢,故曰"残"曰"剩"。末以梅、燕"说相思""看谁瘦"收结,极富情趣。全章咏梅,不见"梅"字,妙在赋予梅以感情、灵性,处处体现其品格神韵。

陆　睿

吴文英

字君特，号梦窗，晚号觉翁，四明（今浙江宁波）人。本姓翁，因过继吴氏而改姓。生卒年说法不一。近时学者推断约生于宁宗嘉定五年（1212），约卒于度宗咸淳八年（1272）。未登科第，布衣终身。曾为苏州仓台幕僚、吴潜浙东安抚使幕僚，复为荣王府门客，出入贾似道、史宅之（史弥远子）之门。游食江浙，在苏、杭两地时间最久。擅长音律，能自度曲，其作绮丽精美，幽邃绵密。有《梦窗词甲乙丙丁稿》，存词三百四十首，于南宋堪称大家。

渡江云

西湖清明

羞红颦浅恨[1]，晚风未落，片绣点重茵[2]。旧堤分燕尾[3]，桂棹轻鸥[4]，宝勒倚残云[5]。千丝怨碧[6]，渐路入、仙坞迷津[7]。肠漫回，隔花时见，背面楚腰身[8]。

迟巡[9]，题门惆怅[10]，堕履牵萦[11]，数幽期难准。还始觉留情缘眼，宽带因春[12]。明朝事与孤烟冷，做满湖风雨愁人。山黛暝，尘波澹绿无痕[13]。

【注释】　1.羞红：含羞春花。　2."片绣"句：谓花片落到草地上。重茵，厚席，喻芳草。　3."旧堤"句：谓西湖苏堤与白堤交叉，形如燕尾。4."桂棹"句：谓画船如鸥鸟。桂棹，精美的船桨，指游船。　5.宝勒：指宝马。勒，马笼头。　6.千丝：指碧柳条。　7."渐路入"句：谓逐渐走入仙园迷宫。　8."背面"句：谓丽人的背影。楚腰，指美女苗条。《后汉书·马援传》："楚王好细腰，宫中多饿死。"　9.迟巡：犹豫不进貌。　10.题门：用崔护事，作造访不遇之意。　11.堕履牵萦：贾谊《新书·谕诚》载，吴楚交战，楚昭王败走，途中跑丢一只鞋，于是折返取回。从人问何必吝惜一只鞋，昭王答："楚国虽贫，岂爱一踦屦哉？思与偕反也。"后人以此喻不弃旧物或不弃旧人。　　12.“还始觉”二句：意谓感受到眼波传情，印象极深，感春怀人，因变瘦而腰带宽缓。　　13.“山黛”二句：谓如眉的远山渐渐昏暗，蒙尘的湖水淡绿无痕。

【评析】　　上片游湖遇佳人。起三句，春花含恨，落蕊点缀草坪。次三句，湖堤间画船荡漾，宝马留连。再二句，穿柳荫深入湖畔妙境。结三句，初见丽人，腰肢婀娜。“隔花”“背面”，羞涩含情娇态宛然在目。下片感春怀所思。过片写时或寻访不遇，时或留宿温存。“幽期难准”言别后离多会少，“宽带因春”言因相思而憔悴。“明朝”以下，展望日后旧梦难圆，触景生情。收拍以景结情，兼寓往事如烟之意。先布景，次忆事，再伤今，末化云化烟，以“无痕”了结。

　　　　　　　　　　　　　　　　宋词三百首

夜合花

自鹤江入京泊葑门有感

柳暝河桥，莺晴台苑，短策频惹春香[1]。当时夜泊，温柔便入深乡[2]。词韵窄，酒杯长。剪蜡花、壶箭催忙[3]。共追游处，凌波翠陌[4]，连棹横塘。

十年一梦凄凉。似西湖燕去，吴馆巢荒。重来万感，依前唤酒银罂[5]。溪雨急，岸花狂。趁残鸦、飞过苍茫。故人楼上，凭谁指与，芳草斜阳？

【注释】　1. 短策：短杖。　2. "温柔"句：指进入男女情恋之境。　3. "壶箭"句：滴漏计时的漏箭匆匆移动，谓时间过得很快。　4. "凌波"句：谓在翠绿的田陌间散步。凌波，形容女子步履轻盈。　5. 银罂（yīng）：小口大腹的酒器。

【评析】　上阕追忆旧欢。开笔逆入，写当年事。桥柳荫暝，晴台莺啭，对句写景，"频惹"，见多次游春。"当时"点明往事，入温柔乡，两情缱绻，尽括其中。咏诗、饮酒，如许韵事，唯觉光阴匆迫。末再概述共游之处，或陆地，或水上，何等欢畅！下阕重访情景。相隔十年，恍如一梦。而今"燕去""巢荒"，"凄凉"何似！"重来"，一点；"万感"，感触无限，只好"唤酒"浇愁。"溪雨""岸花""残鸦"，插入景语，烘染凄凉氛围。末以景收结，着"故人""指与"，景中有人，显示人去楼空，满目凄寂，倍增感伤之情。炼字精美，笔法细腻，风调凄婉，允称哀艳之佳篇。

吴文英

霜叶飞

重　九

　　断烟离绪，关心事，斜阳红隐霜树。半壶秋水荐黄花¹，香嗉西风雨²。纵玉勒、轻飞迅羽³，凄凉谁吊荒台古⁴。记醉踏南屏⁵，彩扇咽寒蝉⁶，倦梦不知蛮素⁷。

　　聊对旧节传杯，尘笺蠹管⁸，断阕经岁慵赋。小蟾斜影转东篱⁹，夜冷残蛩语。早白发、缘愁万缕，惊飙从卷乌纱去¹⁰。漫细将、茱萸看，但约明年，翠微高处¹¹。

【注释】　1.荐：进献。　2.嗉（xùn）：喷。　3.“纵玉勒”句：谓纵有飞快的宝马。玉勒，代指马。张衡《西京赋》：“乃有迅羽轻足。”　4.吊荒台：据《南齐书》载，宋武帝为宋公，在彭城，九月九日登项羽戏马台，遂成故事。　5.南屏：南屏山，在杭州，峰峦耸秀。　6.“彩扇”句：谓扇底寒蝉幽咽。　7.蛮素：白居易有二妾，名小蛮、樊素。白居易诗云：“樱桃樊素口，杨柳小蛮腰。”（见《本事诗》）8.尘笺蠹管：谓彩笺蒙尘，笔管生虫。9.小蟾：月牙。　10.“早白发”二句：杜甫《九日蓝田崔氏庄》诗用孟嘉落帽事，有“羞将短发还吹帽，笑倩旁人为正冠”之句。此处反用杜诗，意谓早已白发满头，任凭狂风将帽子吹落。　11.“漫细将”三句：杜甫《九日蓝田崔氏庄》诗有“明年此会知谁健，醉把茱萸仔细看”之句。茱萸，植物名，有香味，可入药。旧俗重九登高，佩茱萸辟邪。此处化用杜诗，意谓徒然打算明年登高、细看茱萸，到时未必能有此雅兴。

【评析】　"聊对旧节"，着题之语，一篇主干。起句情景双写。"斜阳"隐树，外景阴沉；秋水"黄花"，内景凄清。"凄凉谁吊"，状无心登高。"记"以下追忆往日与爱姬重九登山，醉酒听歌，游乐尽兴，几忘伊人陪侍身边。换头转回今日，"传杯"以消愁。"尘笺"两句，言纸笔久疏，未完歌词，无心续写，姬亡后心灰意懒，于此可见。"蟾斜""蛩语"，见夜深无寐。风卷乌纱，以虚景刻画愁怀。结句拍合重九，着一"漫"字，自觉无谓，与"聊对旧节"契合无间。写景虚实相间，叙怀细针密线，百无聊赖，无限感怆。

宴清都

连理海棠

绣幄鸳鸯柱[1]，红情密、腻云低护秦树[2]。芳根兼倚，花梢钿合[3]，锦屏人妒。东风睡足交枝，正梦枕瑶钗燕股[4]。障滟蜡、满照欢丛[5]，嫠蟾冷落羞度[6]。

人间万感幽单[7]，华清惯浴[8]，春盎风露[9]。连鬟并暖，同心共结，向承恩处[10]。凭谁为歌《长恨》？暗殿锁、秋灯夜语[11]。叙旧期、不负春盟，红朝翠暮[12]。

【注释】 1.“绣幄”句：彩绣帐篷以雕花双柱支撑，富人用以护花。 2.秦树：指海棠，秦中产双株海棠，最有名。 3.钿合：喻花枝如钿而合。钿，金饰之妆盒，上下两扇。 4.瑶钗燕股：指精美首饰，其钗头如燕尾。 5.“障滟蜡”句：谓蜡油丰盈的蜡烛光照花枝。苏轼《海棠》诗：“只恐夜深花睡去，故烧高烛照红妆。” 6.嫠蟾：月中孤单的嫦娥，指月。 7.“人间”句：谓人间有多少不成连理的夫妻。 8.华清：华清池，有温泉，在西安，为李、杨避寒之地。《长恨歌》：“春寒赐浴华清池。” 9.春盎风露：春日风露充盈。 10.“连鬟”三句：谓妃子承受明皇恩泽时，将双鬟并合，挽结罗带同心结，恩爱甜蜜。 11.“暗殿”句：写安史乱后，明皇回京被肃宗软禁，独对孤灯的凄凉情景。　　12.“叙旧期”二句：写明皇与杨妃魂魄夜半私语、誓结来生姻缘之事，隐括《长恨歌》“七月七日长生殿，夜半无人私语时。在天愿作比翼鸟，在地愿为连理枝”等句。红朝翠暮，指朝朝暮暮依红偎翠，共享恋情幸福。

【评析】　　起句述环境华贵，继点明所写为海棠，“情密”暗含连理，“腻云”状其叶茂，形神兼到。“根”“梢”“倚”“合”，承上刻画连理之态，其形貌之美、两情之密，为美人妒羡。以下写睡态，以钗股为喻。结句暗用东坡海棠诗，而以嫦娥羞见顿住。上片句句写海棠，赋以人的灵性和感情，而又以美女、仙娥衬托，暗中关联李、杨故事，构思极巧。下片写李、杨爱情故事，处处照应连理海棠。换头一笔宕开，由花草引入人间。“万感幽单”，概括多少生离死别的爱情悲剧！反跌起李、杨恩爱之温馨，华清温泉，春意浓挚，并发鬓，结同心，浓情蜜意，形容殆尽。“连”“并”“同”“共”，无不扣合“连理”。“歌《长恨》”二句，时代风云突变，情绪陡落低谷。收拍重展笔势，情缘再续，春盟不负，永作连理。上片写花拟人，下片写人拟花，人与花相映，连理与恩深交辉，浓艳密丽，宛如一曲坚贞情爱的颂歌。

吴文英　　　　　　　　　　　　　　　　　　　　　　　　　　391

齐天乐

　　烟波桃叶西陵路，十年断魂潮尾[1]。古柳重攀，轻鸥聚别，陈迹危亭独倚。凉飔乍起[2]。渺烟碛飞帆[3]，暮山横翠。但有江花，共临秋镜照憔悴。

　　华堂烛暗送客[4]，眼波回盼处，芳艳流水[5]。素骨凝冰，柔葱蘸雪[6]，犹忆分瓜深意[7]。清尊未洗。梦不湿行云[8]，漫沾残泪。可惜秋宵，乱蛩疏雨里。

【注释】　　1.“烟波”二句：写十年前与爱姬分手之地。桃叶，参贺铸《蝶恋花》注。西陵渡，在钱塘江西。　　2.凉飔（sī）：凉风。　3.烟碛（qì）：烟笼的沙洲。　　4.“华堂”句：追忆初见时伊人送客的情景。《史记·滑稽列传》载淳于髡语：“堂上烛灭，主人留髡而送客。”　5.“眼波”二句：写伊人眼波传情，香艳如秋水。　　6.柔葱蘸雪：形容手指白嫩。　　7.分瓜：指以水果招待，即周邦彦《少年游》“纤指破新橙”之意。　　8.行云：化用《高唐赋》巫山神女“旦为朝云，暮为行雨”之语。

【评析】　　起句交代与姬人分手之地，“十年断魂”，十年后仍时时梦游，见思念之殷。“重攀”“陈迹”，倒点旧地重访。“凉飔”三句，插写江干远景。末以共江花临水“照憔悴”顿住，以见形影孤独，离思凝重，情景交会。上片重访别离旧地，下片秋宵追忆初遇。"华堂烛暗"到"清尊未洗"，首次相遇，情深难忘。伊人送别他客，留下词人，眼波传情，分瓜献酒，深情殷殷，历久难忘。"梦不湿"以下，转写别后相思，所欢入梦，行动高雅，离思浓挚。收拍秋宵冷雨中卧听乱蛩，景象凄迷，心境寂落，相思之情，绵绵不绝。

花　犯

郭希道送水仙索赋

　　小娉婷[1]，清铅素靥[2]，蜂黄暗偷晕[3]，翠翘欹鬓[4]。昨夜冷中庭，月下相认。睡浓更苦凄风紧，惊回心未稳。送晓色、一壶葱蒨[5]，才知花梦准。

　　湘娥化作此幽芳[6]，凌波路，古岸云沙遗恨[7]。临砌影，寒香乱、冻梅藏韵[8]。熏炉畔、旋移傍枕，还又见、玉人垂绀鬓[9]。料唤赏、清华池馆，台杯须满引[10]。

【注释】　1.娉婷：形容少女美貌，喻指花。　2.清铅素靥：清浅的铅粉、素白的酒涡，形容水仙花瓣。　3."蜂黄"句：谓花蕊着黄粉涂饰。蜂黄，唐时宫妆，李商隐《酬崔八早梅有赠兼示之作》诗："几时涂额藉蜂黄。"4.翠翘：翠玉首饰，形容水仙叶。　5.一壶葱蒨：指一盆青翠的水仙花。6.湘娥：湘水女神。传说是尧之女、舜之妃，死后成为湘水女神。　7."凌波路"二句：谓女神轻盈步履经行古岸云沙，遗恨重重。　8."临砌影"二句：谓水仙来到阶前，寒香纷乱，冻梅不敢显示自己的风韵。　9."还又见"句：以美发鬆松的美人喻花。绀，青色。　10."料唤赏"二句：揣想郭氏召唤人众在清华池馆赏花时，当会满斟美酒，雅兴非常。清华，指郭希道园林。台杯，大小重叠成套的酒杯。

【评析】　前阕接受水仙，后阕欣赏水仙。起处以美人喻花，"娉婷"状风度，"素靥""蜂黄"写花朵，"翠翘"言花叶。"相认"写初见水仙，"睡浓""惊回"，述月夜花态，似佳人睡意朦胧。"送"点次晨赠予，"晓"承"昨夜"，"葱蒨"承"色"，"梦准"承"未稳"，言晓来水仙神魂方始清醒踏实。换头谓此花乃"湘娥"神魂幻化，归来历经艰辛。"临砌"写花在庭中的影像，以"冻梅"衬托，突现其韵高。"移傍枕"，置于房内观赏，别具风姿。收拍宕开一笔，设想友人往常爱美情切，赏花兴浓。全词以美女喻水仙，由形到神，处处贴近此花色香韵致，想象奇幻，下字绮丽。

浣溪沙

门隔花深梦旧游[1]。夕阳无语燕归愁。玉纤香动小帘钩[2]。
落絮无声春堕泪，行云有影月含羞。东风临夜冷于秋。

【注释】　　1.梦旧游：旧日游冶情景出现于梦中。　　2."玉纤"句：谓纤纤玉手搴动竹帘，香气萦绕。

【评析】　　"门隔花深"，旧游之地而今现于梦中，"夕阳""燕归"写景，"无语"而愁写人，玉手搴帘，点出房送别。"落絮""行云"既是残春景象，又暗寓好事成空，分别在即，春花替人垂泪，皎月敛眉含颦，烘云托月，借宾陪主。煞拍"冷于秋"，凄冷之感来自内心，情余言外，含蓄不尽。写梦中离别，深进一层，刻骨相思，以不言言之，最耐寻味。

浣溪沙

波面铜花冷不收[1]。玉人垂钓理纤钩[2]。月明池阁夜来秋。
江燕话归成晓别，水花红减似春休。西风梧井叶先愁。

【注释】　　1.铜花：指如铜镜般的流水波纹。　　2.纤钩：一说月影。黄庭坚《浣溪沙》："惊鱼错认月沉钩。"

【评析】　　先追记"玉人垂钓"，"波面"、明月，因人配景，风物明净。后写现境离思，"江燕话归"隐喻离人之去，"水花红减"暗示生活减色，末以秋至万象生愁结穴收煞。全篇语淡韵清。

点绛唇

试灯夜初晴

卷尽愁云，素娥临夜新梳洗¹。暗尘不起，酥润凌波地²。

辇路重来³，仿佛灯前事。情如水，小楼熏被，春梦笙歌里。

【注释】 1. 素娥：代指月亮。 2. "暗尘"二句：谓小雨润湿了京城小姐舞女们观灯经行的场地。苏味道《正月十五夜》有"暗尘随马去"句，韩愈《早春呈水部张十八员外》有"天街小雨润如酥"句，此处融化其语。 3. 辇路：帝王车驾行经之路，指繁华大街。

【评析】 起写云去天晴，月光明净，地面澄澈，不染一尘，绘出宵夜初晴景象。换头叙重访闹街，往岁试灯胜赏之事历历在目。末言躲进小楼，拥被入梦，往日欢情如流水，今兹游赏属他人。灯景依旧，而心境非昔，寥落襟怀自在言外。

祝英台近

春日客龟溪游废园

采幽香，巡古苑，竹冷翠微路[1]。斗草溪根[2]，沙印小莲步[3]。自怜两鬓清霜，一年寒食，又身在、云山深处。

昼闲度，因甚天也悭春[4]，轻阴便成雨？绿暗长亭，归梦趁风絮。有情花影阑干，莺声门径，解留我、霎时凝伫。

【注释】　1.翠微路：青翠的山路。　2.斗草：古有斗百草之戏，搜集各种草比赛输赢。　3.小莲步：指少女的履迹。用齐东昏侯潘妃"步步生莲"事，参田为《江神子慢》注。　4.悭（qiān）春：吝惜春光。

【评析】　开篇直叙游园，"幽""古""冷"，由"废"字出，"溪根"唯留履迹，见人空景寂。布景已含凄冷之意。"自怜"以下，插入独游深山，又逢寒食，自有无限身世感喟。换头"昼闲"，与清寂氛围正相契合。接写天象轻阴转雨，旅驿昏暗，归思飘渺，殊深天涯沦落之感。末再作一跌宕，"花影""莺声"，仿佛多情留客，"霎时凝伫"，看似戛然而止，实则含无穷情思，绵绵不绝。陈廷焯所谓"婉转中自有笔力"（《白雨斋词话》）。

祝英台近

除夜立春

剪红情，裁绿意，花信上钗股[1]。残日东风，不放岁华去[2]。有人添烛西窗，不眠侵晓，笑声转、新年莺语[3]。

旧尊俎[4]，玉纤曾擘黄柑，柔香系幽素[5]。归梦湖边，还迷镜中路[6]。可怜千点吴霜[7]，寒消不尽，又相对、落梅如雨。

【注释】　1."剪红情"三句：谓人们剪裁红花绿叶，做成春幡，插戴发鬓，迎接立春，仿佛花信风吹上了钗股。赵彦昭《奉和圣制立春日侍宴内殿出剪彩花应制》诗："花随红意发，叶就绿情新。"花信，指花信风，立春后有二十四番花信风。　2."残日"二句：谓日暮刮起东风，不放旧岁归去。3."笑声"句：谓笑声中迎来了新年初一的莺儿娇鸣。杜甫《伤春》诗有"莺入新年语"之句。　4.旧尊俎：指往年的迎春家宴。尊俎，盛酒肉的器皿。　5."玉纤"二句：写伊人以玉手擘黄柑荐酒，缕缕柔香体现出幽情素心。　6."归梦"二句：言湖水如镜，归梦迷离恍惚。　7.吴霜：指白发。李贺《还自会稽歌》："吴霜点归鬓。"

【评析】　上阕写迎春守岁之乐。剪花裁叶，束发饰鬓，女郎花枝招展，喜迎新春。"不放岁华"，将除夜与立春打成一片。"添烛""不眠"，承"岁华"写守岁兴浓。"笑声""莺语"，渲染出除夕通宵不眠，一派欢乐气象。这一切均是写别人、他家。下阕始将笔锋朝向一己。"旧"字贯下三句，往年除夕家宴，借玉指擘黄柑这一特定细节映现，婉细温馨。往事闪现脑际，逼出无尽乡思，"梦"字、"迷"字，见出归思缭乱，神情恍惚。结拍拢入现境，岁月迟暮，寒气萧瑟，而唯落梅相对，令人凄绝。从热闹中写出寂寞，由温馨衬托悲凉，以他人之欢乐反跌一己清愁，最为撼动人心。

澡兰香

淮安重午

　　盘丝系腕¹，巧篆垂簪²，玉隐绀纱睡觉³。银瓶露井⁴，彩箑云窗⁵，往事少年依约。为当时曾写榴裙，伤心红绡褪萼⁶。黍梦光阴⁷，渐老汀洲烟蒻⁸。

　　莫唱江南古调，怨抑难招，楚江沉魄⁹。薰风燕乳¹⁰，暗雨槐黄，午镜澡兰帘幕¹¹。念秦楼、也拟人归，应剪菖蒲自酌¹²。但怅望、一缕新蟾¹³，随人天角。

【注释】　　1.盘丝系腕：以盘桓的五色丝系臂腕，旧俗端午用以驱鬼祛邪。2.巧篆垂簪：指书写符篆，插戴于发簪上。　3."玉隐"句：玉人自天青色的纱帐中推枕而起。　4.银瓶露井：在庭园中把盏。银瓶，酒杯。　5.彩箑（shà）云窗：指窗下歌舞。彩箑，彩扇。　6."为当时"二句：意谓窗外石榴花褪色枯萎，联想起当年韵事，倍感伤心。写榴裙，用羊欣事。《宋书·羊欣传》载，书法家王献之到羊欣家中，羊欣正着白练裙昼寝，献之书其裙数幅而去。此处指在美人石榴裙上写诗。　7.黍梦光阴：人生如梦之意，用沈既济《枕中记》之"黄粱梦"故事。　8."渐老"句：如沙汀上柔嫩的蒲草，极易衰老萎谢。蒻（ruò），蒲草。　9.楚江沉魄：指屈原。每至端午，江南唱哀怨的古曲，为屈原招魂。　　10.薰风燕乳：在暖风中燕子乳化小燕。周邦彦《荔支香近》："看两两相依燕新乳。"　　11."午镜"句：端午节悬镜设帐洗兰汤浴。午镜，据《国史补》，扬州旧贡江心镜，系端午日江心所铸。白居易《新乐府·百炼镜》："百炼镜，熔范非常规……江心波上舟中铸，五月五日日午时。"澡兰，《大戴礼记·夏小正》载，古俗端午用兰汤洗浴。12."念秦楼"二句：设想伊人也盘算游人归来，大概正独酌菖蒲酒吧。秦楼，指佳人。《陌上桑》有"照我秦氏楼"之句。菖蒲，植物名。《荆楚岁时记》载："端午以菖蒲一寸九节者泛酒，以避瘟气。"　　13.新蟾：指初月。

【评析】　　上片追怀往年端午景况。起六句递入，臂缠彩线、鬓挂簪符的玉人午睡起身。全家傍"露井"把酒，靠"云窗"听歌，"少年"赏心乐事，闪现脑际，"依约"朦胧。"往事"倒点一笔。"当时"紧承"往事"，"写榴裙"为其中铭篆心头的风流韵事，"褪萼"暗喻恋情凋谢。结句伤时叹老，以"烟蒻"象征，转入现境。下片写当今端午情怀。"沉魄""难招"，紧切节序风情下笔，"燕乳""槐黄"院外景，"澡兰"室内景。"念"字以下从对方着笔，设想闺人念己。末句以新月随人收拢彼我，两地相望，一样孤单。

风入松

听风听雨过清明，愁草瘗花铭¹。楼前绿暗分携路，一丝柳、一寸柔情。料峭春寒中酒²，交加晓梦啼莺。

西园日日扫林亭³，依旧赏新晴。黄蜂频扑秋千索，有当时纤手香凝。惆怅双鸳不到，幽阶一夜苔生⁴。

【注释】 1.“愁草”句：谓含愁起草葬花铭文。庾信曾作《瘗花铭》。瘗（yì），葬。 2.中酒：病酒。 3.西园：在苏州，是梦窗与情人寓居之地。其《浪淘沙》词“往事一潸然，莫过西园”即写此地。 4.“惆怅”二句：盼伊人不到，惆怅之情如青苔丛生。庾肩吾《咏长信宫中草》诗：“全由履迹少，并欲上阶生。”李白《长干行》诗：“门前迟行迹，一一生绿苔。”此处由前人诗意脱化而出。双鸳，指女郎的绣鞋。

【评析】 上片听风雨愁花落，见绿柳忆别情，由伤春写到伤别。以柳丝之乱，喻离愁之多，化抽象为具象。春寒袭人，伤别贪杯，梦境莺声，交杂纷乱，感春伤离意绪更深一层。下片雨过春晴，扫林观赏，触物生情。不说见秋千思纤手，而写秋千索所留手脂香引动黄蜂，以侧笔点染，妙语通神。结拍“一夜苔生”，踪迹渺茫，盼望急切，一笔写尽。盖青苔不唯生于幽阶，亦且萌发于心田矣。

莺啼序

春晚感怀

　　残寒正欺病酒，掩沉香绣户[1]。燕来晚、飞入西城，似说春事迟暮。画船载、清明过却，晴烟冉冉吴宫树[2]。念羁情、游荡随风，化为轻絮。

　　十载西湖，傍柳系马，趁娇尘软雾。溯红渐招入仙溪[3]，锦儿偷寄幽素[4]。倚银屏、春宽梦窄[5]，断红湿、歌纨金缕[6]。暝堤空，轻把斜阳，总还鸥鹭[7]。

　　幽兰旋老，杜若还生，水乡尚寄旅。别后访、六桥无信，事往花委，瘗玉埋香，几番风雨[8]。长波妒盼，遥山羞黛，渔灯分影春江宿[9]，记当时、短楫桃根渡[10]。青楼仿佛，临分败壁题诗，泪墨惨淡尘土[11]。

　　危亭望极，草色天涯，叹鬓侵半苎[12]。暗点检、离痕欢唾，尚染鲛绡，亸凤迷归，破鸾慵舞[13]。殷勤待写，书中长恨，蓝霞辽海沉过雁[14]，漫相思、弹入哀筝柱[15]。伤心千里江南，怨曲重招，断魂在否[16]？

【注释】　1.沉香绣户：用沉香木做成的雕花窗户。　2.吴宫：指南宋临安宫苑，临安旧属吴地，故称吴宫。　　3.“溯红”句：谓溯红流而上，被引入仙境。王维《桃源行》：“坐看红树不知远，行尽青溪忽值人。”《幽明录》载，刘晨、阮肇入天台山遇仙女。此处糅合两事，写在湖上遇到伊人。　　4.“锦儿”句：谓侍婢传达主人的情意。《侍儿小名录》载，钱塘倡家杨爱爱有侍女名锦儿，这里代指侍婢。　　5.“倚银屏”句：指两人相聚时间短暂。春宽梦窄，春长梦短。　　6.“断红”句：写两人分离时泪水浸湿了歌扇舞裙。歌纨，绢扇。金缕，金线绣成的舞衣。　　7.“暝堤空”三句：写分别后斜阳空堤，一派冷清。　　8.“别后访”四句：写重访旧地，往事如烟，伊人已逝。六桥，西湖外湖六桥，即映波、锁澜、望山、压堤、东浦、跨虹，为苏轼所建。9.“长波”三句：谓在渔灯照影寄宿春江之时，想起伊人，她的眼波为流水所妒，她的眉黛使远山羞愧。　　10.“记当时”句：谓当时泛舟渡口，记忆犹新。桃根渡，泛指渡口，参贺铸《蝶恋花》注。王献之《桃叶歌》云：“桃叶复桃叶，桃叶连桃根。相怜两乐事，独使我殷勤。”　　11.“青楼”三句：谓当年临别时在破壁题诗，如今青楼依稀在目，而泪墨题诗早已蒙上灰尘，颜色惨淡。　　12.鬓侵半苎：鬓发已为半数白色苎麻所侵吞，形容鬓发斑白。13.“暗点检”四句：写人亡物在，睹物思人情怀。鈿风迷归，妆台上下垂的凤钗，仿佛丧魂落魄，迷失归路。破鸾慵舞，破碎鸾镜上的鸾鸟也无心起舞了。　　14.“殷勤”三句：谓打算裁笺写出内心的长恨，然而天空蔚蓝，海面辽阔，找不到传书的鸿雁。　　15.“漫相思”句：徒然把相思之苦弹入哀弦银筝。　　16.“伤心”三句：谓伤心地怅望江南，吟出哀曲招魂，伊人的游魂还在吗？《楚辞·招魂》：“目极千里兮伤春心，魂兮归来哀江南。”

【评析】　　首叠以晚春景色起兴，由户内写到户外，画船、晴烟、吴宫，概括西湖风光。燕说春暮，物象有情，末引出“羁情”。随风化絮，写景且暗喻往事幻灭，笼罩下文。次叠追怀旧游，描写湖上与丽人艳遇并匆匆分别的经过。先点游冶地点，“仙溪”借指伊人所居。欢会和分手，仅两句将情事写尽。“梦窄”见好景不长，“红湿”见别情浓重。末写别后景象，“暝堤空”，一派冷寂。三叠写重访故地所见。以香草旋老还生，暗示年光代谢。"尚寄旅"，言身世飘萍如旧，"瘗玉埋香"，表明丽人仙逝，"几番风雨"，多少生活波折尽括其中。以下追忆丽人美姿，以"长波""遥山"比其眉目明丽，着"妒""羞"字，最见匠心独运。"记当时"倒点一笔。"败壁""泪墨"，又复转写眼前实景，黯然伤神。四叠抒发凭吊情怀。望而不见，感叹衰老，检点旧物，倍增物在人亡之感。"鲜凤""破鸾"，着以"迷""慵"等字，物物渗溶凄迷哀伤情悰。欲裁笺书恨，海天茫茫，何处可寄？徒然将离思谱入哀筝，可叹断魂难招，愈写愈悲，凄惋欲绝。全词以曲折、开阖之笔，写悲欢离合之情，炼字精妙，词采纷呈，全章精粹，脉络井然，足可称为凄迷哀艳的悼亡赋。

吴文英

惜黄花慢

次吴江小泊，夜饮僧窗惜别。邦人赵簿携小妓侑尊，连歌数阕，皆清真词。酒尽已四鼓，赋此词饯尹梅津。

送客吴皋[1]。正试霜夜冷，枫落长桥。望天不尽，背城渐杳[2]，离亭黯黯，恨水迢迢。翠香零落红衣老[3]，暮愁锁、残柳眉梢。念瘦腰，沈郎旧日，曾系兰桡[4]。

仙人凤咽琼箫[5]。怅断魂送远，《九辩》难招[6]。醉醲留盼[7]，小窗剪烛，歌云载恨，飞上银霄[8]。素秋不解随船去，败红趁、一叶寒涛[9]。梦翠翘，怨鸿料过南谯[10]。

【注释】　1.吴皋：即吴江。　2."背城"句：谓友人之船离城渐远。3."翠香"句：指荷花翠叶零落，花老香消。　4."沈郎"二句：谓自己往日曾泊舟于此。沈郎，沈约，作者用以自喻消瘦。　5."仙人"句：谓小妓唱清真词歌声美妙，如同仙女吹箫作凤鸣。此处化用弄玉吹箫事。据《列仙传》载，春秋时人萧史善吹箫，作凤鸣，秦穆公以女弄玉妻之，作凤台以居。一夕吹箫引凤来，萧史、弄玉一同升天仙去。　6."怅断魂"二句：谓送友远行的断魂，连宋玉作《九辩》也难以招引。宋玉所作《九辩》有"憭栗兮若在远行，登山临水兮送将归"之句。　7.醉醲留盼：醉酒的小妓也注目顾盼。　8."歌云"二句：谓送别歌声缭绕如云，载恨飞入天空。　9."素秋"二句：谓清冷的秋意不能随船而去，落花趁寒涛起伏。　10."梦翠翘"二句：言梦想伊人，载满幽怨的鸿雁，当会飞过南楼，带来家乡的讯息吧。翠翘，女性饰物，代指家室。南谯，南楼。

【评析】　起笔直叙送客，"试霜""枫落"渲染秋景，"望天"写居者，"背城"写离船，水上送别景象，十分传神。"离亭""恨水""翠香""柳眉"，因事布景，景中融情，别怀、离恨贯注行间。末以"沈郎"自喻，突出黯然消魂情状。上片水上送行，下片席间惜别。换头化用弄玉吹箫、宋玉招魂事，言小妓放歌侑酒，难慰离魂。继写窗前烛下，离歌萦回，载恨升空，将抽象情思具象化，构思奇妙。"素秋""败红"，以凄冷衰残物象映衬，以见留者孤寂。收结处又推延一层，别友情触发思家情，神思缥缈，虚实相生。

高阳台

宫粉雕痕，仙云堕影[1]，无人野水荒湾。古石埋香，金沙锁骨连环[2]。南楼不恨吹横笛，恨晓风、千里关山[3]。半飘零、庭上黄昏，月冷阑干。

寿阳空理愁鸾，问谁调玉髓，暗补香瘢[4]？细雨归鸿，孤山无限春寒[5]。离魂难倩招清些，梦缟衣、解佩溪边[6]。最愁人、啼鸟晴明，叶底清圆。

【注释】　1.“宫粉”二句：写梅色凋叶落。　2.“金沙”句：喻法身美妇被葬。《太平广记》卷一百零一引《续玄怪录》：有美妇，少年子与之狎昵，数岁而殁，人葬之道左。有胡僧敬礼其墓，谓“此即锁骨菩萨，顺缘已尽”。众人发墓视之，其骨“钩结皆如锁状”。黄庭坚《戏答陈季常寄黄州山中连理松枝》诗云：“金沙滩头锁子骨，不妨随俗暂婵娟。”　3.“南楼”二句：谓楼头《梅花落》曲犹不为恨，更恨关山阻隔之苦。　4.“寿阳”三句：意谓空理鸾镜，已无梅瓣可调粉涂面。用寿阳公主作梅花妆事，参欧阳修《诉衷情》注。又《酉阳杂俎》前集卷八载，三国时吴国孙和宠其邓夫人，尝醉舞如意，误伤其颊，医言以白獭髓杂玉与琥珀屑敷之，可去瘢痕。此处糅合两则故事，暗喻梅花已无处觅。　5.“孤山”句：暗用林逋事。林逋隐居杭州孤山，无妻无子，种梅养鹤以自娱，人称“梅妻鹤子”。　6.“离魂”二句：谓花魂难招，仙魄入梦。刘向《列仙传》载，江妃二女出游于江汉之滨，逢郑交甫，郑见而悦之，不知其神人也，乃下请其佩，仙女"遂手解佩与交甫"。此处化用其事。

【评析】　开笔用"雕（凋）""堕"从色、形两方面直写花落，"荒湾"补述其环境。"埋香""锁骨"以法身美人拟落梅，突出其艳美质、清净身。"横笛""关山"切梅花落，末由关山转回空庭，悼惜梅花"飘零"，绾合题旨。下片连用寿阳公主、孤山林逋等有关梅的故实，表现梅之芳艳孤高。"离魂""缟衣"暗含一段艳情如梦，发往事烟消之慨，且均与落梅相扣。"缟衣"应"宫粉"，"溪边"应"荒湾"。收拍描述花落之后的梅枝形象。用典密丽，意蕴朦胧，极清虚幽怨之致。

高阳台

丰乐楼分韵得"如"字

修竹凝妆，垂杨驻马，凭阑浅画成图。山色谁题？楼前有雁斜书。东风紧送斜阳下，弄旧寒、晚酒醒余。自消凝，能几花前？顿老相如[1]。

伤春不在高楼上，在灯前敧枕，雨外熏炉。怕舣游船，临流可奈清癯[2]？飞红若到西湖底，搅翠澜、总是愁鱼[3]。莫重来、吹尽香绵，泪满平芜。

【注释】　1."自消凝"三句：谓独自消魂，一生能几度花前游赏？很快就衰老了。作者以司马相如自喻。苏轼《东阑梨花》诗有"惆怅东阑一株雪，人生看得几清明"之叹，与此处意蕴相近。　2."怕舣游船"二句：谓怕荡舟游湖，照见自己的清瘦面孔。舣，停泊之意。　3."飞红"二句：谓落花沉入湖底，使鱼也伤春生愁。

【评析】　发端五句描述西湖景观。"凝妆"，竹林远景；"驻马"，柳下近景；"浅画""山色"，登楼所见湖山总貌。凭栏遥望，宛如画图，而雁阵横空，正在画幅上题诗，动静结合，设想奇妙，可谓神来之笔。"斜阳""酒醒"，点明宴会即将收场，故承以花前几回、人生易老之叹。换头异军突起，题是"楼"偏撇开"高楼"，把"伤春"之地移向"灯前""雨外"，盖游兴尽，归而倚枕听雨，更易伤怀。接着再宕开笔锋，写游湖亦复难堪，盖"临流"易照见衰颜，花落使万物生愁。"清羸"回应"顿老"，"愁鱼"关联"消凝"，由人及物，奇想联翩。煞拍收拢临流、倚枕并登高，在在可触景伤情，从而推想异日重来，更难为怀。当日词人举目有山河之异，抚身有迟暮之感，故登高临远，满目苍凉，感触殊深。

三姝媚

过都城旧居有感

　　湖山经醉惯。渍春衫¹，啼痕酒痕无限。又客长安，叹断襟零袂，涴尘谁浣²。紫曲门荒³，沿败井、风摇青蔓。对语东邻，犹是曾巢，谢堂双燕⁴。

　　春梦人间须断。但怪得、当年梦缘能短⁵。绣屋秦筝，傍海棠偏爱，夜深开宴。舞歇歌沉，花未减、红颜先变⁶。伫久河桥欲去，斜阳泪满。

【注释】　1.渍：浸染。　2.涴（wò）尘：沾染尘灰。　3.紫曲：指姬人所居坊曲。　4."犹是"二句：化用刘禹锡《乌衣巷》"旧时王谢堂前燕，飞入寻常百姓家"之句，谓东邻呢喃对语的双燕，犹是当年巢居伊人宅舍的旧禽。　5."春梦"三句：谓人间春梦必然要断，此乃规律，可怪的是当年与伊人的情缘如此之短促。须，必。能，恁、如此。　6."舞歇"二句：谓如今歌舞之乐早已消歇，花尚娇艳如故，而丽人早已物化形消。

【评析】　起三句追述往日旧游中无限欢乐，湖光山色惯于饮宴游赏，泪痕酒渍斑斑残留春衫。"又客"说到当今，"长安"关合"湖山"，"断""零"见出身世凄苦，"谁浣"状述自身孤单，暗含忆念姬人之意。"紫曲"二句，形容人亡楼空，满目荒凉。"对语"三句化用唐诗，感叹人事沧桑，反衬自我孤独，意象最为奇警。过片由"人间"说到自身情缘，直倾感喟，含深湛哲思，颇富理趣。"绣屋"三句，插忆往日欢情，"舞歇"又折回眼下，春花与红颜对举，言花虽依旧而人事已非，何胜悲怆！此正由缘短而来。末以挥泪离去收煞。全词以经"湖山"始，以去"河桥"终，访旧居，叹人生，忆往事，伤现境，构思细密，钟情无限。

八声甘州

陪庚幕诸公游灵岩[1]

渺空烟四远，是何年、青天坠长星[2]？幻苍崖云树，名娃金屋，残霸宫城[3]。箭径酸风射眼，腻水染花腥[4]。时靸双鸳响，廊叶秋声[5]。

宫里吴王沉醉，倩五湖倦客，独钓醒醒[6]。问苍波无语，华发奈山青[7]。水涵空、阑干高处，送乱鸦、斜日落渔汀[8]。连呼酒，上琴台去[9]，秋与云平。

【注释】　1.庚幕：仓幕，即提举常平司幕府。灵岩：在苏州西，多春秋吴国遗迹。　2.“渺空烟”二句：谓渺茫长空云烟伸向四宇，是哪年天上陨落大星？指灵岩自天陨落。　3.“幻苍崖”三句：谓幻化出苍崖云树，美人居住的金屋，吴王称霸的宫城。名娃，指西施。金屋，用《汉武故事》中刘彻愿建金屋贮阿娇事。残霸，指吴王夫差一度称霸，后为越国所灭。　4.“箭径”二句：谓山径冷风刺眼，溪水中浓腻的脂粉气沾染鲜花。箭径，一作“箭泾”。灵岩山上有采香泾，“吴王种香于香山，使美人泛舟于溪以采香。今自灵岩山望之，一水直如矢，故俗名箭泾”（范成大《吴郡志》）。酸风射眼，由李贺《金铜仙人辞汉歌》“东关酸风射眸子”化出。腻水，语出杜牧《阿房宫赋》：“渭流涨腻，弃脂水也。” 5.“时靸”二句：谓听到廊间风吹落叶之声，疑心是西施走来的脚步声。靸（sǎ），拖鞋，这里作动词用。廊，指响屟廊。《吴郡志》：“响屟廊在灵岩山寺。相传吴王令西施辈步屟，廊虚而响，故名。” 6.“宫里”三句：谓宫中吴王沉溺于酒色而亡国，却让范蠡垂钓五湖，头脑清醒。赵晔《吴越春秋》载，范蠡辅越王勾践灭吴后，功成身退，“乘扁舟，出三江入五湖，人莫知其所适”。独钓，化用《楚辞·渔父》“众人皆醉我独醒”意。 7.“问苍波”二句：意谓苍波不语，世事变幻，人发易白，青山不改，无可如何。 8.“水涵空”二句：言倚涵空阁徒倚远望，见斜日西沉，乱鸦渔汀就宿。灵岩山有涵空阁。 9.琴台：灵岩山胜迹之一。

【评析】　　开端写灵岩为青天巨星坠地而成，设想奇绝。紧承一“幻”字，苍崖、云树、金屋、宫城，仿佛天造地设，似由长星幻化，给人以诡谲莫测之感。以下酸风、腻水、双鸳、廊叶，处处紧扣历史陈迹、传说故事，发吊古之情，似真似幻，苍茫迷离，无限感怆。上片在写景中吊今，下片在评史中寄慨。吴王沉醉，倦客清醒，一醒一醉，自见抑扬。苍波无语、青山常在而人生易老，种种痛惜、喟叹、忧愤，涵盖其中，品味不尽。再掉转笔锋，写依阑怅望，空送日落鸦栖，写景中暗寓年华虚掷之感。收拍呼酒解忧，但见一派萧飒秋气，与云争高。情怀峥嵘，豪气难平。奇情壮采，令人唏嘘！

吴文英

踏莎行

　　润玉笼绡，檀樱倚扇，绣圈犹带脂香浅[1]。榴心空叠舞裙红[2]，艾枝应压愁鬟乱[3]。

　　午梦千山，窗阴一箭[4]，香瘢新褪红丝腕[5]。隔江人在雨声中，晚风菰叶生秋怨[6]。

【注释】　1. 绣圈：绣花项圈，妇女饰物。　2. "榴心"句：以榴花蕊喻伊人舞裙。　3. "艾枝"句：写伊人头戴艾枝，鬓发纷披。旧俗端午节以艾作虎形，饰发以辟邪。周紫芝《永遇乐·五日》："艾虎钗头，菖蒲酒里，旧约浑无据。"　4. 窗阴一箭：谓窗前光阴迅速。　5. "香瘢"句：谓缠系红丝的手腕隐隐留有印痕。端午习俗，以五彩丝系手臂以辟邪。　6. 菰叶：指浅水植物茭白之叶。

【评析】　上片梦中伊人形象。前三句以玉肌、檀唇、绣领描述伊人之丽。后二句，"榴心""艾枝"点节序，"舞裙""愁鬟"言往日能歌善舞，而今为离愁所困。换头倒点以上为梦中所见，"千山"隔阻遥远，"一箭"梦境短暂。"香瘢"，忽插写一句梦中所睹伊人手腕。收拍回返现实，写伊人远隔，环境萧瑟。由"午梦"到"晚风"，下片乃梦后情思。意境幽邃朦胧，给人以飘忽迷离之感。

瑞鹤仙

　　晴丝牵绪乱，对沧江斜日，花飞人远。垂杨暗吴苑[1]，正旗亭烟冷[2]，河桥风暖。兰情蕙盼[3]，惹相思、春根酒畔[4]。又争知、吟骨萦销，渐把旧衫重剪[5]。

　　凄断。流红千浪，缺月孤楼，总难留燕。歌尘凝扇。待凭信，拚分钿[6]。试挑灯欲写，还依不忍，笺幅偷和泪卷。寄残云剩雨蓬莱，也应梦见[7]。

【注释】　　1.吴苑：吴王阖闾在姑苏所建园林。　　2.旗亭烟冷：指酒楼寒食禁烟。周邦彦《琐窗寒》："正店舍无烟，禁城百五。旗亭唤酒，付与高阳俦侣。"　3.兰情蕙盼：谓旗亭歌女眉目传情。　4.春根酒畔：即春末酒筵间。5."又争知"二句：谓谁人了解自己因离思牵萦而骨瘦形销，宽缓的春衫须重新改瘦。　6."待凭信"二句：分钿告别，作为爱情坚定的凭证。分钿，将饰金的妆盒分开各执一半，等待今后聚合。《长恨歌》："钗留一股合一扇，钗擘黄金合分钿。但教心似金钿坚，天上人间会相见。"　7."寄残云"二句：谓寄真情于蓬莱仙境，借助残云剩雨，纵难重逢，也应梦中相见。

【评析】　　起三句直写忆人情怀纷乱，笼罩全篇。"吴苑""旗亭""河桥"，描写眼前景，并点出流寓吴门，时值清明。"兰情"二句，写酒筵歌姬眼波柔情，触发对旧恋的相思。收尾补足"相思"之深，使衣宽人瘦。上片自叙流寓情怀，下片由对面着墨，写伊人境况和心事。先写独处孤凄，燕也不留，见环境之冷，歌扇凝尘，见心绪不佳。"凭信""分钿"，言情意坚贞。挑灯写信，又和泪收卷，矛盾心态，十分逼真。篇末回荡一笔，希望梦中相逢，语痴情挚，含思凄惋。

鹧鸪天

化度寺作

池上红衣伴倚阑¹，栖鸦常带夕阳还。殷云度雨疏桐落，明月生凉宝扇闲。

乡梦窄，水天宽，小窗愁黛淡秋山。吴鸿好为传归信，杨柳阊门屋数间²。

【注释】　1.红衣：指红色花瓣的莲花。　2.阊门：苏州城门名。

【评析】　前片写独处的清寂，由白昼到黄昏，唯莲花相伴，浓云飘过，雨疏叶落，至夜，明月布洒冷光，一派萧索。后片写思家情。梦短天阔，家人黛眉含愁，从己方写到对方。末盼"吴鸿"传回"归信"，冀望茅舍中伊人得到安慰。全篇淡墨疏笔，气清韵秀，幽爽可喜。

夜游宫

　　人去西楼雁杳，叙别梦、扬州一觉¹。云淡星疏楚山晓。听啼鸟，立河桥，话未了。

　　雨外蛩声早²，细织就、霜丝多少？说与萧娘未知道³。向长安，对秋灯，几人老？

【注释】　　1."叙别梦"句：化用杜牧《遣怀》诗"十年一觉扬州梦，赢得青楼薄幸名"之句。　　2．蛩：促织。　　3.萧娘：泛称女子。杨巨源《崔娘》诗："风流才子多春思，肠断萧娘一纸书。"

【评析】　　开篇明点人去信杳。接写梦中叙别，往事如烟。"星疏""山晓"，梦中送别之景。"河桥"，送行之地。"啼鸟"承"晓"字，"话"承"叙"字，别话不尽，见依依情深。以下另换一境，乃梦后灯下离思。不曰离恨催白发，而谓寒蛩织"霜丝"，构思精巧，情景契合。霜丝之多，伊人岂知？则双方隔绝、离思深浓，俱可想见。收尾三句写现境，"长安"代指临安，"秋灯"应"蛩声"，"人老"由"霜丝"深化。笔致疏爽，思路缜密。

贺新郎

陪履斋先生沧浪看梅 [1]

乔木生云气 [2]，访中兴、英雄陈迹，暗追前事 [3]。战舰东风悭借便，梦断神州故里 [4]。旋小筑、吴宫闲地 [5]。华表月明归夜鹤，叹当时花竹今如此 [6]！枝上露，溅清泪。

遨头小簇行春队 [7]，步苍苔、寻幽别墅，问梅开未？重唱梅边新度曲，催发寒梢冻蕊。此心与东君同意 [8]。后不如今今非昔 [9]，两无言、相对沧浪水。怀此恨，寄残醉。

【注释】　1.履斋：吴潜的号。吴潜曾于宋理宗嘉熙元年（1237）知平江府（今苏州）。梦窗陪履斋看梅，当在此时。沧浪：沧浪亭，在苏州郡学之东，原为吴中节度使孙承祐池馆，后归苏舜钦，南宋时成为韩世忠的别墅。2."乔木"句：指沧浪别馆树木高大，郁郁葱葱。　3."访中兴"二句：谓寻访韩世忠的陈迹，追想他当年的抗金业绩。韩世忠，南宋初抗金名将，为人"目瞬如电"，"早年鸷勇绝人"，曾率八千士兵与十万金兵对峙，击退金兵。他在抗金斗争中屡立战功，后受秦桧排斥，退闲家居。　4."战舰"二句：谓东风吝惜借给方便，未能使敌军战舰化为灰烬。这里指韩世忠黄天荡之战因无风而失利。　5."旋小筑"句：感叹韩世忠为奸臣排斥，来吴地修筑别墅，罢职闲居。　6. "华表"二句：用丁令威化鹤重归故事，感叹花竹如故，江山已非。参王安石《千秋岁引》注。　7. "遨头"句：谓一行人簇拥着太守游春。宋代成都自正月始太守出游，士女围观，称太守为遨头。苏轼《次韵刘景文周次元寒食同游西湖》诗："蓝尾忽惊新火后，遨头要及浣花前。"　8. 东君：春神，亦兼指东道主吴潜。　9. "后不如今"句：言当时国事日非，忧虑有每况愈下之势。

【评析】　开篇从韩世忠别墅写起，进而追忆其前事。"战舰"二句，韩氏战功辉煌和故国难复尽行浓缩其中。"悭借便"，怨天不助人，无限感慨。小筑闲地，写英雄闲置。华表归鹤，当时花竹，吊古伤今，紧锁题面。"溅清泪"承"叹"字，"露"与"泪"双绾花与人，与"感时花溅泪"异曲同工。换头承上，寻幽问梅，又以新曲催发寒蕊，不仅为题面应有之语，且隐喻企盼时事解冻、万象布新深意。"此心与东君同意"，追补一笔，意更显豁。"东君"一语双关，天与人、君与我，同此心意。然而国势毕竟大不如前，心绪不能不由一度昂奋而转入沉重，故以"无言""怀恨"陡煞。前阕访沧浪起，看梅结；后阕看梅起，默对沧浪结。伤时忧国情惊，寓托于访旧宅、观梅花之中。杨铁夫《吴梦窗词笺释》云"梦窗词专写怀抱，少及时事"，本篇"即事寄慨"，别开生面，最为难得。

唐多令

何处合成愁？离人心上秋[1]，纵芭蕉、不雨也飕飕。都道晚凉天气好，有明月，怕登楼。

年事梦中休[2]，花空烟水流，燕辞归、客尚淹留。垂柳不萦裙带住，漫长是、系行舟。

【注释】　1."离人"句："秋"与"心"合而为"愁"，语带双关，古代歌谣常见，称"离合体"。　2.年事：年时之事，指往事。

【评析】　起笔点愁，意含两层，"心"上着"秋"字曰愁，离思加伤秋为愁，构思新巧。"芭蕉"句就秋声说，"明月"句就离怀说。年来欢情如梦，花空水流，伤别秋思融合为一，充满好事难再、欢情如烟之感。燕归客留，一笔双写，既叹天寒燕归，羁人飘泊如旧，又暗喻伊人离去，客居孤单，愁思增进一层。末以垂柳不萦裙带，却系行舟，感伤彼去我留，天各一方。小词明快轻盈，想象清新，颇富民歌韵味。

吴文英

黄孝迈

字德文，号雪洲（一作雪舟），三山（今福建福州）人。刘克庄《后村先生大全集》有《黄孝迈长短句》题跋，称其"年英妙才，超逸词采"。今存词一首。

湘春夜月

近清明，翠禽枝上消魂。可惜一片清歌，都付与黄昏。欲共柳花低诉，怕柳花轻薄，不解伤春。念楚乡旅宿，柔情别绪，谁与温存？

空尊夜泣，青山不语[1]，残照当门。翠玉楼前，惟是有、一陂湘水，摇荡湘云。天长梦短[2]，问甚时、重见桃根[3]？者次第、算人间没个并刀，剪断心上愁痕[4]。

【注释】　1.青山不语：王禹偁《村行》诗："数峰无语立斜阳。"　2.天长梦短：吴文英《莺啼序》有"春宽梦窄"之语，用意略同。　3.桃根：代指意中人，参姜夔《琵琶仙》注。　4."者次第"二句：犹言这情况，无快刀斩愁情。并刀，并州出快剪刀。

【评析】　起笔暗点"伤春"，"清歌"承"翠禽"，"付与黄昏"申说"消魂"。无人可诉，故攀援"柳花"，但又担心其"轻薄"，下语婉转周折，说尽"消魂"，且点明"伤春"，而这一切均借自然物象宣发，赋物以情性，构思精巧。"念"以下折转到自身，直白爽畅，真率自然。换头紧承上片收拍意脉，却绕开自我，从周围事物着墨。空尊会"泣"，青山"不语"，残月窥人，景象凄恻。接写"湘云"映入"湘水"，紧切题面，以动写静。以下转入抒怀，直倾怀人之思，与上无人"温存"呼应。最后喟叹愁绪难剪，化抽象为具象。写景则物物有情，写怀则坦直诚挚，如清泉一泓，沁人心脾。

黄孝迈

潘希白

字怀古，号渔庄，永嘉（今属浙江）人。宝祐元年（1253）登第。曾任干办临安府节制司公事。有词一首，见于《绝妙好词》。

大 有

九　日

戏马台前¹，采花篱下²，问岁华、还是重九。恰归来、南山翠色依旧。帘栊昨夜听风雨，都不似、登临时候。一片宋玉情怀³，十分卫郎清瘦⁴。

红萸佩⁵，空对酒。砧杵动微寒，暗欺罗袖。秋已无多，早是败荷衰柳。强整帽檐敧侧⁶，曾经向、天涯搔首。几回忆、故国莼鲈⁷，霜前雁后。

【注释】　1.戏马台：在今徐州，项羽阅兵之处。古代重九有登高风习。杜甫《九日》诗："重阳独酌杯中酒，抱病起登江上台。"　2."采花"句：陶潜《九日闲居》："酒能祛百虑，菊为制颓龄。"采花，指采菊。　3.宋玉情怀：悲秋之思。宋玉《九辩》有"悲哉秋之为气也"之语。　4.卫郎清瘦：指卫玠。玠，晋安邑人，字叔宝，风姿秀异，人称"玉人"。《世说新语·容止》载："卫玠从豫章至下都，人久闻其名，观者如堵墙。玠先有羸疾，体不堪劳，遂成病而死。时人谓'看杀卫玠'。"周邦彦《大酺》："怎奈向、兰成憔悴，卫玠清羸。"　5.红萸佩：指佩戴茱萸。茱萸，植物名，旧俗重九佩茱萸以辟灾。　　6.“强整”句：谓尽力扶正歪斜的帽子，暗用孟嘉落帽事。
7.“几回忆”句：指思念家乡，参辛弃疾《水龙吟》注。

【评析】　　起句写重九故事，即登台、采菊，紧接点明节序，且以醒题。再写南山归来，翠色依旧，唯昨夜听雨，触动秋思，心绪不同。末以宋玉、卫玠自拟，暗点悲秋、消魂。换头“茰佩”“砧杵”紧切题意。“暗欺”写天寒，接写秋深景象。“整帽”“天涯”，见流寓异乡，适值重九，收拍归结到思乡怀归，水到渠成。语义清淡含蓄，用事浑融自然。

黄公绍

字直翁，邵武（今属福建）人。咸淳元年（1265）进士。有《在轩集》。

青玉案

年年社日停针线¹，怎忍见、双飞燕？今日江城春已半，一身犹在，乱山深处，寂寞溪桥畔。

春衫著破谁针线²？点点行行泪痕满。落日解鞍芳草岸，花无人戴，酒无人劝，醉也无人管。

【注释】　1. 社日：指春社，在春分前后，古代祭祀社神（土地神）的节日。届时举行迎神赛会，妇女结伴出游。张籍《吴楚歌词》有"今朝社日停针线"句。　2."春衫"句：谓著破的春衫为伊人缝制。

【评析】　起句让人想象社日妇女结伴游春的热闹场景。接言"怎忍"，以燕子双飞，衬跌自身孤寂。"今日"以下，倒点自我现境，一派寥落气氛。过片顺承上文意脉，且从"停针线"引出"谁针线"。"著破"，见离家久；"泪痕满"，见忆家情深；"谁"字，正指朝思暮想的闺人。"解鞍"几句，直述旅途凄苦之景，连叠三"无人"，游子心态倾诉，层层深入，逐步递进。仿佛冲口而出，纯用白描，却"语淡而情浓，事浅而言深，真得词家三昧，非鄙俚朴陋者可冒"（贺裳《皱水轩词筌》）。

朱嗣发

1234
|
1304

　　字士荣，号雪崖，乌程（今浙江吴兴）人。宋亡前，避乱乡里，专志奉亲。宋亡后，举充提举学官，不受。《阳春白雪》录其词一首。

摸鱼儿

对西风、鬓摇烟碧，参差前事流水¹。紫丝罗带鸳鸯结，的的镜盟钗誓²。浑不记，漫手织回文³，几度欲心碎。安花著叶⁴，奈雨覆云翻，情宽分窄，石上玉簪脆⁵。

朱楼外，愁压空云欲坠，月痕犹照无寐。阴晴也只随天意，枉了玉消香碎⁶。君且醉，君不见长门青草春风泪⁷。一时左计⁸，悔不早荆钗，暮天修竹，头白倚寒翠⁹。

【注释】　1.参差：犹仿佛。　2."的的"句：谓当时海誓山盟十分明确。镜盟，用孟棨《本事诗》中徐德言和乐昌公主以合镜而得重新团聚故事，表示夫妻永不离异。钗誓，暗用陈鸿《长恨传》李隆基、杨玉环授金钗以定情故事，表示永不变心。　3.手织回文：用窦滔妻苏氏事，参柳永《曲玉管》注。　4.安花著叶：喻修补爱情。　5."奈雨覆"三句：谓对方反复无常，情思虽长，缘分却短，爱情终归毁灭。杜甫《贫交行》："翻手作云覆手雨，纷纷轻薄何须数。"白居易《井底引银瓶》诗有"瓶沉簪折知奈何"句，用以喻爱情断绝。此处化用两诗，写对方无情，爱情陨落。　6."阴晴"二句：谓爱情的成败只可随缘任天，为此毁灭自身也徒然无益。　7."君不见"句：举陈皇后事，意谓佳人命薄历来不少。汉武帝陈皇后失宠，被幽居长门宫，凄苦悲凉。薛昭蕴《小重山》有"春到长门春草青"之句。　　8.左计：失算。　　9."悔不早"三句：谓后悔不如当年布衣荆钗，过俭素清贫的平民生活，做一位贞静高洁的淑女。《列女传》载梁鸿妻孟光，荆钗布裙，夫妻相敬如宾。杜甫《佳人》诗有"天寒翠袖薄，日暮倚修竹"之句。这里加以融合化用。

【评析】　　开篇三句状述佳人秋夜凝思，"前事"笼罩下文。"鸳鸯结"之绮艳，盟誓之分明，显见初恋恩深情浓。"回文"空织，几度"心碎"，写尽两情危机及所受折磨。以下以悲剧结局收结上片，"安花"句言尽力挽救，可奈变灭急剧，缘分短窄，好事幻灭。巧喻联翩，含蕴丰厚，下字精切。过片三句以景写人，遥应发端。其下转入佳人内心独白。以阴晴随天，长门洒泪事并不稀见，聊自开解。末后自悔自嗟，以未能安贫乐朴、坚守贞静，饮恨终生。全篇情事宛曲，下字绮丽，多用象征意象、借喻手法，融化典实，浑然无迹，堪称一篇女性爱情悲剧的倾诉书。

朱嗣发　　　　　　　　　　　　　　　　　　　　　　　　435

刘辰翁

1232
|
1297

　　字会孟，号须溪，庐陵（今江西吉安）人。少登陆九渊之门，补太学生。理宗景定三年（1262）考进士时，廷试对策，忤贾似道，被列入丙等。曾任濂溪书院山长，宋亡不仕。有《须溪词》。作品多感伤时事，怀思故国，风格遒上，情辞跌宕。存词三百五十余首。

兰陵王

丙子送春[1]

送春去，春去人间无路。秋千外、芳草连天，谁遣风沙暗南浦[2]。依依甚意绪？漫忆海门飞絮[3]。乱鸦过，斗转城荒，不见来时试灯处[4]。

春去最谁苦？但箭雁沉边，梁燕无主，杜鹃声里长门暮[5]。想玉树凋土，泪盘如露。咸阳送客屡回顾，斜日未能度[6]。

春去尚来否？正江令恨别[7]，庾信愁赋，苏堤尽日风和雨[8]。叹神游故国，花记前度[9]。人生流落，顾孺子，共夜语[10]。

【注释】　1.丙子：宋恭帝德祐二年丙子（1276）。　2.风沙暗南浦：南浦风狂沙飞，四字阴沉，暗喻元军攻陷临安后的险恶形势。　3.海门飞絮：海边飞絮，代指逃往海边的端宗等南宋君臣。　4."乱鸦过"三句：乱鸦横飞，北斗移位，京城荒芜，元宵前张挂彩灯的热闹去处再也看不见了。试灯，元宵节前张灯预赏。　5."但箭雁"三句：被箭射中的大雁坠落于边庭，大厦倾覆、屋梁摧折后的燕群没有归依，悲切的杜鹃声中，宫门紧闭，落日昏黄。

箭雁，暗指被掳北去的君臣。梁燕，喻亡国后的南宋臣民。长门，汉宫名，此泛指临安皇宫。　6．"想玉树"四句：象征亡国的臣民，忆念故物凋残，洒泪纷纷，依依不忍离去。玉树代指宫廷中故物。泪盘，汉武帝时，在建章宫前铸铜人，手托承露盘，称捧露盘仙人。魏明帝时，命人把铜人从长安搬到洛阳，在拆卸时，铜人"潸然泪下"。李贺《金铜仙人辞汉歌》有"衰兰送客咸阳道，天若有情天亦老"之句。　7．江令恨别：江总，陈后主时官尚书令，人称江令，陈亡，入隋北去。　8．苏堤：苏轼知杭州时所筑。　9．"叹神游"二句：用刘禹锡"前度刘郎"事，说往日繁华只能由记忆中觅得。10．"顾孺子"二句：谓只能与儿孙辈夜诉亡国之痛。

【评析】　全篇明言送春，实悼宋亡。一叠写临安城陷后的残败景象。"送春去"是主题，"无路"预示王朝的山穷水尽。"风沙"暗指敌军凶猛，"飞絮"形容幼帝君臣命运飘摇，"乱鸦""斗转""城荒"，伤臣民离散，王朝陨落，京邑繁华顿化云烟。二叠写破国离家的凄苦。"最谁苦"，痛心一问，从六宫被掳北上、亡国臣民无依、宫禁一派凄凉三方面回答。"想"字以下，写去国离家、依依难舍的苦况。三叠宣发亡国哀思。"尚来否"，预想前景，仅以"恨别""愁赋"为答，且以苏堤风雨渲染凄迷气氛，绾合风沙南浦，暗示回春无望、国事难为。末折回自身，故国只能"神游"，人生归于"流落"，一派天涯沦落、前路茫茫之感。词以送春象征亡国，借自然景象写人世沧桑，意象凄迷，寄托遥深，正如《白雨斋词话》所云："题是送春，词是悲宋，曲折说来，有多少眼泪！"

宝鼎现

　　红妆春骑[1]，踏月影、竿旗穿市[2]。望不尽、楼台歌舞，习习香尘莲步底[3]。箫声断、约彩鸾归去[4]，未怕金吾呵醉[5]。甚辇路、喧阗且止，听得念奴歌起[6]。

　　父老犹记宣和事，抱铜仙、清泪如水[7]。还转盼、沙河多丽[8]。滉漾明光连邸第[9]，帘影动、散红光成绮。月浸葡萄十里[10]，看往来、神仙才子，肯把菱花扑碎[11]。

　　肠断竹马儿童，空见说、三千乐指[12]。等多时、春不归来，到春时欲睡。又说向、灯前拥髻，暗滴鲛珠坠[13]。便当日亲见《霓裳》，天上人间梦里[14]。

【注释】　1.红妆春骑：写男女游春。沈佺期《夜游》诗："南陌青丝骑，东邻红粉妆。"　2.竿旗穿市：写官吏军将夜游。苏轼《上元夜》诗："牙旗穿夜市。"　3."习习"句：谓美人走过，路尘生香。习习，飞扬貌。　4."箫声断"句：谓夜深始与情人同归。彩鸾，美女名。林坤《诚斋杂记》载，太和末，书生文箫遇一女名彩鸾者，姿色绝佳，两人一见钟情，遂成夫妇。《全唐诗》卷八百六十三载彩鸾吟歌，有"若能相伴陟仙坛，应得文箫驾彩鸾"之句。　5."未怕"句：意谓不怕军警干涉。古代京城有执金吾（警官）禁夜制度，"正月十五日夜，敕许金吾弛禁"（韦述《西都杂记》）。　6."甚辇路"二句：谓为何辇路人声喧嚷忽然停止，原来著名歌星开始演唱了。念奴，唐天宝时名伎，此处代指歌姬。　7."父老"二句：谓父老们对宋徽宗宣和年间事记忆犹新，当时北宋灭亡，宋室南迁。李贺《金铜仙人辞汉歌》有"空将汉月出宫门，忆君清泪如铅水"之句。此处化用其意，借指宋室南渡。
8. 沙河多丽：沙河塘，在杭州南，居民繁盛，歌舞不绝。　9. "滉漾"句：谓湖水明净，甲第连云。　10. "月浸"句：谓月光洒入碧绿的湖水。李白《襄阳歌》写江水有"恰似葡萄初酦醅"之句。　11. "肯把"句：指没有国破家亡之思想准备。暗用《本事诗》中徐德言故事。徐与乐昌公主夫妻美满，他预见到政局危乱，"乃破一镜，人执其半"，约定若遭乱离，将以破镜为信物，谋取最终团聚。　12. "肠断"二句：谓国亡之后，骑竹马的少年儿童仅能从遗老口中听说故国的旧事了。三千乐指，指宋朝教坊乐队由三百人组成，一人十指，故称"三千乐指"。　13. "又说"二句：指在元朝统治下，元宵佳节，也只可对灯垂泪了。《飞燕外传》载，伶玄之妻樊通德"顾视灯影，以手拥髻，凄然泣下，不胜其悲"。鲛珠，指泪。《述异记》载南海中有鲛人室，水居如鱼，"其眼能泣则出珠"。此处融化二则典故，写愁苦之状。　14. "便当日"二句：谓遗民虽目睹当年繁华，亦不过春梦一场。《霓裳》，即《霓裳羽衣曲》，唐开元时名曲，代指繁华时代。

【评析】　词分三叠。首叠写北宋汴京元宵盛况。起叙士、女、官、兵踏月影观灯，以下出现三个特写场景：楼台歌舞表演，连步散香；夜深情侣双双归去，通行无阻；辇路人声沸腾中，名伎出场献歌。汴京灯节繁闹，形容尽致。次叠转入南宋，过片总挽上文，化用李贺诗，点明宋室南迁，而后视角专注临安。"多丽"总括，"邸第""红光""葡萄"等句，将楼台、湖光、灯景浑融一体，写尽临安"销金锅"的灯节氛围。收拍暗用南朝事，对时人未能居安思危，微露憾恨。三叠写宋亡之后的灯节。换头收结上文，且借"儿童"，表明故国幻灭。"春时欲睡"，而今灯节的无聊不言自明。"又说"句，极言凄苦之况，煞拍收拢到自身，与"儿童"映照。全章由昔到今，以乐写悲，意象密集，落差极大，浓缩沉厚历史内容，贯注无限家国悲慨，正如杨慎所云："词意凄婉，与《麦秀歌》何殊！"（《词品》）

永遇乐

　　余自乙亥上元，诵李易安《永遇乐》，为之涕下。今三年矣，每闻此词，辄不自堪，遂依其声，又托之易安自喻，虽辞情不及，而悲苦过之。

　　璧月初晴，黛云远淡，春事谁主？禁苑娇寒[1]，湖堤倦暖，前度遽如许[2]。香尘暗陌，华灯明昼，长是懒携手去[3]。谁知道、断烟禁夜，满城似愁风雨[4]。

　　宣和旧日，临安南渡，芳景犹自如故[5]。缃帙流离，风鬟三五，能赋词最苦[6]。江南无路，鄜州今夜，此苦又谁知否[7]？空相对、残釭无寐，满村社鼓[8]。

【注释】　1.禁苑：指南宋京城临安旧宫。　2."前度"句：暗用刘禹锡《再游玄都观》"前度刘郎今又来"句意，谓此番来临安变化如此之大，非复往昔。　3."香尘"三句：谓往日京都繁华，常常懒得携手出游。　4."谁知道"二句：谁知如今京城人烟稀少，元军实行宵禁，满目凄风愁雨，想观赏元宵已不可得。　5."宣和"三句：谓徽宗宣和年间，南宋渡江建都临安，景象如故而人事已非。　6."缃帙"三句：谓易安当年携贵重图书流亡江南，图书大多散失，正月十五发髻蓬乱，无心修饰，只能吟出凄苦的词章。

刘辰翁　　　　　　　　　　　　　　　　　　　　441

7. "江南"三句：如今江南已陷入敌手，无路可逃，自己流落外乡，怀念妻室，此种悲苦谁能了解？鄜州，暗用杜甫《月夜》"今夜鄜州月，闺中只独看"诗意（时杜甫身陷长安，妻子在鄜州）。 8. "空相对"二句：写自己空对残灯，耳闻社鼓，忧恨难平，长夜无寐。社鼓，节日祭神的鼓声。

【评析】 开端由描绘圆月远云的春景，提出"谁是春光的主人"，暗寓山河易主之悲。"禁苑""湖堤"，写临安旧迹；"娇寒""倦暖"，言初春感受。"遽如许"，惊呼变化巨大，故地重经，春光如故，而山河全非。"香尘""华灯"，追忆往年元夕。"断烟禁夜"承"遽如许"，补写沧桑巨变。往日面对临安繁华，尚懒得出游，而今满目荒凉，戒备森严，更无景可赏。上片写当今临安元夕感受，托易安自喻，下片即先叙易安当年情事。南下临安，芳景如故而人事已非，图书散失，元夕无心打扮。"江南无路"以下转笔写自己的流亡生涯，无路可归，家人离散，空守孤灯，长夜难眠。写易安已言"最苦"，而"此苦"又复过之。翻进一层，忧恨良深。

摸鱼儿

酒边留同年徐云屋

怎知他、春归何处？相逢且尽尊酒。少年袅袅天涯恨，长结西湖烟柳[1]。休回首，但细雨断桥，憔悴人归后[2]。东风似旧，问前度桃花，刘郎能记，花复认郎否[3]？

君且住，草草留君剪韭[4]，前宵正恁时候。深杯欲共歌声滑，翻湿春衫半袖。空眉皱，看白发尊前，已似人人有[5]。临分把手，叹一笑论文，清狂顾曲，此会几时又[6]？

【注释】　1.“少年”二句：谓当年中进士时，两人均为少年士子，彼时已漂泊天涯，长年与西湖烟柳为伴。刘辰翁于宋理宗景定三年（1262）赴临安进士试，与徐云屋相识，时年三十。袅袅，身材细长。　2.“但细雨”二句：谓今重来西湖，人已衰老憔悴。断桥，西湖十景之一。　3.“问前度”三句：化用刘禹锡《再游玄都观》诗，自叹年华迟暮。　4.“草草”句：言匆匆以家常饭菜招待。杜甫《赠卫八处士》诗：“夜雨剪春韭，新炊间黄粱。”5.“看白发”二句：谓尊前相看，已白发种种，彼此相似。　6.“叹一笑”三句：谓何时再能聚首论文听歌？杜甫《春日忆李白》：“何时一樽酒，重与细论文。”论文，用杜诗。顾曲，用周瑜事。《三国志·周瑜传》：“瑜少精意于音乐，虽三爵之后，其有阙误，瑜必知之，知之必顾。故时人谣曰：'曲有误，周郎顾。'"

【评析】　起句点时序，为送别铺垫，继以劝酒语醒题。"少年"二句叙旧，言两人当年西湖相识，年华方盛。"休回首"以下折回当今，"断桥"绾合"西湖"。末化用唐诗，前度"刘郎"，切合自我，反问花能否相识，含"岁岁年年人不同"之感，与上文"少年"，正可呼应，构思新巧别致。过片直倾留客语，紧切题面，口吻纯真亲切。"深杯"二句，追述前宵对饮之放浪，狂歌醉饮，酒湿春衫，老友欢聚，何其舒畅！"空眉皱"以下，由聚想到散，由欢转悲，从慨叹年华迟暮说到即将分手。煞拍展望后会之期，别情殷殷，思绪万千，耐人寻绎。

周 密

1232
|
1298

　　字公谨，号草窗，济南（今属山东）人。宋室南渡，举家南下逃亡，流寓吴兴（今浙江湖州），居弁山，自号弁阳啸翁、四水潜夫。宋末曾任义乌令，入元不仕。长于诗词书画，与史达祖、王沂孙、张炎、戴表元等有酬唱。词讲究格律，韶倩绵渺，时寓故国之思，与吴文英并称"二窗"。著《齐东野语》《癸辛杂识》《武林旧事》《浩然斋雅谈》《云烟过眼录》等笔记多种。曾编选《绝妙好词》。词集有《草窗词》《蘋洲渔笛谱》，存词一百五十余首。

高阳台

送陈君衡被召[1]

照野旌旗，朝天车马，平沙万里天低。宝带金章，尊前茸帽风敧[2]。秦关汴水经行地，想登临、都付新诗[3]。纵英游、叠鼓清笳，骏马名姬[4]。

酒酣应对燕山雪，正冰河月冻，晓陇云飞[5]。投老残年，江南谁念方回[6]？东风渐绿西湖柳，雁已还、人未南归[7]。最关情、折尽梅花，难寄相思[8]。

【注释】 1.陈君衡：名允平，一字衡仲，号西麓。 2."宝带"二句：写陈君衡腰系宝带，身佩印章，在送别筵间，头上的皮帽被风吹得略略倾斜。《北史·独孤信传》写独孤信出猎，"驰马入城，其帽微侧"，于是吏人争相模仿"侧帽"的胡风。这里写陈衣冠潇洒，略带胡风，似有微意。 3."秦关"二句：设想友人行经故国山河，当会登临凭吊，见于歌咏。 4."纵英游"二句：谓此去定会在胡乐声中骑骏马，携名姬，纵情游赏。 5."酒酣"三句：设想友人在大都酒酣耳热，面对的当是与南国不同的北国风光。燕山、冰河、陇云，代指河北辽宁一带北国景象。 6."投老"二句：自己垂老余年，隐居江南，有谁还会念及？方回，作者自比。黄庭坚有"解道江南断肠句，只今唯有贺方回"（见《中吴纪闻》卷三引）之句。 7."东风"二句：谓来岁春还雁归，西湖杨柳垂绿，友人未必南归。 8."最关情"二句：谓最为关心的是今后云泥异路，寄梅难以表达思念之情。这里化用陆凯折梅赠范晔事。

【评析】 开端写友人赴召的仪仗车马及去向。接着写别筵间行者尊贵的身份和风貌。"苙帽风欹"，以独孤信衣冠胡风相拟，似含微意。"登临""英游""酒酣"，设想行者途中和到元都后情景。经行中原故地，当会登临凭吊，发之于诗；到京后则纵情游乐饮酒，听胡地音乐，面对异地风情。看似称扬，暗寓感伤。"投老残年"以下转写居者心情。"谁念方回""人未南归"，字面表念友之情，言外不无担心行者疏远故旧、淡忘故乡之意。收拍"难寄相思"，隐含云泥异路、心灵难通之忧，耐人品味。词在依依惜别中浑融着惋惜、期待、伤感等复杂情绪，透露了词人对行者应召出仕的忧伤和不满。

瑶 华

后土之花，天下无二本，方其初开，帅臣以金瓶飞骑进之天上，间亦分致贵邸。余客辇下，有以一枝（下缺，按他本无序，题作"琼花"）

朱钿宝玦[1]，天上飞琼[2]，比人间春别。江南江北曾未见，漫拟梨云梅雪。淮山春晚[3]，问谁识、芳心高洁？消几番、花落花开，老了玉关豪杰[4]。

金壶剪送琼枝，看一骑红尘，香度瑶阙[5]。韶华正好，应自喜、初识长安蜂蝶[6]。杜郎老矣[7]，想旧事花须能说。记少年一梦扬州，二十四桥明月[8]。

【注释】 1.朱钿宝玦：红色钿钗，莹洁白玉。 2.天上飞琼：以天仙喻花。许飞琼，西王母之侍女，见《汉武帝内传》。 3.淮山：在淮水旁，此处代指扬州。 4."老了"句：谓边将无计筹边报国。玉关，玉门关，古代边防重镇，此处代指两淮一带。 5."一骑红尘"二句：谓将琼花驰马送呈皇宫，供朝廷观赏。杜牧《过华清宫》"一骑红尘妃子笑，无人知是荔枝来"，此化用其意。 6."韶华"二句：谓琼花盛开被送进京华，招引豪门贵家观赏。长安，代指京都临安。 7.杜郎：指杜牧，杜牧早年宦游扬州，写了不少反映当地繁华的诗篇，此以牧自拟。　　8．"记少年"二句：化用杜牧诗，其《遣怀》诗有"十年一觉扬州梦，赢得青楼薄幸名"之句，《寄扬州韩绰判官》有"二十四桥明月夜，玉人何处教吹箫"之句，此处借抒怀旧之情。

【评析】　　起三句以借喻法赞琼花资质之美，继二句言其色彩之洁，再二句称其品格之高。"芳心"着以"谁识"，暗示壮怀无人理解。"老了玉关豪杰"，关联扬州，一发壮志莫酬之愤。下片先写进贡琼花，次写皇室玩赏，隐括唐朝贡荔枝事，隐寓借古讽今之意。再言自身虽老，琼花可作历史见证。煞拍化用小杜诗，倾发繁华消歇、往事如梦之慨。正如《白雨斋词话》所云："不是咏琼花，只是一片感慨无可说处，借题一发泄耳。"

周　密

玉京秋

长安独客，又见西风，素月丹枫，凄然其为秋也，因
调夹钟羽一解。

烟水阔，高林弄残照，晚蜩凄切¹。碧砧度韵²，银床飘
叶³。衣湿桐阴露冷，采凉花、时赋秋雪⁴。叹轻别，一襟幽
事，砌虫能说⁵。

客思吟商还怯⁶，怨歌长、琼壶暗缺⁷。翠扇恩疏，红衣香
褪，翻成消歇⁸。玉骨西风，恨最恨、闲却新凉时节。楚箫咽，
谁寄西楼淡月⁹。

【注释】　1.晚蜩：晚蝉。　2.“碧砧”句：捣衣石传送声响。　3.银床：
银饰井栏。庾肩吾《九日侍宴》诗有“银床落井桐”之句。　4.“采凉花”
句：谓采折芦花，时而想起秋雪。秋雪，白色芦花。　5.砌虫：阶下蟋蟀。
6.“客思”句：羁旅愁思中吟出秋声商调，凄切不能自胜。　7.“怨歌”句：
谓幽怨之歌悠长，把玉壶不觉敲碎。古乐府有《怨歌行》，诗思凄苦。琼壶暗
缺，用王敦事，参周邦彦《浪淘沙慢》注。　8.“翠扇”三句：描写荷叶稀
疏，荷花凋零，好景烟消云散。暗用刘孝绰《班婕好怨》“妾身似秋扇，君

恩绝履綦"之意。红衣，喻荷花。陆龟蒙《芙蓉》："莫引西风动，红衣不耐秋。" 9．"楚箫"二句：箫声幽咽，是谁倚西楼在淡月下吹奏呢？"寄"字，诸本多作"倚"字，于义为胜。

【评析】　　上片由黄昏秋景入题，"烟水""残照""晚蛩""碧砧""飘叶"，自远而近，从视觉、听觉多方面渲染萧索深秋氛围。"衣湿"以下，呈现感秋之人。"叹轻别"，一点怀人之思，而以景收顿。"砌虫"诉人"幽事"，极有意趣。下片写"客思"，紧承上文意脉，妙在结合外景抒写。"歌长""壶缺"，见悲思凝重。"翠扇""红衣"，明写荷花，暗喻人事，语语双关。"玉骨"写处境冷寂，绾合感秋。煞拍借他人箫声，寄自我情怀，余味悠长不尽。全篇精心刻绘物景，意象清雅，复杂感受委婉传出，给读者留有足够的联想空间。

周　密

曲游春

　　禁烟湖上薄游，施中山赋词甚佳，余因次其韵。盖平时游舫，至午后则尽入里湖，抵暮始出断桥，小驻而归，非习于游者不知也。故中山亟击节余"闲却半湖春色"之句，谓能道人之所未云[1]。

　　禁苑东风外，飏暖丝晴絮，春思如织。燕约莺期，恼芳情偏在，翠深红隙。漠漠香尘隔，沸十里、乱丝丛笛。看画船尽入西泠，闲却半湖春色[2]。

　　柳陌。新烟凝碧。映帘底宫眉，堤上游勒[3]。轻暝笼寒，怕梨云梦冷，杏香愁幂[4]。歌管酬寒食，奈蝶怨良宵岑寂。正满湖碎月摇花，怎生去得？

【注释】　1."薄游"等句：薄，语词。施中山，施岳，字中山，作者友人。施很赞赏"闲却半湖春色"之句。　2."看画船"二句：写游船聚集西泠，外湖变得闲静。西泠桥，在西湖白堤上。白堤、苏堤将湖分为里湖、外湖、后湖。游船到中午，经西泠桥进入里湖，外湖游船渐少。《武林旧事》卷三记禁烟节游湖盛况谓："都人士女，两堤骈集，……水面画楫，栉比如鱼鳞，……若游之次第，则先南而后北，至午则尽入西泠桥里湖，其外几无一舸矣。弁阳老人有词云：'看画船尽入西泠，闲却半湖春色。'盖纪实也。"

3. "新烟"三句：言烟笼杨柳一片新碧，衬映着香车中的美女、马背上的少男。宫眉，描成宫女样式的眉毛，代指佳人。游勒，游春的马笼头，代指骑马的游人。　4. "轻暝"三句：言时近薄暮，湖上轻寒笼罩，恐梨花梦中也感冷清，杏树也为愁云覆盖。梨云，指梨花如云。愁幂，愁云覆盖。

【评析】　词写西湖春游美景。起笔由宫苑春光引出"春思"，接写湖波花丛撩拨赏春芳情，导入游湖。"燕约莺期"，以莺燕拟人，又以莺燕代人，炼句精巧。香尘弥漫，乱弦丛笛，游乐之盛概，触着视觉、嗅觉、听觉。画船尽入西泠，外湖顿显闲静，由闹转静，既为纪实之笔，又体现词人爱幽喜僻情趣。下片先写堤上游人，"柳陌"提点。绿柳碧波，衬映宝车佳人、鞍上公子。游春景象，美妙如画。"轻暝笼寒"，暗写天色渐晚。寒食节在歌管声乐中即将过去，不写游人依恋不舍，而谓梨花怕冷清，香杏蒙愁云，彩蝶怨岑寂，笔锋精微，情思细腻，炼字精工。月影入湖，随湖波荡漾，故曰"碎"；游船不断，桨动而水花溅，故曰"摇"。一笔写尽西湖夜游，雅兴不衰，逼出尾句。全章意象倩丽，细针密线，镂冰刻楮，精妙绝伦。

周　密

花　犯

水仙花

楚江湄，湘娥乍见，无言洒清泪[1]，淡然春意。空独倚东风，芳思谁寄？凌波路冷秋无际，香云随步起[2]。漫记得、汉宫仙掌，亭亭明月底[3]。

冰丝写怨更多情，骚人恨，枉赋芳兰幽芷[4]。春思远，谁叹赏、国香风味[5]？相将共、岁寒伴侣[6]，小窗静，沉烟熏翠被。幽梦觉、涓涓清露，一枝灯影里。

【注释】　1."湘娥"二句：以湘水女神含泪不语喻披霜水仙。湘娥，传说帝尧之女，死后成为湘水女神。　2."凌波"二句：比水仙为凌波仙子，步履带起香云。　3."漫记得"二句：谓从仙子联想起汉宫前捧承露盘的金铜仙人在月下亭亭玉立的情景。　4."冰丝"三句：意谓以冰弦写怨更为情挚意深，胜过骚人赋蕙兰、白芷。卢祖皋《卜算子·水仙》有"弦冷湘江渺"之句，以冰弦喻水仙。屈原《离骚》《九歌》等，多以兰、芷等香草喻美人。5.国香：此处指水仙。黄庭坚《次韵中玉水仙花》诗："可惜国香天不管，随缘流落小民家。"　6."相将"句：谓可引水仙作岁寒之友。林景熙《五云梅舍记》："诰院梅山君即其居累土为山，种梅百本，与乔松、修篁为岁寒友。"

【评析】　　上片侧重水仙仪态质姿，以湘娥含泪迎春，仙子凌波独步，铜人月下亭亭玉立，隐喻水仙形神轻盈雅素，品第高洁。下片翻进一层，重在宣发水仙的风韵情趣。"冰丝"三句，以兰、芷衬映，言其犹湘灵鼓瑟，幽怨情浓。"春思"二句，赞其韵味悠远，堪称国香。"相将"三句，谓引以为伴，可与岁寒三友媲美。收拍写窗前灯下，赏其幽姿，清韵无穷。正面描述较少，多借喻衬映，意境幽峭，运思清远。

周　密

蒋　捷

　　字胜欲，阳羡（今江苏宜兴）人，度宗咸淳十年（1274）进士。宋亡后遁迹山林，不复出仕，自号竹山。有《竹山词》，多写乱世苦况，黍离忧思，洗练缜密，刻入纤艳。存词九十余首。

瑞鹤仙

乡城见月

绀烟迷雁迹，渐碎鼓零钟，街喧初息。风檠背寒壁[1]，放冰蟾[2]，飞到蛛丝帘隙。琼瑰暗泣[3]，念乡关、霜华似织。漫将身化鹤归来，忘却旧游端的[4]。

欢极蓬壶蕖浸[5]，花院梨溶[6]，醉连春夕。柯云罢弈[7]，樱桃在，梦难觅[8]。劝清光、乍可幽窗相伴，休照红楼夜笛[9]。怕人间换谱《伊》《凉》，素娥未识[10]。

【注释】　1.风檠（qíng）：风中灯架。　2.冰蟾：指清冷的月光。　3.“琼瑰”句：指梦中滴泪。琼瑰，美玉，此指泪珠。《左传·成公十七年》："声伯梦涉洹，或与己琼瑰，食之，泣而为琼瑰，盈其怀。"　4.“漫将”二句：谓徒然归乡，往事已依稀不清了。用丁令威事，参王安石《千秋岁引》注。5.蓬壶蕖浸：谓蓬壶之荷花伸展。蓬壶，传说中海上仙山。蕖，芙蕖，荷花。　6.花院梨溶：谓华美的院落梨花鲜妍。溶，形容花色如波光闪亮。7.柯云罢弈：指在仙院下完了棋。《述异记》载，王质入山伐木，见童子数人弈棋而歌，因置斧听之。童子与一枣核物，含之不饥。棋终，质起视，斧柯已烂尽。既归，亲故死亡殆尽。刘禹锡《酬乐天扬州初逢席上见赠》诗："怀旧空吟闻笛赋，到乡翻似烂柯人。" 8."樱桃在"二句：谓往事如梦难寻。《酉阳杂俎》载，一人梦邻女遗二樱桃，食之而觉，核坠于枕侧。 9."劝清光"二句：意谓月光宁可陪伴幽窗，不要照彩楼夜笛。乍可，宁可。10."怕人间"二句：意谓人间乐曲变换，嫦娥听不懂。《伊》《凉》，伊州曲、凉州曲，北方边庭传入之曲调名。白居易《伊州》诗："老去将何散老愁，新教小玉唱伊州。"

【评析】 上片先写月夜光景。起六句写时渐入夜，雁远、鼓碎、街喧初息，院外景；风檠、冰蟾、月光入户，室内景。继四句写月下心境。"琼瑰""霜华"，摅乡关念；"化鹤""旧游"，写怀旧思。过片承"旧游"发挥，追忆昔年欢情，"欢极""醉连"，其乐可知。"柯云"融化烂柯事典，寄寓人事沧桑、昨梦前尘之慨。"劝清光"以下，笔锋转向月光，绾合题旨。收拍破解"休照夜笛"之故，盖怕人间更换胡曲，月宫仙女亦难接受。时移世更、陵谷巨变之悲，借月宣发，构思极巧，含蕴殊深。

宋词三百首

贺新郎

梦冷黄金屋[1]。叹秦筝、斜鸿阵里，素弦尘扑[2]。化作娇莺飞归去，犹认纱窗旧绿[3]。正过雨、荆桃如菽[4]。此恨难平君知否？似琼台、涌起弹棋局[5]。消瘦影，嫌明烛。

鸳楼碎泻东西玉[6]。问芳踪、何时再展？翠钗难卜[7]。待把宫眉横云样，描上生绡画幅，怕不是、新来妆束。彩扇红牙今都在，恨无人、解听开元曲[8]。空掩袖，倚寒竹[9]。

【注释】　1.“梦冷”句：暗示地位非凡的佳人的冷落处境。用《汉武故事》载汉武帝金屋贮阿娇事。　2.“叹秦筝”二句：谓秦筝蒙上尘土。筝柱斜排似雁阵，故称。　3.“化作”二句：谓梦魂化为娇莺，飞回金屋，犹熟悉昔日环境。　4.“荆桃”句：谓樱桃果实犹如大豆。　5.“似琼台”句：谓仿佛华美楼台中摆起棋局，胜败变幻无常。李商隐《无题》：“莫近弹棋局，中心最不平。”　6.“鸳楼”句：谓鸳鸯楼曾痛饮美酒。东西玉，美酒名。黄庭坚《次韵吉老十小诗》：“佳人斗南北，美酒玉东西。”杨万里《送叶叔羽寺丞持节淮东》诗亦有“呼酒东西玉，探梅南北枝”之句。　7.“问芳踪”二句：佳人踪迹何时再现，翠玉钗也无法占卜。　8.“彩扇”二句：谓旧物虽在，时事已非。彩扇、红牙（拍），均为旧时歌舞用具。开元曲，指盛唐开元时代的歌曲。　9.“空掩袖”二句：化用杜甫《佳人》诗：“天寒翠袖薄，日暮倚修竹。”

【评析】 起句暗示主人公乃金屋佳人，"冷"字绘出其失落境遇。素弦蒙尘，窗绿犹认，言无心抚琴，有情怀旧。"恨难平"，直倾胸臆，琼台棋局，申明世事变幻，乃"恨"之由起。末以颜瘦怯对明烛顿住。换头转入忆旧，当年鸳楼痛饮长歌，旧踪何时重现，实难预期。以下言新描宫眉入画，也已过时，歌舞道具虽存，旧曲无人解听，一派失落情怅，涌动着时移世变、家国沧桑之悲。收拍以掩袖倚竹的孤寂形态与起句挽结。全篇以美人失时的比兴寄托手法，宣泄时代悲慨，块垒在胸，半吞半吐，令人叹惋。

女冠子

元　夕

　　蕙花香也，雪晴池馆如画。春风飞到，宝钗楼上，一片笙箫，琉璃光射¹。而今灯漫挂，不是暗尘明月²，那时元夜。况年来、心懒意怯，羞与蛾儿争耍³。

　　江城人悄初更打，问繁华谁解，再向天公借？剔残红地⁴，但梦里隐隐，钿车罗帕。吴笺银粉砑⁵，待把旧家风景，写成闲话。笑绿鬟邻女，倚窗犹唱，夕阳西下⁶。

【注释】　1.琉璃光射：谓琉璃彩灯，光辉四射。据《武林旧事》卷二，元夕"禁中尝令作琉璃灯山，其高五丈"。　2.暗尘明月：形容当年元宵美妙，化用苏味道《正月十五夜》诗："暗尘随马去，明月逐人来。"　3.蛾儿：妇人所戴饰物，用彩纸剪成。《武林旧事》卷二："元夕节物，妇人皆戴珠翠、闹蛾、玉梅、雪柳。"　4.红地（xiè）：残灯的灰烬。　5."吴笺"句：精美的纸笺。吴笺，吴地之笺。银粉砑（yà），压有银粉闪闪发光的纸。砑，发光。　6.夕阳西下：代指歌唱南宋繁华的元夕词。范仲淹侄孙范周写元夕的《宝鼎现》词，开端有"夕阳西下，暮霭红隘，香风罗绮"之句。

蒋　捷　　　　　　　　　　　　　　　　　　　　　　　　　461

【评析】　一起六句写往日元夕盛况，兰蕙花香，池馆明丽，和煦春风中，华贵楼阁上，一片笙歌，彩灯辉煌。往年元夕，何等迷人！"而今"以下，转入当今元夕，"漫挂"，言徒然悬灯而时事已非。"况"字又推进一步，申明无心取乐。换头承上意脉，"江城"点明临安，"初更"而"人悄"，何其冷落！无人索借"繁华"，契合"懒""怯"心态。再下繁闹风景，只有向梦中追寻，向画中拟想，向邻女歌声中领略。笑中含泪，无限酸楚。由昔到今，盛衰对比，虚实交插，宣泄出灯节的落寞怀旧情悰。

宋词三百首

张 炎

　　字叔夏，号玉田，又号乐笑翁。先世陕西凤翔人，后移家临安。南宋大将张俊是其六世祖。张炎生于理宗淳祐八年（1248），宋亡时三十二岁，入元后，经历四十年左右的漂泊生涯，曾到过大都，后郁郁南归，因人作客，落拓漫游。与王沂孙、周密、仇远等有唱酬。约卒于元仁宗延祐七年（1320）。他精通音律，著有《词源》一书，专门研讨词乐与词艺。所作词激楚苍凉，多寓身世之感、麦秀之思。有《山中白云词》，存词三百余首。

高阳台

西湖春感

　　接叶巢莺，平波卷絮，断桥斜日归船[1]。能几番游？看花又是明年。东风且伴蔷薇住，到蔷薇、春已堪怜[2]。更凄然、万绿西泠[3]，一抹荒烟。

　　当年燕子知何处？但苔深韦曲，草暗斜川[4]。见说新愁，如今也到鸥边[5]。无心再续笙歌梦，掩重门、浅醉闲眠。莫开帘，怕见飞花，怕听啼鹃。

【注释】　　1."接叶"三句：谓密集的叶丛中黄莺筑巢，平缓的湖水上飘卷飞絮，断桥间太阳斜照，归船离去。杜甫《陪郑广文游何将军山林》诗，有"卑枝低结子，接叶暗巢莺"之句，为"接叶"句所本。断桥，在孤山侧面，地处里湖外湖之间，是西湖著名景点。　　2."东风"二句：呼唤东风陪伴蔷薇，但蔷薇花开则春事将尽，故曰"春已堪怜"。　　3.万绿西泠：谓西泠桥畔绿叶触目。西泠桥，在孤山下，南宋时为繁华热闹、游人填塞之地。4."当年"三句：暗用刘禹锡《乌衣巷》"旧时王谢堂前燕"诗意，借用古代韦曲、斜川旧地，抒发今昔盛衰之感。韦曲，在长安城南，为唐代望族韦氏世代居住之地。斜川，在江西星子县，为历代文人雅集盛地，陶潜写过《游斜川》诗。　5.“见说新愁”二句：谓悠闲如白鸥也为新愁所萦绕。辛弃疾《菩萨蛮》：“拍手笑沙鸥，一身都是愁。”

【评析】　开端写西湖晚景，“巢莺”“卷絮”“斜日”，平缓写景，已暗藏日暮春晚气氛。下文发问，虽语意陡转，亦顺理成章。今年花事已晚，故呼唤东风伴随蔷薇稍住。但蔷薇花开，春事将尽，故曰“堪怜”。末写西泠繁华景点，已满目荒凉。“一抹”，笔墨如画。过片承上意脉，以问句振起。梁燕改投门户，繁华地、人文景，一派凄冷。白鸥也愁，人何以堪？翻进一层，转写自我心绪。飞花、啼鹃，发人哀思，着两“怕”字，写尽江山易主、人事全非，目不忍睹、耳不忍闻之痛。全章清虚骚雅，融情入景，赋物以情，极凄怆缠绵之致。

张　炎

渡江云

久客山阴，王菊存问予近作，书以寄之。

　　山空天入海，倚楼望极，风急暮潮初。一帘鸠外雨[1]，几处闲田，隔水动春锄。新烟禁柳[2]，想如今、绿到西湖。犹记得、当年深隐，门掩两三株。

　　愁余。荒洲古溆[3]，断梗疏萍[4]，更漂流何处？空自觉围羞带减，影怯烟孤。长疑即见桃花面，甚近来翻致无书[5]。书纵远，如何梦也都无。

【注释】　1.“一帘”句：鸠鸟声外下了一帘雨。古有鸠鸣唤雨之说。陆游《喜晴》诗：“正厌鸠呼雨，俄闻鹊噪晴。”　2.新烟禁柳：禁苑中柳树丛升起烟霞。　3.古溆（xù）：陈旧的水浦。　4.断梗疏萍：断落的草根、稀疏的浮萍，喻流浪的踪迹。　5.“长疑”二句：长想即可见面，为何近来连书信也无？桃花面，伊人芳颜，用《本事诗》中崔护诗“人面桃花相映红”之意。

【评析】　上片写景。先写眼下景：由山空海阔、风急潮起的远景，到闲田疏雨、隔水动锄的近景。后写意中景：由禁柳、湖面，到深隐之门墙，反映出作者寓居山阴时对往日杭州生活的缅怀。“西湖”“当年”，点明时地。下片抒怀。“愁余”二字提领。“荒洲”“疏萍”，景中含比，“漂流”发身世感，“带减”寓离愁深，“影怯烟孤”借景写人。末直抒胸臆，翻进两层，言既难谋面，又缺音问，更且无梦可觅，笔锋极摇曳跌宕之致。

八声甘州

辛卯岁，沈尧道同余北归，各处杭、越。逾岁，尧道来问寂寞，语笑数日，又复别去，赋此曲，并寄赵学舟[1]。

记玉关、踏雪事清游，寒气脆貂裘[2]。傍枯林古道，长河饮马，此意悠悠[3]。短梦依然江表，老泪洒西州[4]。一字无题处，落叶都愁[5]。

载取白云归去，问谁留楚佩，弄影中洲[6]？折芦花赠远，零落一身秋[7]。向寻常、野桥流水，待招来、不是旧沙鸥[8]。空怀感、有斜阳处，却怕登楼[9]。

【注释】　1．"辛卯岁"等句：元世祖至元二十七年（1290），张炎与沈尧道、赵学舟等友人被迫北上大都（今北京）为元廷书写金字《藏经》，次年（辛卯）南归，作者居越州（今浙江绍兴），沈尧道居杭州。赵学舟，一作曾心传。　2．"记玉关"二句：作者与友人一同赴北，一路踏雪冒寒，貂裘都冻破了。玉关，玉门关，泛指北方。　3．悠悠：遥远无际。《诗经·王风·黍离》："悠悠苍天，此何人哉？"　4．"短梦"二句：谓一场噩梦过去，依然回到江南，老泪洒向西州。西州，古城名，在今南京西。　5．"一字"二句：谓有感无地抒发，悲愁浸染了宇宙万象。　6．"载取"三句：友人归隐旧居，临行时依依不舍。《楚辞·九歌·湘君》："君不行兮夷犹，蹇谁留兮中洲？……捐余玦兮江中，遗余佩兮澧浦。"此处化用其意，写友人不忍离去。7."折芦花"二句：谓折芦赠友，自身飘零一如秋叶。 8."向寻常"二句：谓向寻常山林寻求伙伴，招来的难得有知心而真纯的旧交。杜甫《旅夜书怀》："飘飘何所似，天地一沙鸥。"杜甫以沙鸥自喻身世飘零。这里以"沙鸥"代指林泉隐士，意谓当今所谓隐士，也往往希图进身，怀有机心，不像沈、赵那样的知音老友了。 9."空怀感"二句：谓徒然怀有无限感触，想登楼望乡盼友，可是夕阳凄迷，山河全非，又怕倚危楼了。

【评析】 开端由"记"字领起五句，追忆北行情景和心态。踏雪冒寒，匹马劳顿，严寒冻裂貂裘，心神恍惚不定。见出北行心怀惴惴，迫不得已。"短梦"四句，转为归来情怀的陈述。燕都写经，俨然噩梦一场，身归江南，泪洒故土。欲倾苦恨，触引牢愁，无从下笔。足见遗民失国，北去南来，俱无佳致。下片写独处念旧怀友之情。友人来访，又复归卧白云。"问谁"二句，化用《九歌》捐玦、遗佩掌故，写惜别情。"折芦"点化"折梅寄远"故实，寓留别意。一就行者言，一就居者说。向野桥招沙鸥，喻知己难得，反衬一笔，愈见故交情深。末以"怕登楼"收结，无限失国隐恨、思乡怀友之情，曲折宣出，最耐体味。记事写景，清疏寥落，时代愁、身世感，俱在言外，哀绪绵绵，令人读来唏嘘生悲。

解连环

孤　雁

　　楚江空晚，恨离群万里，恍然惊散。自顾影、却下寒塘，正沙净草枯，水平天远[1]。写不成书，只寄得相思一点[2]。料因循误了，残毡拥雪，故人心眼[3]。

　　谁怜旅愁荏苒[4]，漫长门夜悄，锦筝弹怨[5]。想伴侣、犹宿芦花，也曾念春前，去程应转[6]。暮雨相呼，怕蓦地、玉关重见[7]。未羞他、双燕归来，画帘半卷[8]。

【注释】　　1.“自顾影”三句：描写离群孤雁顾影自怜，徘徊欲下，唯见枯草平沙，水天杳冥。唐崔涂《孤雁》诗“暮雨相呼失，寒塘欲下迟”，与此情景相似。　　2.“写不成书”二句：群雁飞翔，常排成“一”字形或“人”字形，称雁阵、雁字。古又有鸿雁传书之说。苏轼《虚飘飘》诗，有“雁字一行书绛霄”之句。这里说孤雁排不成字，只能挑逗人们的相思之情。
3.“料因循”三句：顾虑孤雁误了传书，使啮雪吞毡的故人望穿心眼。《汉书·苏武传》载，苏武出使匈奴被扣留，断绝饮食，只好“啮雪与毡毛并咽之，数日不死”。其后汉与匈奴和亲，寻求苏武下落，匈奴诈称苏武已死，汉使诡言汉天子在上林苑射雁，雁足上系信，说苏武未死，以此苏武得释归汉。

这里化用其事，寄托对北行故旧的思念。　4. 荏苒：指时光流逝。　5. "漫长门"二句：谓徒然长夜悄悄，锦筝弹出了幽怨之声。长门，指汉武帝陈皇后幽居长门宫事。杜牧《早雁》诗："仙掌月明孤影过，长门灯暗数声来。"钱起《归雁》诗："二十五弦弹夜月，不胜清怨却飞来。"作者融合前人诗意，想象北行友人凄苦的生活境况。　6. "想伴侣"三句：想象孤雁旧时的伴侣仍寄宿芦丛，也曾想到孤雁春前将要飞来此地。　7. "暮雨"二句：谓飞回北方时，会在暮雨中忽然相遇，故地重逢。玉关，泛指北方。　8. "未羞他"二句：谓故友若能相逢，也无愧于画栋珠帘下的对对双燕了。

【评析】　　开篇写楚天空阔，孤雁飞来，惊魂不定，怅然若失。在伶仃飞行中下视沙平草枯，水天寥落。"写不成书"，言单飞不能成字，仅可挑逗相思，构思新巧。化用苏武啮雪餐毡事，当有所寓托，耐人寻绎。换头"旅愁"承"离群"，"万里"就空间说，"荏苒"就时间说。"长门""锦筝"，融化掌故，渲染形单影只、孤寂凄苦之情。"想伴侣"三句，写孤雁想象伴侣，进而推想伴侣正期望孤雁北来。若果如此，定能在北地相逢，那么比起雕梁画帘中的双栖燕，当不会自感羞惭。全篇以人为雁，以雁写人，雁即是人，物我为一，曲折委婉地抒发了词人的孤寂心境、流浪身世和对故友的关念。"写不成书，只寄得相思一点"，出语新警，别具匠心，作者因此获"张孤雁"之称。

疏　影

咏荷叶

　　碧圆自洁，向浅洲远浦，亭亭清绝。犹有遗簪，不展秋心，能卷几多炎热[1]？鸳鸯密语同倾盖，且莫与、浣纱人说[2]。恐怨歌、忽断花风，碎却翠云千叠[3]。

　　回首当年汉舞，怕飞去漫皱，留仙裙折[4]。恋恋青衫，犹染枯香，还叹鬓丝飘雪。盘心清露如铅水[5]，又一夜、西风吹折。喜净看、匹练飞光，倒泻半湖明月。

【注释】　　1."犹有"三句：谓荷丛中尚有残枝卷缩，已难有多少暖意。遗簪，指凋残的荷花。　　2."鸳鸯"二句：谓挚鸟甜言蜜语如同新交，莫向外人透露心曲。倾盖，指初交相得。　　3."恐怨歌"二句：意谓恐生变故，使荷塘被毁，怨歌花风断绝。　　4."回首"三句：谓追忆往昔承受恩宠，未忍超尘远去。《飞燕外传》载，赵后歌唱归风送远之曲，汉成帝击玉瓯伴奏，风起，后扬袖曰："仙乎仙乎，去故而就新。"帝令左右持其裙，久之，风止，裙为之皱。后曰："帝恩我，使我仙去不得。"他日宫姝或襞裙为皱，号留仙裙。　　5."盘心"句：以金铜仙人承露盘喻残荷叶盛露水。

【评析】　　开端三句咏荷叶于浅洲亭亭玉立之貌，次三句言荷花残蕊萎缩。再四句，愿交颈鸳鸯勿招惹意外，以免残荷被毁。换头借赵后故事，追忆当年知遇之事。"青衫"言身份低下，"飘雪"叹年华迟暮，"枯香"紧切残荷，"西风"隐喻外力摧折。末以月夜湖光收结。水波如练，皓月洒辉，正应"净"字，与开篇"洁"字绾合。全篇以拟人法写荷，以荷写人，重在骨清魂洁，贞净不渝，以花品见人品。

月下笛

孤游万竹山中¹，闲门落叶，愁思黯然，因动黍离之感。时寓甬东积翠山舍。

万里孤云²，清游渐远，故人何处？寒窗梦里，犹记经行旧时路。连昌约略无多柳，第一是、难听夜雨³。漫惊回凄悄，相看烛影，拥衾谁语⁴。

张绪，归何暮⁵？半零落依依，断桥鸥鹭⁶。天涯倦旅，此时心事良苦。只愁重洒西州泪，问杜曲人家在否⁷？恐翠袖天寒，犹倚梅花那树⁸。

【注释】　1.万竹山：据《赤城志》，万竹山在天台县西南四十五里，绝顶曰新罗，"平旷幽窈，自成一村"。　2.孤云：作者自喻。陶潜《咏贫士》："万族各有托，孤云独无依。"　3."连昌"二句：谓梦中记忆犹新的是旧宫杨柳衰残，夜雨潇潇。连昌，唐行宫名，在今河南宜阳县西。元稹作《连昌宫词》，反映了安史乱后行宫的荒凉残破。这里借指南宋旧时宫苑。　4."漫惊回"三句：无端从梦中惊醒，一派凄凉，烛影相伴，无人共语。　5."张绪"二句：以张绪自比，感叹投老未归，到处漂流。张绪，字思曼，南齐吴郡人，

少有文才，丰姿清雅，《南齐书》有传。《艺文类聚·木部》载，南齐武帝萧
赜植蜀柳于太昌云和殿前，条长如丝缕，常叹赏之曰："杨柳风流可爱，似张
绪当年。"张炎常以张绪自比。戴表元《送张叔夏西游序》称他"风神散朗，
自以为承平故家贵游少年不翅也"。 6."半零落"二句：谓自己如零落过半
的西湖断桥间的鸥鹭，依恋低徊于美好的过去。 7."只愁"二句：言前朝
故家望族均已湮灭，自己不忍重经故地。西州泪，《晋书·谢安传》载，羊
昙受到谢安爱重，谢安病重时曾行经西州（今南京西）门。谢安死后，羊昙
"行不由西州路"，怕触景伤情。杜曲，唐代长安高门大族聚居之地，这里代
指临安的繁华街巷。周密《武林旧事》卷五"湖山胜概"载，张炎祖父张濡
的别墅名"松窗"，为杭州胜景之一。元军攻占临安后张濡被杀，其家籍没。
8."恐翠袖"二句：称扬故人洁身自持，保持民族气节，与梅花品格相互辉
映。杜甫《佳人》诗有"天寒翠袖薄，日暮倚修竹"句，这里点化杜诗，比
拟故人。

【评析】　起句自拟，远游承"万里"，怅望故人，可见其"孤"。"寒窗"以
下写梦中，经行旧地，钱塘柳残，夜雨难堪，故宫黍离，形于梦寐。"惊回"
以下写梦后，相伴唯有"烛影"，"拥衾"无人共话，境地何等萧索。"凄"状
心绪酸楚，"悄"写氛围寂静。换头总上启下，感叹身世飘零。以张绪自拟，
姓既相同，丰姿略似。"归何暮"与首句呼应。以下倾撼内心积懑。零落鸥
鹭，喻故旧星散，伶仃独处；天涯倦旅，见行踪飘萍，心事沉重。再写家族
夷灭，陵谷变幻，旧地不忍重过，当年旧友无不洁身远引，自持高操，独甘
寂寞。环环相扣，层层深入，破国亡家之思痛彻灵台。煞尾化用杜诗，佳人
与凌寒冬梅相互辉映，恰是逸民化身，且对"故人何处"作一应答。笔法曲
折，意蕴深厚，写出一代逸民心声。

王沂孙

字圣与，号碧山，又号中仙，会稽（今浙江绍兴）人，与周密、张炎等有交游。宋亡时他三十岁左右，入元过了十几年遗民生活。他虽做过元朝的庆元路学正，但也曾参与遗民的秘密集会，写了不少怀思故国的词章。有《花外集》，又名《碧山乐府》，存词六十余首。

天　香

龙涎香

孤峤蟠烟 [1]，层涛蜕月 [2]，骊宫夜采铅水 [3]。汛远槎风 [4]，梦深薇露 [5]，化作断魂心字 [6]。红瓷候火，还乍识、冰环玉指 [7]。一缕萦帘翠影，依稀海天云气 [8]。

几回殢娇半醉 [9]，剪春灯、夜寒花碎。更好故溪飞雪，小窗深闭。荀令如今顿老，总忘却、尊前旧风味 [10]。漫惜余薰，空篝素被 [11]。

【注释】　1．"孤峤"句：高峻的礁石笼罩着烟雾。据《岭南杂记》，龙涎香出于大食国西海中，"上有云气罩护，则下有龙蟠洋中大石"。　2．"层涛"句：月轮在海涛上升起。　3．骊宫：骊龙所居之处。　4．"汛远"句：谓采香船随风趁潮远去。　5．"梦深"句：谓梦绕蔷薇之露水。制龙涎香需取龙涎加蔷薇水拌合。　6．断魂心字：指心香。杨慎《词品》："词家多用心字香。蒋捷词云：'银字筝调，心字香烧。'张于湖词：'心字夜香清。'……所谓心字香者，以香末萦篆成心字也。"　7．"红瓷"二句：谓制成金环、玉指等各种形状的薰香，待慢火烧焙后放入红瓷盒中。　8．"一缕"二句：言焚龙涎香所散发的香雾。《岭外杂记》："和香而用。真龙涎焚之则翠烟浮空，结而不散，坐客可以用一剪以分烟缕。" 9．"几回"句：写女性焚香时情态。孈娇，娇媚慵倦。 10．"荀令"二句：感叹年岁迟暮，旧时的风味大减。习凿齿《襄阳记》云："荀令君至人家，坐处三日香气不歇。"荀令，三国时做过尚书令的荀彧。李商隐《韩翃舍人即事》诗，有"桥南荀令过，十里送衣香"之句。 11．"漫惜"二句：谓徒然珍惜余香，而今唯对空篝素被而已。篝，指熏笼。

【评析】 起三句写骊宫探取龙涎，次三句写运回香料拌合薇露制成心香，再二句写瓷盒中心香形状，末二句写点燃心香，云气缭绕之景。过片写佳人燃香度夜，乃追忆往昔。"荀令"以下折转到当今，感叹迟暮，已非旧日风采。收尾徒然珍惜余香，而熏笼已空。全词就香着笔，所有追寻、聚合、成形，历程种种，统统烟消云散，面对"空篝"，一派万象空无之慨，充斥人事已虚之悲。

眉 妩

新 月

渐新痕悬柳，淡彩穿花，依约破初暝[1]。便有团圆意，深深拜[2]，相逢谁在香径？画眉未稳，料素娥、犹带离恨[3]。最堪爱、一曲银钩小[4]，宝帘挂秋冷。

千古盈亏休问，叹慢磨玉斧，难补金镜[5]。太液池犹在，凄凉处、何人重赋清景[6]？故山夜永，试待他窥户端正[7]。看云外山河，还老桂花旧影[8]。

【注释】 1.“渐新痕”三句：言新月悬挂柳梢，淡光穿过花丛，隐约冲破了黄昏的阴暗。 2.“便有”二句：谓弯弯新月将有团圆的迹象，对之深深一拜。李端《拜新月词》：“开帘见新月，便即下阶拜。” 3.“画眉”二句：想象月中嫦娥未画好眉黛，是因心中充满幽恨。吴文英《声声慢》：“新弯画眉未稳。” 4.银钩：指一弯新月。秦观《浣溪沙》：“宝帘闲挂小银钩。” 5.“叹慢磨”二句：感叹月轮纵亏，无力回天。慢，同“漫”，徒然。玉斧，据《酉阳杂俎》载，唐代郑生及王秀才游嵩山遇一人，云：月是七宝合成，其凸处，常有八万二千户以斧凿修补之。 6.“太液池”二句：忆念赵宋承平时掌故，感叹时移世变，旧事难再。陈师道《后山诗话》载，宋太祖夜幸后池，对新月置酒，召学士卢多逊作咏月诗云："太液池头月上时，好风吹动万年枝。何人玉匣开金镜，露出清光些子儿。"周密《武林旧事》载，淳熙九年（1182）中秋，宋高宗与宋孝宗于后苑大池赏月，曾觌献《壶中天慢》词，有"云海尘清，山河影满，桂冷吹香雪。何劳玉斧，金瓯千古无缺"之句。7. "故山"二句：谓故国夜长，要等待圆月照入窗户。韩愈《和崔舍人咏月二十韵》："三秋端正月，今夜出东溟。"端正，指月光直射。　　8. "看云外"二句：言他日月儿虽圆，江山难复，看月光照射下的云外故国应是一派苍老影像。

【评析】　　起笔描绘新月初升，"悬柳""穿花"，仰观俯视所见。日落月升，故曰"破初暝"。"团圆意"，拜月人所祝所愿。"画眉未稳"与"新痕"遥应，引出"离恨"，借天上月寓人间愁。"银钩""秋冷"，枨触悲凉情惊，播散人间世界。上片句句写新月，处处盼月圆。下片放开笔势，立足于宇宙历史视角，纵论盈亏圆缺的演变。"盈亏休问"，含凄楚难言之痛；"难补金镜"，吐无力回天之恨；"何人重赋"，抒无限今昔之感；"夜永""试待"，写出遗民心中长夜漫漫、祈盼殷殷的忧思。收拍又作顿宕，含月轮盈虚有时，而山河旧影复现无期之慨。绵绵君国之思，全借咏月写出，托物寄怀，耐人寻味。

王沂孙

齐天乐

蝉

　　一襟余恨宫魂断[1]，年年翠阴庭树。乍咽凉柯，还移暗叶，重把离愁深诉[2]。西窗过雨，怪瑶佩流空，玉筝调柱[3]。镜暗妆残，为谁娇鬓尚如许[4]？

　　铜仙铅泪似洗，叹移盘去远，难贮零露[5]。病翼惊秋，枯形阅世，消得斜阳几度[6]？余音更苦，甚独抱清商，顿成凄楚[7]。漫想熏风，柳丝千万缕[8]。

【注释】　　1."一襟"句：谓蝉由宫中齐后孤魂幻化，长恨不消。马缟《中华古今注》："昔齐后忿而死，尸变为蝉，登庭树嘒唳而鸣，王悔恨。故世名蝉为齐女焉。"　　2."乍咽"三句：忽哽咽在寒枝，又移到繁叶浓密之处，声声倾诉离愁。　　3."怪瑶佩"二句：形容蝉鸣如佩玉声在空中流动，如玉筝声回旋，宛转动听，使人惊怪。　　4.娇鬓：形容蝉翼娇嫩。崔豹《古今注》载，魏文帝时宫人"制蝉鬓，缥缈如蝉翼"。　　5."铜仙"三句：意谓捧盘承露的金铜仙人洒泪远去，以饮露为生的秋蝉将何以维持？　　6."病翼"三句：残病的羽翼禁不住秋霜的侵袭，枯槁的形骸饱经人世沧桑，还能经得起几多岁月呢？　　7."甚独抱"二句：正独抱清高操守，顿时化为凄楚的悲鸣。甚，正。　　8."漫想"二句：徒然向往那夏风吹暖、绿柳摇曳的过去，然而这美好的岁月已经一去不复返了。

【评析】　　起笔以"宫魂"点题，谓蝉为妃魂幻化，长恨难消，年年攀树悲鸣，为全章笼罩悲剧氛围。接写蝉鸣寒枝暗叶间，"离愁深诉"，以蝉拟人，借蝉写人。"瑶佩""玉筝"，刻画雨后蝉声清脆宛转，声声不已。秋蝉来日无多，因以美人"妆残"相拟，以"为谁娇鬓"反诘，与"怪"字呼应，不胜悯惜。"铜仙铅泪"，既为衰世沧桑象征，又写秋蝉缺露，生活无托。承以"病翼""枯形"，足见残年余生，危苦憔悴。再加经受秋寒，阅历世变，情何以堪？故以岁月无几为问。以下写蝉声"更苦""凄楚"，悲楚递进一层。收结忽作顿宕，向往畴昔。"漫想"二字，一笔将希望抹去，酸楚至极。通篇以人拟蝉，以蝉写人，刻画蝉声，精妙入微，艰厄凄苦，愈转愈深。秋蝉处境，正为逸民身世写照，词人哀吟，宛如寒蝉悲鸣，寒蝉与词人貌合神似，浑化为一。

长亭怨慢

重过中庵故园 [1]

泛孤艇、东皋过遍 [2]，尚记当日，绿阴门掩。屐齿莓苔 [3]，酒痕罗袖事何限？欲寻前迹，空惆怅、成秋苑。自约赏花人，别后总、风流云散 [4]。

水远，怎知流水外，却是乱山尤远 [5]。天涯梦短，想忘了、绮疏雕槛 [6]。望不尽冉冉斜阳，抚乔木年华将晚 [7]。但数点红英，犹识西园凄婉。

【注释】　1.中庵：王沂孙友人，事迹不详。　2.东皋：东山。　3.屐齿莓苔：青苔上留下鞋印。叶绍翁《游园不值》诗："应怜屐齿印苍苔。"　4.风流云散：形容友人各奔东西，无缘相聚。王粲《赠蔡子笃》诗："风流云散，一别如雨。"　5."怎知"二句：指故人在重重山水之外。　6."天涯"二句：谓故人远在天涯，梦不到家乡，故园中的亭台楼阁都被淡忘了。　7."望不尽"二句：谓在缓缓下沉的夕阳中，四野无际，抚摸高大的树木，感叹人进老境。

【评析】　开篇直叙泛舟独游，接着由"尚记"提领，追忆往日畅游乐事。"绿阴"写环境，"屐齿"写游赏，"酒痕"写宴饮。"事何限"，如许赏心乐事，尽括其中。"欲寻前迹"以下，思绪回转到眼前，故国荒凉，故旧云散，无端惆怅，袭上心田。上片侧重访旧游，下片进而怀旧友。"水远"遥应泛舟，由水程迢遥想到乱山阻隔，揣测故人远在天涯，梦境难回，故园种种，记忆不清，对心中故人无限关切同情。"望不尽"再折回眼前，一派夕照，木老人衰，残花数点，足为见证，今昔之感融于景物描写之中。语言简淡清疏，深婉空灵，自饶韵致。

高阳台

和周草窗寄越中诸友韵

残雪庭阴，轻寒帘影，霏霏玉管春葭 [1]。小帖金泥 [2]，不知春在谁家？相思一夜窗前梦 [3]，奈个人、水隔天遮。但凄然，满树幽香，满地横斜 [4]。

江南自是离愁苦，况游骢古道，归雁平沙 [5]。怎得银笺，殷勤与说年华。如今处处生芳草，纵凭高、不见天涯。更消他、几度东风，几度飞花。

【注释】　1.“霏霏”句：言立春节序已到。古以合于十二律之箫管十二支，分别置芦苇灰于孔中，用罗縠蒙上，哪一季节到，哪一律管葭灰飞出。杜甫《小至》诗“吹葭六管动飞灰”，即指此。葭，芦苇灰。　2.小帖金泥：古时立春日书写宜春帖子词贴于楼阁，小帖以金泥书写。欧阳玄《渔家傲》有“换年懒写宜春帖”之句。　3.“相思”句：卢仝《有所思》：“相思一夜梅花发，忽到窗前疑是君。”　4.“满树”二句：化用林逋《山园小梅》诗中语。横斜，指梅花。　5.“况游骢”二句：写别离途中景象，骑青骢马，行古道，目睹平沙落雁。

【评析】　起始五句，"残雪""轻寒"、宜春帖，均从春光降临着笔，"春在谁家"，既点季候，又暗寓亡国遗民难得春光之意。"相思"以下转入怀友，谓结想成梦，无奈其人仍水阻天隔。末以设想友人居处环境收煞。"幽香""横斜"，暗点周密所在冬梅遍地的西湖孤山，且喻友人品第高洁。下阕承上，细申别怀。过片言江南春光增人离愁，况乘马古道，行程空阔。"怎得"二句，祈望以信笺开解慰问。"如今"以下挽结到离恨，且宕开笔势，推进两层，凭高难见，更能消受几度花开花谢？"结笔低徊掩抑，荡气回肠。"（《蕙风词话》）

王沂孙

法曲献仙音

聚景亭梅次草窗韵

层绿峨峨¹，纤琼皎皎²，倒压波痕清浅。过眼年华，动人幽意，相逢几番春换³。记唤酒寻芳处，盈盈褪妆晚⁴。

已消黯⁵，况凄凉、近来离思，应忘却、明月夜深归辇⁶。荏苒一枝春，恨东风、人似天远⁷。纵有残花，洒征衣、铅泪都满⁸。但殷勤折取，自遣一襟幽怨。

【注释】　1."层绿"句：写梅枝挺立。峨峨，高峻貌。　2.纤琼：纤细如玉的梅蕊。　3."过眼"三句：谓随着年光流逝，冬梅以清幽的风韵引人注目，多少次在冬去春来之际观赏梅花。　4."盈盈"句：喻梅花凋谢较迟。盈盈，美好貌。　5.消黯：犹消魂。　6."应忘却"句：谓往年皇室赏梅之情景已印象模糊。　7."荏苒"二句：意谓梅花春意渐渐消逝，东风逗人幽恨，所思之人远在天边。　8.铅泪：犹言冷泪。

【评析】　起始三句，正面写梅，言傍近溪水，绿枝挺立，玉蕊皎洁。以下从观赏者角度，写往日赏梅的"幽意"和唤酒观花的情致。"褪妆"，以美人喻花。上片写往昔赏梅雅兴，下片写当今对花凄惋。"消黯"总括情怀，"近来离思"，追忆皇室观梅往事，"人似天远"，感叹友人阻隔，自身孤寂。"纵有"，作一跌宕，归拢到唯有"折取""自遣"，凄惋之情溢于言表。

宋词三百首

彭元逊

彭元逊，字巽吾，庐陵（今江西吉安）人。《全宋词》辑存其词约二十首。

疏　影

寻梅不见

　　江空不渡，恨蘼芜杜若[1]，零落无数。远道荒寒，婉娩流年[2]，望望美人迟暮。风烟雨雪阴晴晚，更何须、春风千树。尽孤城、落木萧萧，日夜江声流去。

　　日晏山深闻笛，恐他年流落，与子同赋[3]。事阔心违，交淡媒劳[4]，蔓草沾衣多露[5]。汀洲窈窕余醒寐，遗佩环、浮沉澧浦[6]。有白鸥、淡月微波，寄语逍遥容与[7]。

【注释】　　1.蘼芜、杜若：香草名，见于《楚辞》。　　2.婉娩：柔顺之意。形容光阴缓进如同流水。　　3."恐他年"二句：谓恐今后与梅同遭天涯流落之苦。　　4."事阔"二句：事无边际，心难如愿，交谊疏淡，中介人辛劳。媒劳，出自《楚辞·九歌·湘君》："心不同兮媒劳，恩不甚兮轻绝。"　　5."蔓草"句：《诗经·郑风·野有蔓草》："野有蔓草，零露汋兮。"　　6."汀洲"二句：谓汀洲深曲，觉醒之余，遗佩环沉于澧浦。《楚辞·九歌·湘君》："捐余玦兮江中，遗余佩兮澧浦。"澧，水名。　　7.逍遥容与：《楚辞·九歌·湘君》："聊逍遥兮容与。"谓逍遥从容，耐心等待。

【评析】　　上片写深冬荒寒。江水不流，香草零落，流年似水，眼见美人迟暮。天象多变，未必春光降临。满眼孤城落木，一派萧飒。下片写独处的沉寂。"山深""流落"，述境遇，引梅为同调。"心违""媒劳"，切"不见"。"遗佩环"，化用楚辞以寓爱而不见之意。末借白鸥"寄语"，表示自我开解、殷殷期待心绪。全篇以梅作为某种人格力量的象征，借湘君追寻湘夫人事，表示寻梅不见而爱慕之诚不减。

彭元逊

六　丑

杨　花

　　似东风老大，那复有、当时风气。有情不收，江山身是寄，浩荡何世[1]？但忆临官道，暂来不住，便出门千里。痴心指望回风坠，扇底相逢，钗头微缀。他家万条千缕，解遮亭障驿，不隔江水。

　　瓜洲曾舣[2]，等行人岁岁，日下长秋，城乌夜起。帐庐好在春睡，共飞归湖上，草青无地。惝惝雨、春心如腻[3]。欲待化、丰乐楼前帐饮[4]，青门都废[5]。何人念、流落无几。点点抟作，雪绵松润，为君裛泪[6]。

【注释】　　1.“浩荡”句：谓世界广漠无边。　　2.“瓜洲”句：谓曾在瓜洲停泊。瓜洲，在今江苏扬州市，大运河入长江处，与镇江相对。　3.惝惝：寂静无声。　　4.帐饮：设帐酌酒送别。柳永《雨霖铃》：“都门帐饮无绪。”5.青门：古长安城门名，代指都门。　6.裛（yì）泪：沾泪，滴泪。裛，通“浥”。

【评析】　　开端以"东风"为喻，言无复当日风采。继言无人收容，飘荡山川。"临官道"，谓行人折柳赠别，远行"千里"。"痴心"，言其留恋故地，欲飘落于"扇底""钗头"。收拍又落到柳条昌茂，遍及长江南北。换头写江岸柳花，"日下""城乌""春睡"描述夜景。"共飞"以下，言春深雨零，杨花飘落。"欲待化"二句，设想都门饯别，旧地已废，收拢到"流落"殆尽。煞拍"雪绵"云云，刻画杨花点点，最得神理，而后又视作同情之泪，语颇凄惋。写尽杨花飘零神态，赋物以情，以人写物，以物喻人，杨花之飘零意象与词人之萍梗身世融合为一。

姚云文

字圣瑞，号江村，高安（今属江西）人。度宗咸淳四年（1268）进士，曾任县尉。入元后授承直郎，做过抚州、建州两路儒学提举。有《江村遗稿》，不传。《全宋词》辑存其词九首。

紫萸香慢

　　近重阳、偏多风雨，绝怜此日暄明。问秋香浓未，待携客、出西城。正自羁怀多感，怕荒台高处¹，更不胜情。向尊前、又忆漉酒插花人²，只座上、已无老兵³。

　　凄清。浅醉还醒，愁不肯、与诗平⁴。记长楸走马，雕弓笮柳⁵，前事休评。紫萸一枝传赐，梦谁到、汉家陵⁶。尽乌纱、便随风去⁷，要天知道，华发如此星星。歌罢涕零。

【注释】　　1.荒台：指彭城项羽戏马台。　　2.漉酒插花人：指陶潜。萧统《陶渊明传》："尝九月九日出宅边菊丛中坐，久之，满手把菊，忽值弘（按：即江州刺史王弘）送酒至，即便就酌，醉而归。"渊明酿酒，"取头上葛巾漉酒，漉毕，还复着之"。　　3.老兵：指伴饮之人。《晋书》谢奕本传载，谢奕尝逼桓温饮酒，桓温走避之。奕遂引温一兵共饮，曰："失一老兵，得一老兵。"　　4."愁不肯"句：谓吟诗不能消愁。　　5.笮（zé）柳：射柳，谓百步穿杨之意。　　6."紫萸"二句：谓重九佩戴茱萸，登高游赏，可曾有谁梦绕故国陵阙。旧俗重阳佩戴茱萸，相约登高。唐郭震《秋歌》之二："辟恶茱萸囊，延年菊花酒。"　　7."尽乌纱"句：谓任凭乌纱随风而去。暗用孟嘉落帽事。

姚云文

【评析】　　起笔点明节序天气，以下写欲登高不果的矛盾心态。询问菊香如何，拟出城游赏，又怕登高触动羁愁，乃酌酒追忆高人渊明，只是座上无伴，难耐孤寂。笔如游龙，曲折宛转，倾尽无聊情怀。"凄清"，总上笼下，接写"浅醉"易清醒，赋诗难却愁，出语劲拔。"长楸走马"，折入忆昔，往日武略无地可施，故以"休评"二字抹去。"紫萸"扣紧"重阳"，返回当今，感叹谁人尚梦萦故国，何胜悲慨！"乌纱"随风，化用重九事典，收拍以"华发"满布、悲歌涕零挽结，与"更不胜情"遥相呼应。

僧　挥

　　姓张，名挥，法名仲殊，字师利，安州（今湖北安陆）人。尝举进士，后弃家为僧，居杭州吴山宝月寺。崇宁中卒。词集名《宝月集》，不传，赵万里有辑本。《全宋词》并《补辑》录存其词六十余首。曾与苏轼交游，苏轼称其能文，善诗及歌词。

金明池

天阔云高，溪横水远，晚日寒生轻晕[1]。闲阶静、杨花渐少，朱门掩、莺声犹嫩。悔匆匆、过却清明，旋占得、余芳已成幽恨。却几日阴沉，连宵慵困，起来韶华都尽。

怨入双眉闲斗损，乍品得情怀，看承全近[2]。深深态、无非自许，厌厌意、终羞人问。争知道、梦里蓬莱，待忘了余香，时传音信[3]。纵留得莺花，东风不住，也则眼前愁闷[4]。

【注释】　1."晚日"句：谓落日光线经云层折射，形成轻薄的光圈。2."怨入"三句：谓幽怨注入使双眉紧皱，品味自己心情，与皱损的双眉极为相近。　3."争知道"三句：谓梦萦仙境终难忘怀。蓬莱，代指某种幻想。　4.也则：依然之意。

【评析】　开篇写春日环境景象，由远而近，由天宇水涯到庭阶院内。"悔匆匆"以下写心情，"余芳""幽恨""阴沉""慵困"，以景衬情，情景交会。下片全力抒怀。怨态、情怀、心事，思绪种种，终难摆脱。煞拍欲收还纵，宕开一笔，扣到"眼前愁闷"，与上文契合无间。

李清照

　　著名女词人，自号易安居士，李格非长女，济南章丘人（故里为章丘县明水镇），元丰七年（1084）生。年十八嫁赵明诚，曾屏居青州，宣和年间随夫出守莱州、淄州。夫妇雅好文翰，感情深笃。靖康之难后，清照夫妇避地江南。建炎三年（1129）赵明诚病逝，李清照只身辗转，流离江浙等地，备尝国破家亡之苦，约卒于宋室南渡二十八九年之后。有《漱玉词》，存词四十五首。其词当行本色，脍炙人口，被称为婉约之宗。

凤凰台上忆吹箫

香冷金猊[1]，被翻红浪，起来慵自梳头。任宝奁尘满[2]，日上帘钩。生怕离怀别苦，多少事、欲说还休。新来瘦，非干病酒，不是悲秋。

休休。者回去也，千万遍《阳关》[3]，也则难留。念武陵人远[4]，烟锁秦楼[5]。惟有楼前流水，应念我、终日凝眸。凝眸处，从今又添，一段新愁。

【注释】　1.金猊：狮子形状的金属香炉。猊，狻猊，即狮子。　2.宝奁：精美的梳妆盒。　3.《阳关》：阳关曲，唐代诗人王维送别名作《送元二使安西》诗被谱入乐府，成为送别歌曲，反复诵唱，谓之《阳关三叠》。　4.武陵人：武陵，今湖南常德市。东晋诗人陶潜《桃花源记》曾载武陵人沿桃花溪泛舟，发现了世外桃源。又，南朝宋刘义庆《幽明录》载，东汉浙江剡县人刘晨、阮肇到天台采药迷路，被两位仙女邀到家中，结成夫妇，后两人思家求归，别仙女而去。后人常把两则故事加以牵合，称仙境为桃源，称遇仙女的刘、阮为武陵人。如韩琦《点绛唇》："武陵回睇，人远波空翠。"这里武陵人指所钟爱的情人。　5.秦楼：指秦穆公女弄玉的凤楼。

【评析】　起笔五句，借居处环境、器物透露自我心境。"冷""翻""慵"

"任"，贯注着主观情绪色彩。"生怕"句，约略一点，"新来瘦"之故，偏不说破，而以排除法予以暗示。下片承上意脉，直倾胸臆，千万遍《阳关》难留，见惜别情深。"念"字以下设想别后孤寂，"武陵""秦楼"两面着笔。流水作证，专写己方怀思之深。"又添"回应"新来瘦"，且表示承受离愁已非一次。

醉花阴

　　薄雾浓云愁永昼，瑞脑销金兽¹。佳节又重阳，玉枕纱
厨²，半夜凉初透。

　　东篱把酒黄昏后，有暗香盈袖。莫道不消魂，帘卷西风，
人比黄花瘦。

【注释】　　1.瑞脑：一种香料，即瑞龙脑。金兽：兽状金属香炉。　　2.纱
厨：指纱帐。

【评析】　　前阕述由白昼到深夜一整天独处深闺的离愁。窗外阴沉暗淡，室内
香烟缭绕，"永""销"二字透露出独处香闺、度日如年的心境。次日为九九
重阳，又逢佳节倍思亲之际，离思转深，以故香帐凭枕，夜深难寐。"凉初
透"，兼写秋节萧瑟与心境凄冷。后阕纪重阳赏菊情事。自古即有重九饮酒赏
菊风俗，陶潜九月九日于"宅边东篱下菊丛中……就酌，醉而后归"（《续晋
阳秋》）。词人继踵文苑雅事，黄花拂袖，而离愁难解，遂逗出煞拍三句。"消
魂"，深化篇首"愁"字，由"愁"而致人瘦，见出离思深沉。帘外黄花与
帘内佳人相映生辉，形神酷似，同命相恤，物我交融，创意极美。《琅嬛记》
载，李清照将此词寄赵明诚，明诚谢绝宾客，三日三夜艰苦构思，得五十阕，
杂易安作，出示友人陆德夫，德夫玩味再三，谓"'人比黄花'三句绝佳"。
足见此三句神来之笔，赢得千古骚坛爱赏。

声声慢

　　寻寻觅觅，冷冷清清，凄凄惨惨戚戚。乍暖还寒时候，最难将息[1]。三杯两盏淡酒，怎敌他、晚来风急。雁过也，最伤心，却是旧时相识。

　　满地黄花堆积，憔悴损，如今有谁堪摘。守着窗儿，独自怎生得黑[2]？梧桐更兼细雨，到黄昏、点点滴滴。者次第，怎一个愁字了得[3]？

【注释】　　1.将息：保养，休息。　　2.怎生得黑：如何熬到天黑？度日如年之意。　　3.“者次第”二句：这光景，岂一个“愁”字能囊括得了？

【评析】　　首用七对叠字发端，形容空虚、凄清、酸楚积愫，层层深化，浓重伤感，笼罩全篇。以下季候冷暖无定，薄酒难御风寒，过雁触动乡思，菊花萎谢无人怜惜，独守寒窗时间难熬，黄昏冷雨敲击梧桐，种种场景，无不益发加重愁情分量，折磨一己孤独、柔弱、痛苦的灵魂。全篇字字写愁，层层写愁，却不露一“愁”字，末尾始画龙点睛，以“愁”归结，而又谓“愁”不足以概括个人处境，推进一层，愁情之重，实无法估量。全词语言家常，感受细腻，形容尽致，讲究声情，巧用叠字，更以舌齿音交加更替，传达幽咽凄楚情悰，肠断心碎，满纸呜咽，撼人心弦，无怪古人誉为“千古创格”，“绝世奇文”（《冷庐杂识》卷五）。

念奴娇

　　萧条庭院，有斜风细雨，重门须闭。宠柳娇花寒食近，种种恼人天气。险韵诗成¹，扶头酒醒²，别是闲滋味。征鸿过尽，万千心事难寄。

　　楼上几日春寒，帘垂四面，玉阑干慵倚。被冷香消新梦觉，不许愁人不起。清露晨流，新桐初引³，多少游春意。日高烟敛，更看今日晴未。

【注释】　1.险韵：作诗用少见难押之韵。　2.扶头酒：指烈性易使人醉之酒。杜牧《醉题五绝》："醉头扶不起，三丈日还高。"贺铸《南乡子》："易醉扶头酒，难逢敌手棋。"　3."清露"二句：语出《世说新语·赏誉》。初引，刚刚抽芽。

【评析】　前五句写环境天气，烘染出一派寂寞无聊氛围。萧条、风雨、寒食、闭门，归结为"恼人"，映现出作者心境。次五句写日常生活内容，作诗遣兴，饮酒却愁，醒而愈无聊赖。"心事难寄"，补述"闲滋味"，略点离思。再五句仍从日常生活映现思绪，小楼独居，无心凭栏，拥被入梦，梦觉再难成眠。"春寒"回应"萧条"，"帘垂"绾合闭门，"慵倚"见出没情没绪，"新梦"与"心事"相关，"不许"句疏懒无聊之至。末五句写感春意绪，春意逗发游兴，却担心未能云散天晴。枯坐？出游？犹移不决，宕开一笔，忽又收煞。全词以清新之语，记述生活片段，借日常情态，显示内在心绪，乍远乍近，忽开忽合，应情而发，戛戛生新。

永遇乐

　　落日镕金 ¹，暮云合璧 ²，人在何处？染柳烟浓，吹梅笛怨 ³，春意知几许。元宵佳节，融和天气，次第岂无风雨 ⁴。来相召、香车宝马，谢他酒朋诗侣 ⁵。

　　中州盛日 ⁶，闺门多暇，记得偏重三五 ⁷。铺翠冠儿，捻金雪柳，簇带争济楚 ⁸。如今憔悴，风鬟雾鬓 ⁹，怕见夜间出去。不如向、帘儿底下，听人笑语。

【注释】　　1.镕金：形容落日火红，犹如金属熔化。　　2.合璧：形容暮云聚合，光洁如玉。　　3."吹梅"句：笛子吹奏着《梅花落》一类幽怨的乐曲。4.次第：犹转眼。　　5."来相召"二句：辞谢了乘香车宝马前来邀请我出游的朋友们。　　6.中州：指汴京。　　7."记得"句：谓当年很重视正月十五元宵佳节。柳永《倾杯乐》："元宵三五。"　　8."铺翠"三句：追忆当年京城女郎都打扮得十分讲究，欢庆佳节。铺翠冠儿，以翡翠羽毛装饰的帽子。捻金雪柳，用金线编成的绢花，《东京梦华录》有"雪柳""菩提叶"等名目，为元宵节妇女时髦的装饰物。簇带，满头插戴。争济楚，争着看谁打扮得漂亮。　　9.风鬟雾鬓：头发散乱，两鬓斑白。

【评析】　　开篇由佳节景象着笔，"镕金""合璧"、烟、柳、梅、笛，诸般物事烘染出一派"佳节""融和"气氛。中间插入"人在何处""岂无风雨"的闪念，体现出饱经沧桑者特有的忧虑心态。"来相召"二句，仍状节日人物之盛，谢却"酒朋诗侣"，则气氛陡转，跌入孤寂冷漠深渊。孤独中最易追怀往事，"中州盛日"六句，极写往年京华热闹欢乐，浓厚兴致。"如今"以下折转到当前，憔悴神态，寥落心理，与往昔形成强烈反差。末以藏身帘底听人笑语收结，无限凄楚，令人不堪卒读。全词以元宵为焦聚点展开记叙，思路由今而昔再到今。今昔对比，以乐景写哀，以他人反衬，益增悲慨，无怪刘辰翁诵此词"为之涕下"，"辄不自堪"(《须溪词》卷二)。